Renée Pleyter · Der Mann vom Jahrmarkt

Eine junge Frau besucht mit ihren Freundinnen eine Kirmes. Doch was als harmloser Ausflug beginnt, findet ein schreckliches Ende. Am nächsten Morgen wird die Frau tot auf einer Parkbank gefunden. Erfroren. Wieso ist sie nicht aufgewacht, als es in der Nacht zu schneien anfing? War sie betrunken? Doch das, was zunächst nur ein rätselhafter Unglücksfall zu sein scheint, entpuppt sich nach und nach als furchtbares Verbrechen.

Kommissar Wilke steht vor einem Rätsel. Welches Motiv hatte der Täter? Ist er ein abgewiesener Verehrer oder eine Zufallsbekanntschaft vom Rummel? Erst als ein weiteres Opfer gefunden wird, führt eine heiße Spur die Polizei auf Jahrmärkte. Ein Wettlauf gegen die Zeit beginnt. Es darf nicht noch eine Frau sterben ...

Tatorte des neuen Krimis von Renée Pleyter sind der Libori in Paderborn, die Cranger Kirmes, der Wilbaser Markt in Blomberg, die Glückstalertage in Brackwede, der Pollhans in Schloß Holte, die Detmolder Andreasmesse, Sünne Peider in Versmold, der Frühjahrssend in Münster und der Bielefelder Leinewebermarkt, wo der Showdown stattfindet.

Renée Pleyter wurde 1965 in Bremen geboren und lebt dort als freiberufliche Autorin. Zum Schreiben ihrer Krimis und Kurzgeschichten zieht sie sich in die Abgeschiedenheit eines lothringischen Dorfes zurück. Ihr erster Krimi „Tödlicher Hermannslauf" sorgte für Furore, als die Veranstalter des „Hermannslaufes" vergebens eine einstweilige Verfügung gegen das Buch erwirken wollten.

Renée Pleyter

Der Mann vom Jahrmarkt

PENDRAGON

Die Handlung ist frei erfunden. Jede Ähnlichkeit mit lebenden oder toten Personen ist rein zufällig. Leser, die mit der westfälischen Region vertraut sind, werden bemerken, dass ich mir bei der Geographie in den einzelnen Städten hier und da einige dichterische Freiheiten erlaubt habe.

Pendragon Verlag
gegründet 1981
www.pendragon.de

1. Auflage

Originalausgabe
Veröffentlicht im Pendragon Verlag
Günther Butkus, Bielefeld 2010

Lektorat: Eike Birck, Alexandra Kalinowski
Umschlag: Baltus Mediendesign
Umschlagbild: Marcel Keller
Satz: Pendragon Verlag auf Macintosh
Druck: Aalexx Buchproduktion, Großburgwedel
ISBN 978-3-86532-190-9
Printed in Germany

Prolog

Regentropfen klatschen an die Scheiben des Bielefelder Polizeipräsidiums. Kommissar Wilke steht mit dem Rücken zum Fenster, die Hände in den Hosentaschen versenkt. Allmählich geht sein guter Wille zur Neige. Den ganzen Vormittag haben sie schon verschwendet.

„Ich rede mit Ihnen!“, sagt er mühsam beherrscht.

Der Tatverdächtige reagiert nicht. Die Knie aneinandergepresst, die Hände auf den Oberschenkeln gefaltet, starrt er zu Boden. Er hat sich vorgenommen, nichts zu sagen.

„Sie tun sich selbst keinen Gefallen, wenn Sie weiter schweigen“, wirft Kriminalassistent Rothmanns ein, der das Protokoll führt. „Wir haben Zeugenaussagen, die unsere Verdachtsmomente auch in den anderen Fällen belegen.“

Der Angesprochene nickt ohne aufzuschauen und beginnt, seine weißen und gepflegten Hände zu kneten, die einen bemerkenswerten Gegensatz zum Rest der Erscheinung bilden. Die dunkle Hose ist speckig, die Windjacke an den Ärmeln fadenscheinig vom langen Gebrauch. Ein unspektakulärer Mann, besonders in Anbetracht der Tatsache, dass man ihn des Mordes, zumindest aber der fahrlässigen Tötung, Nötigung und Körperverletzung in mehreren Fällen verdächtigt.

„Muss ich Ihnen Fotos zeigen?“

Endlich hebt er die Augen, denen jede Tiefe zu fehlen scheint. Flach wie Pfützen sind sie, die jederzeit versickern können, ohne Spuren zu hinterlassen. Selbstvergessen lächelnd starrt er auf die Bilder. Weiches Haar, in der Farbe flüssigen Karamells. Dunkelgolden. Honigbraun. Es duftet nach gebrannten Mandeln. Die Musik des Autoskooters in der Ferne. Ein seidiges Hemdchen, zart wie ein Hauch. Er fühlt es noch an seiner Wange.

Der Kommissar legt weitere Fotos auf den Tisch. Geschminkte Lippen. Augen, die ins Leere blicken. Arme Mädchen. Bewegen sich nicht mehr. So bleich und still. Sie gehören alle ihm, mit ihrem Kichern und Gurren und dem Geruch von Zuckerwatte auf der Haut. Folgten ihm in die Dunkelheit, wo sie nun verschollen sind. An ihre Namen erinnert er sich nicht.

Stumm senkt er wieder den Blick.

„Ich glaube, es hat keinen Zweck", sagt der Kommissar und zuckt die Schultern. „Ruf die Kollegen, damit sie ihn abholen."

Brüderchen und Schwesterchen

1.

„Albert, hast du dein Gebet gesprochen?“

„Ja, Mutter.“

„Sagst du auch die Wahrheit?“

Mutters Stimme war von der sanftmütigen Strenge eines Inquisitors, der dem Sünder Gelegenheit gibt, zu gestehen, bevor er überführt wird.

„Ja. Den ganzen Rosenkranz.“

„Und was ist mit dem Vaterunser?“

Er zog den Kopf zwischen die Schultern, ein Reflex, der früh zur Gewohnheit geworden war. „Ich wollte es jetzt gerade beten.“

„Vergiss es nicht!“

Er faltete die Hände auf der Bettdecke und begann, stumm die Lippen zu bewegen.

2.

Als er seine ersten Worte sprach, war er fast vier Jahre alt. Er war immer ein stilles Kind gewesen. Selbst bei seiner Geburt hatte er nicht geschrien. Erst nach mehreren kräftigen Klapsen rang er sich zu einem zögerlichen Wimmern durch, als wäre er nicht sicher, dass sein Erscheinen auf ungeteilte Freude stieß.

Es war sehr still im Haus. Es gab noch keinen Fernseher, und Mutter arbeitete immer. Es war seine Schwester, die schließlich mit ihm das Beten übte. Und so stammten die ersten Sätze, die er sagen konnte, aus einem Kindergebet:

Lieber Heiland, sei so gut,
lasse doch Dein teures Blut
in das Fegefeuer fließen,
wo die Armen Seelen büßen.
Ach, sie leiden große Pein,
wollest ihnen gnädig sein.
Nimm die Armen Seelen doch
heute in den Himmel noch. Amen.

Das ‚Amen' betonte er mit einer ernsthaften Beugung des Kopfes. In seinen Augen, die von einem substanzlosen Blau waren, schien es zu glucksen, als würden Luftblasen an die Oberfläche eines trüben Teiches steigen. Sogar Mutter lächelte, als er das Gebet fehlerfrei aufsagte. Es war ihm noch nicht oft gelungen, sie zum Lächeln zu bringen.

3.

Meist wusste er gar nicht, dass es Dinge gab, die er hätte vermissen können. Seine Welt war klein und rund. Alles hatte seine Ordnung und seinen festen Platz. Das Haus war ein Muster an Sauberkeit. Der Schatten der Bäume verhinderte, dass die alten Wände richtig durchwärmten. So blieb es selbst im Sommer kühl. An den Stellen, wo wilder Efeu rankte, versteckten sich kleine Käfer in den Mauerritzen. Wenn man die Fenster öffnete, kamen sie ins Haus und krabbelten in die Schränke und verkrochen sich zwischen der Wäsche. Darum war es besser, Fenster und Türen geschlossen zu halten. Auf den Möbeln lag kein Stäubchen. Die Gardinen waren strahlendweiß und in ordentliche Falten gelegt. Die einzige Eskapade bildete ein Mobile aus Papierschmetterlingen, die leise durch die Stube flogen.

Er spielte meist alleine. Tannenzapfenmännchen, Kieselsteine, Bucheckern und Kastanien. Er hatte keine Freunde. Seine Schwester war schon groß. Sie ging jeden Tag zur Schule. Kindergärten gab es noch nicht, zumindest nicht in der Gegend, und hätte es sie gegeben, hätte Mutter ihn sicher nicht hingeschickt, aus Angst, dass die anderen Kinder ihm Dummheiten beibringen oder schlechte Dinge erzählen könnten.

Er malte mit seinen Stiften und summte vor sich hin. Wenn die Sonne schien, spielte er im Garten und sammelte Kleeblätter und Gänseblümchen, aus denen er unter den Tannen einen kleinen Garten anlegte. Manchmal nahm er eines seiner Autos mit nach draußen und fuhr damit über den Sandweg. Er spielte sehr vorsichtig. Machte sich nicht schmutzig. Machte nichts kaputt. Der kleine Garten unter der Tanne war sorgfältig gefegt, wobei ein Zweiglein mit Tannennadeln ihm als Besen diente.

4.

„Albert, hast du dein Zimmer aufgeräumt?"

„Ja, Mutter."

„Ich komme gleich nachschauen!"

Schnell glättete er die Bettdecke und stellte das kleine Auto, mit dem er gespielt hatte, ins Regal. Alles an seinen Platz. Keine unordentlichen Nester in den Ecken. Niemand sollte sagen können, dass sie verkommene Leute seien. Mutter entging nichts.

„Und, hast du deine Hände gewaschen?"

„Nein, noch nicht.“

„Du willst doch nicht mit schmutzigen Händen beten?“

Natürlich wollte er das nicht. Er lief ins Badezimmer und nahm die grüne Seife, die nach Medizin roch. Er schrubbte seine Hände ganz fest, bis sie sauber genug waren, um Gnade vor den Augen des Herrn zu finden.

5.

Wenn seine Schwester die Hausaufgaben erledigt hatte, spielte sie mit ihm bis zum Abend. Im Sommer bauten sie Burgen in der Sandkiste. Sie konnte schon lesen und kannte alle Märchen der Gebrüder Grimm. Sie beschrieb den bösen Wolf so lebhaft, dass er glaubte, ihn in den Büschen hinterm Haus rascheln zu hören. Sie wusste genau, wie die Hexe ausgesehen hatte, die den kleinen Hänsel im Käfig gefangen hielt. Fünf Warzen hatte sie auf der Nase. Ihre Augen waren giftig grün, und auf ihrem Buckel fauchte eine schwarze Katze.

Manchmal spielten sie die Märchen nach, und je mehr Angst er hatte, umso lauter lachte er. Bettina nahm ihn an die Hand und ging mit ihm ein Stück in die Tannen. Dann waren sie Hänsel und Gretel, von den Eltern verlassen, allein im dunklen Wald. Bettina kicherte wie eine Hexe, und er sprach das neue Gebet, das er gelernt hatte:

Maria, liebste Mutter mein,
lass mich Dir empfohlen sein.
Dein Kreuz, oh Jesu, schütze mich,
vor allem Bösen gnädiglich.

Dann machte er ein Kreuzzeichen. Die Hexe schlug sich

die Hände vors Gesicht und suchte schreiend das Weite. Er blieb allein zurück. Wartete manchmal lange Zeit, bis seine Schwester wieder auftauchte und ihn an die Hand nahm.

6.

„Der Teufel ist eine Schlange. Er schlüpft in jedes Löchlein. Er fühlte sich dort am wohlsten, wo es düster und schmutzig ist. Er nistet in Höhlen und unter dicken Steinen. Wenn du versehentlich die Hand in eine solche Höhle steckst, beißt er dich."

„Steht das alles in dem Buch?"

Bettina nickte. Vor ihnen auf dem Tisch lag ein großes Naturkundebuch, in dem die europäische Tier- und Pflanzenwelt beschrieben war. Es gab zahlreiche farbige Abbildungen. Vater hatte das Buch im Buchclub erworben. Alle sechs Monate kauften die Eltern nun ein weiteres. Es war preiswerter, wenn man in dem Club war. In sechs Jahren würde die Reihe vollständig sein.

„Was steht da noch?" Er konnte noch nicht lesen. Er war fünf Jahre alt und ging noch nicht zur Schule.

Seine Schwester blätterte die Seite um. Da waren noch mehr Schlangen. Einige davon lagen fett und rund auf waldigem Boden.

„Sie schlafen mehrere Wochen, wenn sie sich sattgefressen haben."

Er staunte und sagte kein Wort.

„Siehst du diese hier?" Sie deutete auf ein besonders fettes Exemplar mit grünlichen Bauchschuppen. „Siehst du, wie dick sie ist? Sie hat eine Ratte gefressen. Eine ganze Ratte, mit Haut und Haaren."

„Bewegt die Ratte sich noch in ihrem Bauch?"

„Das kann schon sein. Sie hat sie lebendig hinuntergeschlungen."

Er gruselte sich. Mutter schaute zur Tür hinein. „Erzähl ihm keine Dummheiten!"

„Die Wahrheit ist nicht immer schön", sagte Bettina so leise, dass Mutter es nicht hörte. „Aber man muss lernen, auch den weniger schönen Dingen ins Auge zu sehen."

Sie blätterte zur nächsten Seite um. Ihm sank das Herz in die Kniekehlen. Da war der Kopf einer Schlange. Zwischen dem rotschwarzen Zackenmuster züngelte eine gespaltene Zunge. Die gelben Augen waren von schwarzen Pupillenschlitzen zerschnitten. Sie sah böse aus. Sie lauerte hinter einem dünnen Ast. Vor dem Ast aber hockte ein kleines Küken. Ein hellgelbes Hühnerküken, höchstens einen Tag alt. Ganz allein und arglos erwartete es den Tod.

„Mach die Seite weg!", sagte er und wischte sich die rasch aufschießenden Tränen aus den Augen.

„Nein. Es schadet nicht, wenn du das siehst."

„Wird sie das Küken fressen?"

„Ja, natürlich." Bettina nickte ernsthaft. „Das ist der Lauf der Welt."

„Warum ist das Küken nicht bei seiner Mutter?"

Sie runzelte die Stirn. „Es war sicher ungehorsam. Es hat nicht auf seine Mutter gehört und ist stattdessen lieber dem Ruf der Schlange gefolgt."

Es war immer das Gleiche. Sie drehte es jedes Mal so, dass er sich am Ende fürchtete. Wenn er künftig in dem Buch blätterte, machte er es immer so, dass er die Seite mit der Schlange und dem Küken überschlug.

7.

„Bist du im Zimmer deiner Schwester gewesen?"

Er antwortete nicht. Es war besser zu schweigen als zu lügen.

„Habe ich dir nicht gesagt, dass du in Bettinas Zimmer nichts verloren hast?"

„Ja, Mutter." Er senkte den Kopf.

„Ihr beide bringt mich noch ins Grab!"

Er schwieg und knetete seine Hände.

„Was habt ihr gemacht?"

„Nichts, Mutter."

„Lüg mich nicht an!"

„Bettina hat mir vorgelesen. Ein Märchen."

„Welches Märchen?"

„Brüderchen und Schwesterchen." Seine Stimme zitterte.

Mutter stach sich mit der kleinen Schere in die Handfläche. Ein dunkelroter Blutstropfen erschien. Das war seine Schuld.

„Nie wieder gehst du in ihr Zimmer, hast du mich verstanden?"

„Ja, Mutter."

Was hätte er angesichts des Blutes, das auf den Boden zu tropfen begann, anderes sagen können?

Das Geheimnis

1.

Im Sommer 1977 war er sechs Jahre alt war, und Mutter musste ins Krankenhaus. Im Krankenhaus starben die Menschen, wenn sie nicht wieder gesund wurden, soviel wusste er schon. So sehr er Mutter fürchtete, so sehr liebte er sie auch. Sie war ja Mutter. Und sie war niemals krank. Sie stand jeden Morgen um sechs Uhr auf, um den Frühstückstisch zu decken, Kaffee für Vater zu kochen und die Schulbrote für seine Schwester zu schmieren. Auch wenn sie Kopfschmerzen hatte. Auch wenn sie Bauchschmerzen hatte. Das hatte sie niemals daran gehindert, ihre Pflichten zu tun und die Brote zu schmieren.

Nun musste sie weg, und Bettina, die schon etwas mehr verstand, saß mit geröteten Augen in ihrem Zimmer und heulte.

„Wenn sie nur nicht stirbt!“, sagte sie unter Tränen.

Es war ihm vorher nie in den Sinn gekommen, dass Mutter sterben könnte. Wie alle Kinder ging er davon aus, dass die Eltern unsterblich waren, so wie er selber auch. Was sollte aus ihm werden, wenn Mutter nicht mehr da war?

2.

Nach den Sommerferien kam Bettina aufs Gymnasium, und er wurde eingeschult. Es war kein schöner Tag. Mutter war immer noch im Krankenhaus. Vater hatte vergessen, eine Schultüte für ihn zu besorgen. Die anderen

Kinder lachten ihn aus. Aber er wusste, dass es sinnlos war, sich zu beklagen.

Auch Bettina ging nicht gerne in die neue Schule. Eines Tages saß er auf der Stufe vorm Haus und wartete auf ihre Heimkehr. Sein Schlüssel befand sich irgendwo in seiner Schultasche, aber er hatte ihn nicht gefunden. Als Bettina die lange Auffahrt heraufkam, lief er ihr entgegen. Sie drückte ihn mit der freien Hand zur Seite und ging an ihm vorbei, schloss die Tür auf und verschwand ohne ein weiteres Wort in ihr Zimmer.

Er setzte sich an den Küchentisch und wartete geduldig, dass sie kommen würde, um ihm das Essen warm zu machen. Er selbst war noch zu klein, um an den Knöpfen des Herdes zu spielen. Mutter hatte es verboten. Er wartete, bis der kleine Zeiger der Uhr auf die Fünf zeigte. Bald würde Vater kommen. Und er hatte noch nicht mal mit seinen Hausaufgaben angefangen. Sein Magen knurrte.

Schließlich hörte er die Treppe knarren. Bettina erschien in der Tür, mit roten Augen und verschniefter Nase. Ohne ihn anzuschauen, begann sie mit den Tellern zu klappern und wärmte den Topf auf, in dem sich ein Rest Erbsensuppe befand. Sie hatte bereits gelernt, Eintopf zu kochen, und bereitete immer große Portionen zu, von denen sie drei oder vier Tage essen konnten.

„Was ist los?“, fragte er schüchtern.

„Nichts“, sagte sie und rührte mit dem Holzlöffel die Suppe um.

„Ich habe auf dich gewartet. Ich habe noch keine Hausaufgaben gemacht“, sagte er.

Bettina gab keine Antwort.

„Was ist los?“, fragte er noch einmal.

In diesem Moment hörten sie Vater die Diele betreten, und das Gespräch, das keines war, verstummte.

3.

Am nächsten Morgen, als Vater zur Arbeit gefahren war, nahm er seinen Ranzen und wartete, dass seine Schwester ihn an die Hand nehmen und mit ihm bis zur Kreuzung gehen würde. Von dort aus lief er dann alleine weiter, während sie in den Bus nach Bünde stieg. Aber Bettina schien sich vertrödelt zu haben. Sie war im Wohnzimmer und wühlte in den Schränken. Er lugte durch die Tür.

„Es ist gleich acht Uhr“, sagte er.

„Dann kommst du eben ein paar Minuten zu spät. Ist doch egal“, sagte sie.

„Ich will aber nicht zu spät kommen. Wir müssen jetzt losgehen!“

„Halt die Klappe“, murmelte Bettina, ohne aufzuschauen. „Warte gefälligst in der Diele auf mich!“

Er ging einen Schritt zurück, blieb aber in der Nähe der Tür, um sie zu beobachten. Sie machte sich am Aktenschrank zu schaffen, an dem sie nichts zu suchen hatten. Sie holte die Blechschatulle heraus und steckte den kleinen Schlüssel ins Schloss. Wenn das Vater wüsste! Hastig durchwühlte sie die darin verwahrten Dokumente: Ausweise, Sparbücher, das Familienstammbuch mit dem goldenen Siegel auf dem dunklen Kunstledereinband. Einen Moment zögerte sie. Dann steckte sie kurzerhand das Stammbuch und eine Mappe mit Urkunden in ihre Schultasche und schloss die Blechdose wieder ab.

„Du stehst ja immer noch da!“, fuhr sie ihn an. „Kannst du nicht einmal alleine zur Schule gehen?“ Und dann etwas leiser: „Wenn du Vater was sagst, bekommst du Ärger!“

Er starrte erschrocken.

„Los, komm jetzt!“, schimpfte sie, warf sich rasch ihre eigene Jacke über und zerrte ihn nach draußen. Hastig liefen sie die Einfahrt hinunter. Sie schleifte ihn beinahe bis zur Kreuzung, als wolle sie ihn so schnell wie möglich loswerden.

„Nun lauf, sonst lassen sie dich nicht mehr rein!“ Sie gab ihm einen kleinen Stoß, um ihn auf Trab zu bringen.

Mit dem Ranzen auf dem Rücken lief er los. In der Ferne sah er den Bus kommen, den Bettina nehmen musste. Als er die Straßenecke erreichte, drehte er sich noch mal um, um ihr beim Einsteigen zuzuwinken. Aber sie stand gar nicht an der Haltestelle. Der Bus hielt an und fuhr wieder ab. Bettina war nicht eingestiegen. Neben der Haltestelle war die Mündung eines Feldweges, der zum Wald hinaufführte. Dort sah er sie laufen, mit schnellen Schritten, ohne sich noch einmal umzudrehen.

4.

An diesem Tag war Bettina bereits zu Hause, als er aus der Schule kam. Sie stand in der Küche, die Haare zu einem Zopf geflochten, und rührte im Kochtopf. Sie sah fast wie Mutter aus. Das Essen war schon fertig, was bedeutete, dass sie nicht sehr lange in der Schule gewesen sein konnte. Falls sie überhaupt hingegangen war.

Er wusch sich die Hände, setzte sich wie immer an den Tisch und wartete. Bettina gab ihm schweigend eine Kelle Steckrüben und ein Würstchen auf den Teller. Der kleine Schlüssel für die Schatulle hing wieder am Haken neben dem Sicherungskasten. Er atmete auf. Wahrscheinlich hatte sie die Papiere zurückgelegt, und Vater würde nichts merken.

Aber die Sache wurde noch schlimmer. Als sie aufgegessen hatten, sagte Bettina, dass sie nach Bielefeld fahren würde, um Mutter zu besuchen. Heimlich. Sie müsse unbedingt mit ihr reden. Ihre Stimme klang heiser, ihre Augen glänzten, und er dachte, dass sie vielleicht auch krank wäre.

Am nächsten Morgen nahm Bettina den Stadtplan von Bielefeld aus dem Regal, auf dem das Krankenhaus eingezeichnet war. Sie legte einen Finger auf den Mund, als wären sie Komplizen. In Bünde wollte sie in den Zug steigen. Sie nötigte ihm das Versprechen ab, kein Wort darüber zu verlieren. Sonst ... Sie machte eine Bewegung mit der Hand, die ihn vermuten ließ, dass er im Falle eines Verrats Prügel kassieren würde.

5.

Am Abend, als sie das Geschirr spülten und Vater sich in die Werkstatt zurückzog, konnte er endlich fragen, wie es bei Mutter gewesen war und wie es ihr ging.

„Sie ist genau wie immer“, sagte Bettina unwirsch. „Nur ihre Haare fallen aus.“

Dann entglitt ihr der Teller, den sie gerade abtrocknete, und zerbrach in viele Scherben. Vater trat aus der Werkstatttür, um zu sehen, was sie machten. Bettina sammelte die Scherben auf. Aber über Mutter wollte sie nicht sprechen. Sie wollte überhaupt nichts sagen.

In der Nacht hörte er sie in ihrem Zimmer weinen. Leise ging er hinein. Als er sie berührte, stieß sie ihn so heftig weg, dass er beinahe gegen die Schrankwand fiel. Vielleicht war Bettina verrückt geworden.

„Muss Mutter sterben?“, fragte er. Seine Stimme war wie ein Hauch.

Bettina legte den Kopf schräg, und er hatte den Eindruck, dass sie sich eine Geschichte ausdachte. „Sie sah wirklich schlecht aus. Ihre Wangen waren ganz eingefallen. Gut, dass du sie nicht gesehen hast.“

Sie überlegte. „Und mir geht es auch nicht gut, um ehrlich zu sein. Ich habe furchtbare Bauchschmerzen. Genauso, wie es bei Mutter anfing. Und nun habe ich Angst, dass ich auch krank werde.“

Ihre Augen, die, anders als die seinen, von einem tiefen, klaren Grau waren, wurden schmal. Konnte es sein, dass sie log? Warum sollte sie das tun?

„Albert, würdest du heute bei mir im Zimmer schlafen?“, fragte sie und nahm seine Hände in die ihren. „Ich hätte viel weniger Angst, wenn ich nicht alleine wäre.“

Er nickte. Er war stolz, dass sie ihn fragte, und dass sie glaubte, seine Anwesenheit könne ihre Leiden mindern. Außerdem hatte er manchmal schlimme Träume, seit Mutter weg war, und war froh, eine Nacht nicht alleine zu sein.

Zur Schlafenszeit breitete Bettina ein paar Wolldecken neben ihrem Bett aus. Er schleppte sein Oberbett heran und sprach sein Abendgebet. Dann legte er den Kopf auf das Kissen seines Nachtlagers, und schlief, getröstet durch die Atemzüge seiner Schwester, rasch ein.

6.

Bettina wurde immer stiller. Sie redete kaum noch. Stattdessen begann sie, sich in ihr Zimmer einzuschließen. Sie war blass. Sie lachte auch nicht mehr. Vielleicht war sie wirklich krank. Sie sagte immer öfter, dass sie Bauchschmerzen habe. Genau wie Mutter. Er begann damit zu rechnen, dass auch seine Schwester demnächst fortgehen würde. Vater schenkte ihr ein kleines, rotes Lacktäschchen, das sie einmal in einem Schaufenster bewundert hatte. Vielleicht wollte er sie trösten. Aber sie freute sich nicht darüber. Stumm legte sie es zur Seite und beachtete es nicht.

Eines Tages, als die Nachbarsfrau ihn zum Einkaufen nach Bünde mitnahm, sah er Bettina am Bahnhof auf einer Bank sitzen. Ging sie überhaupt noch zur Schule? Er begann ihr zu misstrauen.

„Ich habe dich beim Bahnhof gesehen“, sagte er, als sie wie üblich am Abend in der Küche standen und den Abwasch machten. Vater war schon wieder in der Werkstatt verschwunden und hatte die Tür hinter sich geschlossen.

Bettina schaute erschrocken. „Gar nichts hast du gesehen!“

„Hattest du keine Schule?“

„Natürlich hatte ich Schule!“, herrschte sie ihn an.

„Aber warum warst du dann am Bahnhof?“

Ihre Hände begannen zu zittern. „Manchmal kann ich einfach nicht in die Schule gehen. Dann sitze ich lieber irgendwo auf einer Bank.“

„Aber warum denn?“, fragte er, der immer weniger verstand.

„Das kann ich dir nicht sagen!“

„Ist was passiert?"

„Ja", flüsterte sie ihm ins Ohr. „Aber niemand darf es wissen."

Er nickte ernsthaft.

„Sie sind alle so gemein zu mir. Es ist eine Schande."

Er wusste nicht, was das Wort bedeutete. Aber ihr Ton bewirkte, dass er eine Gänsehaut bekam.

„Warum sagst du es Vater nicht?"

„Vater!", rief sie, als verachte sie ihn.

„Aber Vater ist doch lieb zu dir!"

Bettina schwieg.

„Hat er dir nicht das Lacktäschchen geschenkt? Und ich habe nicht einmal eine Schultüte bekommen", sagte er, als müsse das sie trösten.

„Mein armer, kleiner Bruder, das verstehst du noch nicht." Über ihre Wange floss eine Träne. „Ich habe furchtbare Angst, dass Mutter stirbt und wir ins Heim kommen. Vielleicht kommen wir sowieso ins Heim. Auch wenn Mutter nicht stirbt. Wir sind verfluchte Kinder."

Sie log schon wieder. Er wusste, dass sie log. Aber ihre Tränen flossen nun so reichlich, dass er Angst bekam.

„Und können wir nichts gegen den Fluch tun?", fragte er mit einem dünnen Stimmchen.

„Beten", sagte Bettina. „Wir können nur beten."

7.

„Warum müssen wir soviel beten?"

„Habe ich dir doch gesagt! Weil wir verflucht sind."

Sie saßen in der Küche. Bettina machte mit ihm die Hausaufgaben. Seine Schreibübungen waren ungelenk. In den Wörtern fehlten Buchstaben. Sein Verstand arbeitete nicht besonders schnell. Vielleicht war das ein Teil des Fluchs. Bettina schien nun überall befremdliche Dinge zu entdecken. Zeichen des Fluchs. Sie las viel, besonders in ihrem Biologiebuch. Die Schulpausen verbrachte sie in der Bücherei, wo sie in den Lexika wühlte und medizinische Begriffe nachschlug. Manchmal starrte sie in den Spiegel und betrachtete ihr Gesicht von allen Seiten. Sogar ihre Ohren. Und ihre Zähne. Als warte sie darauf, dass etwas Grässliches zum Ausbruch käme, eine Krankheit, die sich bislang verbarg.

„Findest du, dass diese Beule auf meiner Stirn normal aussieht?“, fragte sie ihn beispielsweise.

„Ja“, sagte er, der keine Beule entdecken konnte.

„Nein, sie kann nicht normal sein. Gestern war sie noch nicht da.“

Er schwieg. Wie sollte er ihr da widersprechen?

„Wenn ich verrückt werde, müsst ihr mich in mein Zimmer einschließen. Aber ich will nicht in eine Nervenklinik.“

Er wusste nicht, was eine Nervenklinik war.

„Eine Irrenanstalt. Wo die Verrückten wohnen“, erklärte sie.

„Aber du wirst doch nicht verrückt, Bettina, oder?“, fragte er ängstlich.

„Vielleicht werden wir beide verrückt“, flüsterte sie. Und dann, noch leiser: „Das liegt in der Familie.“

Pinkie

1.

Mutter war zurückgekommen. Sie war bleich und trug ein Kopftuch, um ihre ausgedünnten Haare zu verbergen. Sie sprach kaum noch. Sie hatte ihn und Bettina nie oft in den Arm genommen. Nun tat sie es gar nicht mehr. Er beobachtete sie verstohlen, wenn sie leise murmelte. Sie dankte Gott nicht für ihre Genesung, sondern bat um die Vergebung von Sünden, und darum, dass die Schande nicht ans Licht kommen möge.

Er stellte sich die Schande als ein unheimliches Tier vor, so wie eine schwarze Spinne, die aus ihrem Loch gekrochen kam. Man wusste nie genau, wo sie war. Hinter jeder Ecke konnte sie lauern, in jedem Winkel des Hauses. Mutter war blass, wenn sie mit Gott über die Schande sprach, und ihre Augen wurden rot.

Es dauerte eine Zeit, bis er die Änderungen, die sich unter der Oberfläche abspielten, genau taxieren konnte. Vater und Mutter redeten kaum noch miteinander. Bettina war sowieso verstummt. Sie besuchte nicht einmal mehr ihre Schulfreundinnen. Vielleicht hatte sie gar keine Freundinnen mehr. Stattdessen aß sie viele Bonbons. Ständig raschelte sie mit Bonbonpapier. Sie schloss ihre Zimmertür immer ab. Sie machte sich nicht mehr hübsch. Sie nähte sich einen sackförmigen Trägerrock, den sie jeden Tag anzog. Wenn ihr auf der Straße jemand begegnete, ließ sie rasch den Kopf hängen, um nicht „Guten Tag“ sagen zu müssen. Immer häufiger ging sie nicht zur Schule. Es schien niemanden zu kümmern, obwohl Vater und Mutter es doch merken mussten.

Mutter saß abends in der Küche und schälte Kartoffeln für den nächsten Tag. Sie hob nicht einmal den Kopf. Vater arbeitete in seiner Werkstatt oder saß im Wohnzimmer. Sie hatten nun einen Fernseher. Immer starrte er auf den Bildschirm, egal, ob dort Nachrichten, Fußball oder Werbung liefen. In Bettinas Schloss drehte sich der Schlüssel, und er hockte allein auf den Treppenstufen und wartete, dass ihm jemand im Vorbeigehen den Kopf streichelte.

Alles wusste Mutter nicht. Das glaubte sie nur. Die Ecken und Winkel der Werkstatt. Die Schubladen unter der Hobelbank. Wo unter Büchern und Plänen mit technischen Abbildungen noch ganz andere Dinge lagen. Zerknitterte Hefte. Mädchen in Spitzen. Lackstiefel, so rot wie reife Tomaten. Die Farbe verfolgte ihn bis in die Träume.

2.

In den meisten Pausen stand er alleine da. Die anderen lachten über ihn, hänselten ihn. Weil er etwas plump war und unsportlich. Weil er nur langsam lernte. Weil er immer noch an der Hand seiner Schwester ging. Aus vielen Gründen. Und sie fanden immer neue. Manchmal riefen sie ihm Wörter hinterher: Dickmops! Dumpfbacke! Hosenscheißer!

Manchmal auch Wörter, die er nicht kannte. Wörter, mit denen sie Vater und Mutter beleidigten, obwohl er nicht verstand, worum es dabei eigentlich ging. So konnte er sich nicht wehren. Mit gesenktem Kopf und schlaffen Armen stand er da und ließ die Beschimpfungen über sich herniederprasseln wie einen unausweichlichen Regen. Das war das Klügste. Irgendwann langweilten sie sich dann und suchten nach anderen Vergnügungen.

Nach der Schule erzählte er Bettina, was die anderen zu ihm gesagt hatten. Schnell hielt sie ihm die Hand vor den Mund. „Das sind Wörter, die du ganz schnell wieder vergessen musst. Die Zunge wird dir abfallen, wenn du sie in den Mund nimmst."

„Aber was bedeuten sie denn?"

„Nichts, was du verstehen könntest. Dafür bist du noch zu klein. Es ist besser, wenn du es nicht weißt." Manchmal war sie fast wie Mutter.

Er zögerte. Seine Ahnung drängte in eine bestimmte Richtung. Dorthin, wo in der Ecke die alte Spinne lauerte. Er beugte sich zum Ohr seiner Schwester vor:

„Ist es die Schande?"

„Ja", flüsterte sie zurück. „Aber sage es bloß nicht Vater und Mutter!"

„Wissen sie es denn nicht?"

Bettina überlegte. „Doch, sie wissen es natürlich. Aber sie wollen nicht, dass wir es wissen. Keiner soll es wissen. Wenn sich irgendwann niemand mehr daran erinnert, hört es auf, schlimm zu sein."

„Aber alle anderen wissen es doch!"

„Gar nichts wissen sie! Tu einfach so, als würdest du es nicht hören. Dann wird alles gut."

Gar nichts war gut. Es konnte nicht schlimmer werden.

„Manchmal muss ich weinen, wenn sie mich ärgern", sagte er mit jämmerlicher Stimme.

„Am liebsten würde ich diese Dummköpfe alle umbringen", rief Bettina wütend. „Wir können doch nichts dafür!"

Er blinzelte. Wofür konnten sie nichts?

3.

Irgendwann im Sommer fanden sie eine Katze in der Mülltonne. Bettina holte ihn von der Schule ab, so wie sie es öfter tat. Aus einem der großen Container, die vor dem Schulhof standen, kamen Geräusche. Bettina öffnete den Deckel. Dort saß in einem dreckigen Karton eine kleine Katze. Irgendein gefühlloser Mensch hatte sie in den Müll geworfen.

Bettina kletterte in den Container und holte die Katze heraus. Es war ein wildes und scheues Ding, das ihr die Arme zerkratzte, bevor es sich packen ließ. Sie wickelte die Katze in ihre Strickjacke, um sie bewegungsunfähig zu machen. Dann wies sie ihren Bruder an, einen der Altpapierkartons, die dort standen, auszuleeren, damit sie die Katze hineinsetzen konnten. Den Karton versteckten sie in einer Ecke der Diele.

Nun musste noch Mutter überzeugt werden. Das war nicht leicht. Katzen hatten Flöhe und brachten Krankheiten mit, sagte sie. Ebenso wie Hunde. Und ebenso wie Kaninchen und Meerschweinchen und sogar Schildkröten. Sie wollte kein Viehzeug im Hause haben. Aber Bettina war klug.

„Mutter, Albert Schweitzer war doch ein guter und frommer Mann, nicht wahr?“, begann sie, als sie das Geschirr abtrocknete.

Mutter nickte. Sie hatte eine Vorliebe für fromme Männer. „Ja, das war er. Er hat viel Gutes getan. Für die armen Kinder in Afrika. Und für den Frieden in der Welt.“

„Wir haben heute in der Schule ein Gebet gelernt.“

Auch für Gebete hatte Mutter eine Schwäche. „Nun?“

„Albert Schweitzer hat es geschrieben. Es ist ein Gebet für Tiere. Es geht ungefähr so:

O Gott, höre unser Gebet
für unsere Freunde, die Tiere,
besonders für alle die Tiere,
die gejagt werden oder sich verlaufen haben
oder hungrig und verlassen sind, und sich fürchten.
Für alle, die mit ihnen umgehen,
erbitten wir ein mitfühlendes Herz,
eine sanfte Hand und ein freundliches Wort.

„Das ist schön, nicht wahr, Mutter?" Sie konnte eine Schlange sein.

„Ja, das ist sehr schön", sagte Mutter.

Bettina sagte nichts mehr. Sie trocknete zu Ende ab und ging dann in die Diele, wo der Karton mit der Katze wartete.

„Das haben wir in der Mülltonne gefunden", sagte sie, während sie den Karton öffnete. „Es sucht eine sanfte Hand und ein freundliches Wort."

Mutter war ärgerlich. In ihren Augen blitzte es, und das war kein gutes Zeichen.

„Vater wird es nicht im Hause haben wollen", sagte sie.

„Vater tut, was du sagst", sagte Bettina.

„Ihr beide seid die Nägel zu meinem Sarg", sagte Mutter bitter, verlangte aber nicht, dass die Katze weggeschafft wurde.

Bettina nahm den Karton wieder auf den Arm. Sie liefen beide nach oben, wo sie auf dem Flur den ganzen Abend mit der Katze spielten.

„Wie soll sie heißen?", fragte Bettina.

„Pinkie", sagte er rasch. Ein Schulkamerad besaß einen Hund, der Pinkie hieß, und das gefiel ihm.

„Was für ein alberner Name", sagte seine Schwester. „Aber gut, wenn du es so willst!"

Und damit gehörte die Katze ihm, denn wer ein Ding benennt, der wird zu seinem Eigner.

4.

Bettina war krank. Sie lag in ihrem Zimmer im Bett und er durfte nicht zu ihr.

„Geh in dein Zimmer und bleib da!“, schimpfte Mutter, als er sich vor Bettinas Tür herumdrückte. Mit hängendem Kopf gehorchte er.

Auch zum Essen kam Bettina nicht herunter.

„Was hat sie denn?“, fragte er, während er in seinem Kartoffelbrei matschte.

„Iss anständig!“

Er aß ein paar Löffel und schwieg. Als er aufgegessen hatte, schaute er Mutter mit seinen farblosen Augen an, die nur selten von einem Wimpernschlag verdeckt wurden.

„Was hat sie denn?“, wagte er sich noch einmal vor.

„Eine Maus hat sie gebissen!“ Mutters Stimme war streng, fast böse, als wäre sie auf Bettina ärgerlich.

„Eine Maus?“, fragte er. Er hatte noch niemals eine Maus in Bettinas Zimmer gesehen. Das Haus war sehr sauber, denn sie waren keine verkommenen Leute. Da gab es keine Mäuse.

Mutter antwortete nicht. Der Mausebiss ließ ihm keine Ruhe.

„Hat es geblutet?“, fragte er.

Mutter schaute ihn böse an, als habe er genau das Falsche gesagt.

„Warum darf ich nicht zu ihr gehen?“, fragte er weinerlich. „Ist es so schlimm?“

Da musste Mutter wohl Mitleid mit ihm haben.

„Es ist nicht schlimm“, sagte sie. „Deine Schwester hat nur Bauchschmerzen. Das gibt sich wieder.“

„Bauchschmerzen? War der Mausebiss giftig?“

Mutter antwortete nicht mehr.

„War der Biss giftig?“

Mutters Blick brachte ihn zum Schweigen

Nach drei Tagen ging Bettina wieder zur Schule. Sie war missgelaunt und schweigsam.

„Sind deine Bauchschmerzen besser?“, fragte er.

„Es geht so“, sagte sie kurzangebunden.

Er streckte ihr seine Hand hin. Sie nahm ihn immer an die Hand, wenn sie die Straße überquerten. Aber diesmal zog sie ihre Hand weg, als habe sie sich verbrannt.

„Du bist doch schon groß! Du bist nun alt genug, um alleine zu gehen“, sagte sie. „Ich kann dich nicht das ganze Leben an die Hand nehmen wie ein Baby.“

Er sah erstaunt zu ihr auf. Ihre Stimme klang hart, aber hinter all der Härte zitterte sie.

5.

„Ich zeige dir ein Geheimnis!“

Bettinas Flüsterstimme war wie ein Sog. Er konnte sich ihr niemals entziehen. Er saß auf der Treppenstufe vorm Haus mit seiner Lesefibel für die zweite Klasse, um zu üben. In der Schule gab es jedes Mal Ärger, wenn er den neuen Absatz nicht konnte. So saß er manchmal Stunden in der Sonne und buchstabierte leise vor sich hin. Irgendwann musste sein guter Wille doch belohnt werden, auch wenn sein Kopf wie vernagelt war.

„Willst du es nicht sehen?“ Sie zog die Worte in die Länge, wie einen klebrigen Faden, in den sie ihn einzuspinnen gedachte.

„Ich muss lesen üben.“

„Komm schon! Es ist gleich hier im Garten. Ich übe nachher mit dir.“

Er ließ das Buch in der Sonne zurück. Mutter war in der Küche beschäftigt. Sie kochte Bohnen ein, was eine langwierige Arbeit war. Da würde sie nicht gerade in diesem Moment nach ihm schauen.

Bettina winkte ihn zu den Rosenbeeten. Eigentlich waren es gar keine Rosenbeete. Zwischen dem Kohl und den Mohrrüben standen ein paar alte Rosenstöcke, die der Vorbesitzer des Hauses vor langer Zeit gepflanzt hatte. Sie blühten gelb und rosa. Nur ein einziger Strauch brachte große, reinweiße Blüten hervor. Neugierig kam er näher. Was könnte es bei den Rosen zu sehen geben?

„In dieser Blüte wohnt ein Schmetterling“, sagte Bettina und berührte mit den Fingerspitzen eine dicke, weiße Knospe, die größer als alle anderen Knospen war.

Er schaute neugierig. Seine Schwester begann mit den Fingerspitzen die noch fest geschlossenen Blütenblätter auseinander zu ziehen und der Knospe mit sanfter Gewalt ihr Geheimnis zu entlocken. Er beugte sich über ihre Hände. Als sie die letzten Blätter auseinander bog, lag da eine schwarze, haarige Raupe auf dem noch unentwickelten Blütenstempel. Sie war hässlich und zog sich wütend zusammen.

„Das ist ein ekelhafter Wurm!“, rief er.

„Du bist ein Dummkopf“, schalt sie ihn leise und streichelte die Raupe mit der Spitze ihres kleinen Fingers. „Du weißt doch, dass aus den Raupen Schmetterlinge werden.“

„Aber wie ist sie in die Blüte gekommen? Sie hat kein Loch hineingefressen."

„Das ist ja das Geheimnis. Ich denke, Gott hat sie hineingesetzt."

Das klang nicht besonders glaubwürdig. Er war kein Dummkopf, auch wenn Bettina immer versuchte, ihm Märchen aufzutischen.

„Warum sollte Gott das getan haben?", fragte er skeptisch.

„Damit wir lernen, dass auch in den schönsten Dingen etwas Hässliches verborgen sein kann. Damit wir sehen, dass auch in einer weißen Rose ein widerwärtiger, schwarzer Wurm heranwachsen kann."

Er sagte nichts. Manchmal wusste er nicht, ob er alles verstand, was seine Schwester ihm sagen wollte. Manchmal fürchtete er sich ein wenig vor den Dingen, die sie sagte.

„Das bedeutet, dass in uns allen etwas Böses ist, so sehr wir uns auch die Hände waschen und uns bemühen, gut und sauber zu sein."

„Auch in Mutter und Vater?"

„Ja. Auch in Mutter und Vater. In allen Menschen."

Er überlegte. „Auch in dir?", fragte er schließlich zögernd, aber mit dem Gefühl, dass das die Frage war, auf die sie wartete.

Sie seufzte leise. „In mir vielleicht mehr als in anderen."

Warum hatte er das Gefühl, sie trösten zu müssen? „Aber du hast doch gesagt, dass die Raupe sich in einen Schmetterling verwandelt. Dann wird doch alles gut."

„Ja. Vielleicht. Aber damit der Schmetterling erscheint, muss die Raupe sterben. Der Schmetterling muss erst die alte Hülle abwerfen, damit er geboren werden kann."

Er zuckte die Schultern. „Das ist eben so."

Da brach sie die Rosenknospe ab, ließ sie zu Boden fallen und zertrat sie mitsamt dem künftigen Schmetterling.

„Diese Raupe war viel zu schwarz. Sie wäre niemals ein schöner Schmetterling geworden." Noch einmal trat sie mit dem Fuß auf die Blüte, die nur noch ein Fleckchen Matsch am Boden war.

Er würde sie niemals verstehen. Ihm graute es vor ihr.

„Ich muss jetzt lesen üben", sagte er rasch und ging zurück zu seiner sonnigen Stufe.

Fleckige Bilder von Mündern, Lippen, unaussprechlichen Dingen. Vater hätte sie besser verstecken sollen. Mutter hätte ihm mehr misstrauen müssen. All das Verbotene, das Widerliche und Abstoßende. Hörten sie ihn nicht atmen, wenn er durch die Schlüssellöcher spähte? Nach der Sportstunde, in den Umkleiden, in den Duschen. Er atmete so heftig, dass er schwitzte.

6.

Bielefeld war die einzige große Stadt seiner Kindheit. Manchmal fuhr Mutter mit ihm dorthin, um Kleidung zu kaufen. Meist aber war er mit Bettina unterwegs. Vor einiger Zeit hatte sie angefangen, Werbezettel und Prospekte auszutragen. Einen Teil des Geldes sparte sie. Für die andere Hälfte kaufte sie sich die Dinge, die sie von Mutter nicht bekam. Kekse und Schokolade. Eine Creme fürs Gesicht, die angeblich Pickel zum Verschwinden brachte. Ein Fläschchen Patchouli. Manchmal fuhr sie am Nachmittag mit dem Zug nach Bielefeld. Die Fahrkarten waren nicht so teuer, und da sie keine Freundinnen hatte, mit denen sie Bummeln gehen mochte, nahm sie ihren Bruder mit. Das waren Festtage für ihn.

In den Geschäften, wo sie nach Kleidern schaute, langweilte er sich, aber sie ging mit ihm auch durch die Spielzeugabteilungen. Einmal kaufte sie ihm einen kleinen Blechtrecker. Er stellte ihn neben sein Kopfkissen. Nur Mutter hatte natürlich wieder etwas auszusetzen. Bettina solle lieber zu Hause bleiben und für die Schule lernen, statt sich herumzutreiben, sagte sie. Und wenn sie sich schon herumtreiben müsse, dann zumindest nicht mit ihrem Bruder. Bettina hatte frech geantwortet und eine Ohrfeige kassiert.

Wenn sie mit den Spielzeugabteilungen fertig waren, kaufte Bettina am Bahnhof meist noch ein Eis. Ein Capri für sich selbst und ein Cola-Eis für ihren Bruder. Oder sie spendierte eine Tüte Pommes, die sie gemeinsam aßen. Noch Jahre später fühlte er manchmal eine unbeschreibliche Sehnsucht, zu einem dieser Ausflüge zurückzukehren und für immer in dem Moment zu verharren, wenn sie ihm das Eis oder die Pommes in die Hand drückte, und sie gemeinsam in der Sonne auf dem Bahnsteig saßen und den vorbeifahrenden Zügen nachschauten, während er aus seinem ganzen, kleinen Herzen hoffte, dass der Zug, der sie zurück nach Hause brachte, niemals eintreffen möge.

7.

Als der Winter kam, war Pinkie verschwunden. Er rief überall nach ihr, aber sie kam nicht mehr zurück. Er weinte sich beinahe die Augen aus. Es war, als ob sein Herz zerbrach. Er dachte an den kalten Schnee, der die Wege bedeckte. An den schneidenden Wind. An den Frost, der die Pfützen zu glatten, harten Flächen gefrieren ließ. Und Pinkie war irgendwo dort draußen und fand den Weg nach Haus nicht mehr.

„Sie wird sich einen Platz gesucht haben, wo es ihr besser gefällt." Mutters Trost war nicht sehr hilfreich. Sie hatte Pinkie nie gemocht.

„Nimm endlich den Fressnapf weg", sagte sie, als Pinkie nach zwei Wochen noch nicht wieder da war, er aber fortfuhr, jeden Tag frisches Wasser und Futter in die Plastikschälchen auf der Diele zu füllen. „Sie kommt nicht wieder."

Auch Bettina wollte ihm nicht suchen helfen.

„Vielleicht ist es besser, dass sie fort ist", sagte sie. „Es ist nicht gut, wenn wir unser Herz zu sehr an etwas hängen."

Das wollte er nicht hören. Bettina zuckte die Schultern und ging in ihr Zimmer. Er nahm das Paket Katzenfutter vom Regal und streute eine Futterspur in den Schnee. Er wartete den ganzen Tag. Aber Pinkie kam nicht zurück. Bettina nahm ihre schwarze Cordjacke mit dem abknöpfbaren Plüschkragen. Sie machte den Kragen ab und gab ihn ihm, damit er ihn mit ins Bett nehmen konnte. Als kleinen Trost. Er war fast so weich wie ein Katzenfell und genauso schwarz wie Pinkie. Am Morgen knöpfte sie den Kragen dann wieder auf ihre Jacke. Er roch immer ein wenig nach dem Kölnisch Wasser, das sie benutzte.

Bettina

1.

Bettina begann sich für andere Dinge zu interessieren als für Pinkies Schicksal und die Märchen der Gebrüder Grimm. Sie hatte sich heimlich einen Lippenstift gekauft. Hellrosa. Die Farbe schimmerte ein wenig. Sie malte sich die Lippen an, und er streichelte den Kragen ihrer Plüschjacke, den er auf dem Schoß hielt, als wäre er eine lebendige Katze. Sie fragte ihn, ob sie hübsch sei. Sie holte ein Päckchen Kekse und eine Flasche Saft aus ihrem Schrank. Sie schenkte ihm ein Glas voll und legte ihm auf einer Untertasse Kekse hin. Dann schaltete sie ihren Kassettenrekorder ein und spielte leise Xanadu. Das war ihr neues Lieblingslied, von einer hübschen Sängerin, deren Namen er sich nicht merken konnte.

Bettina lachte selten. Irgendwann hatte sie es verlernt. Aber an diesem Tag lachte sie. Aus ihrem Nachtschrank nahm sie ein kleines, weißes Schächtelchen mit Goldrand. Sie öffnete es einen Spalt und ließ ihn hineinschauen. Darin lag ein Paar goldfarbener Ohrringe, an denen lila Steinchen baumelten.

„Das sind echte Amethyste“, sagte sie, und er staunte.

Die Ohrringe hatten einen Clipverschluss, denn Mutter erlaubte nicht, dass sie sich Ohrlöcher stechen ließ. Sie klippste die Ohrringe an ihren Ohrläppchen fest. Dann kämmte sie ihre Haare ganz glänzend und lächelte in den Spiegel. In den letzten Wochen war sie wieder regelmäßig zur Schule gegangen. Sie erzählte von einem netten Jungen, der jetzt in ihre Klasse ging.

„Hast du ihn vielleicht lieber als mich?“, fragte er mit einem schmerzlichen Gefühl von Eifersucht.

„Du Dummkopf!“, sagte sie lachend. Sie nahm einen der Clips von ihrem Ohr und befestigte ihn am Ohr ihres Bruders. „Wir gehören für immer zusammen!“

Dann gab sie ihm einen so festen Kuss auf die Wange, dass ein rosa Abdruck von dem Lippenstift darauf zurückblieb.

„Wirst du den Lippenstift morgen in der Schule tragen?“, fragte er argwöhnisch.

„Um Gottes Willen, nein!“, antwortete sie. „Wenn Mutter das mitbekommen würde, sperrt sie mich glatt zu Hause ein.“

„Warum ist alles, was wir tun, so schlimm?“, fragte er mit frühen Falten auf seiner hohen Stirn. „In der Schule tragen viele Mädchen Lippenstift. Es ist nicht schlimm!“

„Wenn andere es machen, nicht“, antwortete Bettina. „Aber wenn ich das mache, heißt es gleich wieder, das ist das Mädchen aus dem verlotterten Haus.“

„Aber warum ist unser Haus denn verlotterter als die anderen?“

„Das ist eben so.“ Sie drehte sich weg, blickte in den Spiegel und wischte sich den Lippenstift wieder ab. „Das ist eben so.“

Sie waren überall, auf Schritt und Tritt. Die Mädchen aus den Heften. Ihr Lippenstift glänzte fettig und feucht. Die Münder nachgiebig und weich. Zerrissene Strümpfe aus Nylon und Seide. Schlampen waren sie alle. Er brannte, wenn er daran dachte, sie zu berühren. Ihre Haut war schweißbedeckt, doch kühl. Er konnte sie alle haben.

Träumte er? Oder träumten sie? Würden sie sich erinnern, wenn sie erwachten? Poppen, dachte er, und drückte den Auslöser der Kamera. Klick. Klick. Klick. Das Schlüsselloch vorm Auge. Alle konnte er sie haben. Alle.

2.

Es war etwa eine Woche später, als er mittags seine Schwester auf der Bank an der Bushaltestelle sitzen sah. Er hatte den Eindruck, als säße sie dort schon sehr lange.

„Bist du nicht zur Schule gegangen?"

In der letzten Zeit war sie doch gerne hingegangen, wenn auch nur, um jenen anderen Jungen zu sehen.

„Ich gehe nie wieder hin." Ihre Stimme klang matt. Sie nahm ihren kleinen Bruder in die Arme und barg ihr Gesicht an seinem Hals. Er bemerkte einen kleinen Blutfleck auf ihrer weißen Bluse. Sie zupfte rasch den Rüschenkragen zurecht, um den Fleck zu verdecken.

„Ist das Blut?", fragte er.

„Nein, Kirschsaft", sagte sie. Es war klar, dass sie log.

„Hast du dir wehgetan?"

„Jemand anders hat mir weh getan", sagte sie leise und blickte zu Boden.

Erst jetzt sah er, dass ihre Lippe aufgeplatzt war. Und ein dicker Tropfen war auf die Bluse gefallen.

„Wer hat das getan?"

„Niemand", sagte sie mürrisch und erhob sich. Sie mussten nach Hause. Sie nahm ihn an die Hand, was sie schon lange nicht mehr getan hatte.

„Wer hat das getan?"

Sie blieb stehen, ließ sich mitten auf dem Fußweg in die Hocke nieder und verbarg ihr Gesicht in den Händen. Sie weinte.

„Was ist passiert?“ Er schlang ihr verzweifelt seine schwächlichen, weißen Arme um den Hals.

Bettinas Stimme war ganz dumpf, denn sie sprach in ihre Hände. „Er hat mir einen Kuss gegeben.“

„Wer?“

„Dieser Junge, von dem ich dir erzählt habe. Und in dem Moment kam seine Mutter um die Ecke. Sie hat mich an den Haaren von ihm weggezogen und mir mit der Hand ins Gesicht geschlagen. Und sie hat gesagt: Lass die Finger von meinem Jungen, du verkommene Brut.“

Er wusste nicht, was eine verkommene Brut war. Aber es schien den Beleidigungen zu ähneln, mit denen die Mitschüler ihn gelegentlich bedachten.

„Und nun?“, fragte er mitleidig und streichelte ihr übers Haar.

„Nichts. Ich werde nicht mehr zur Schule gehen. Nie wieder.“

„Du könntest es Vater sagen. Er könnte zur Schule gehen und machen, dass die Mutter des Jungen sich bei dir entschuldigt.“

„Wenn du Vater oder Mutter etwas sagst, bringe ich dich um!“

Sie zog ihn hinter sich her und sprach den ganzen Weg kein Wort mehr.

3.

Manchmal klopfte er an Bettinas Tür. Meistens öffnete sie nicht. Sie brauchte immer weniger Gesellschaft. Sie hatte jetzt ein Tagebuch.

„Was schreibst du?“, fragte er.

Sie antwortete nicht. Sie schrieb die Seite zuende. Dann

riss sie sie sorgfältig heraus, legte sie in einen Aschenbecher und zündete sie an. Als sie verbrannt war, pustete sie die Asche aus dem Fenster und sah zu, wie der Wind sie davontrug.

„Warum machst du das?“, fragte er.

„Damit niemand es liest, wenn ich tot bin. Damit niemand hinterher sagen kann, ich wäre verrückt gewesen.“

Er fühlte einen Stein auf den Schultern, wie immer, wenn sie vom Verrücktwerden sprach. Ihr Zimmer erinnerte ihn an eine Uhr, die stehen geblieben war. Alles war so aufgeräumt, als würde sie ihre Sachen gar nicht mehr benutzen. Das Bett war ordentlich gemacht, als würde sie gar nicht mehr darin schlafen.

„Es ist wie ein schwarzes Loch, in das ich falle“, flüsterte sie. „Es hält mich fest und zieht mich immer tiefer hinab.“

Er antwortete nicht. Was hätte er auch sagen können?

„Wenn ich tot bin“, sagte sie, „kannst du mein Zimmer haben. Du kannst alles haben. Du musst mir nur versprechen, es immer ordentlich zu halten.“

Er schaute sie mit großen Augen an und nickte.

„Die Barbies und das Puppenservice brauchst du nicht zu nehmen. Die Sachen, die nur für Mädchen sind, packe ich vorher in ein Paket und schicke sie an ein Waisenhaus, damit die Kinder dort auch was haben.“

Er schaute immer noch. „Bist du denn bald tot?“

Sie hob die Schultern. „Ja, vielleicht. Das wäre wohl am besten.“

Sie öffnete eine Schublade ihres Schreibtisches. Unter den Schulheften zog sie einen Zeitungsausschnitt hervor. Es war eine schwarzgeränderte Todesanzeige, die sie irgendwo ausgeschnitten hatte.

„Schau her. Das ist die Todesanzeige von Gabriele.

Sie ging in meine Parallelklasse. Sie ist von einem Auto überfahren worden. Vor ein paar Wochen. Es stand sogar in der Zeitung."

Davon hatte er noch nichts gehört. Neben dem Namen des Mädchens war eine schwarze Rose gedruckt.

„Wenn ich tot bin, möchte ich auch so eine Anzeige. Genau wie diese hier. Kannst du dir das merken? Versprichst du, es nicht zu vergessen?"

Er nickte.

„Ich lege die Anzeige wieder zurück in die Schublade. Die unterste Schublade, unter den Heften. Wenn es soweit ist, kannst du sie herausholen und Mutter zeigen. So eine Rose möchte ich, und hier oben ein Ave Maria."

Er nickte. Bettina wurde ruhiger.

„Aber sage es niemandem. Erst wenn ich tot bin!", flüsterte sie.

„Ich will aber nicht, dass du tot gehst! Dann bin ich ja ganz alleine."

Sie schaute mitleidig. „Es ist ja noch nicht so weit. Irgendwann mal. Wenn ich es nicht mehr aushalte."

„Wenn du was nicht mehr aushältst?"

Sie antwortete nicht.

4.

Im Laufe der Zeit flüsterte Bettina ihm noch mehrmals zu, dass sie es bald nicht mehr aushalten könne, und erinnerte ihn an die Schublade des Schreibtisches. Ihr Tagebuch wurde immer dünner, und immer blieb es leer. Die Schande hockte in allen Ecken. Manchmal glaubte er sie zu sehen. Ihre Umrisse verschmolzen mit den Schatten an der Wand. Sie war längst in alle Poren des Hauses gesickert, wie ein Pilz, der seine Sporen verteilt, oder wie ein Schwamm, der nach und nach die Grundmauern zerstört. Manchmal legte er sein Ohr an die Wand und lauschte mit offenem Mund. Dann glaubte er das Wachsen des Pilzes zu hören, ein leises Knirschen unter dem Putz.

Vater und Mutter schwiegen sich an. Oder sie stritten. Er wusste nicht, was schlimmer war. Einmal lief Mutter mit dem Küchenmesser in der Hand in Vaters Werkstatt und schlug die Tür hinter sich zu. Sie schrien sich an. Nach einer Weile öffnete die Tür sich wieder und Mutter kam heraus. Schimmerte das Messer jetzt nicht rötlich im Licht? Tropfte da nicht Blut auf den Boden?

Ihm blieb beinahe das Herz stehen. Er drückte sich in eine Ecke des Flurs und hätte sich am liebsten in Luft aufgelöst. Doch dann sah er Vaters Schatten an der Werkbank, und wusste, dass die Phantasie ihm Streiche spielte. Mutter warf das Messer in die Spüle und fuhr sich mit den Händen durchs Haar, das wieder voll geworden war.

Bettina war in ihr Zimmer geflüchtet. Als er an ihrer halboffenen Tür vorbeikam, sah er sie auf dem Fußboden liegen. Sie hatte ein Kissen über ihr Gesicht gelegt, als wolle sie sich selbst ersticken. Ja, sie war schon fast verrückt. Jeden Tag ein Stückchen mehr. Die schwarzen Spinnen bissen sie. Sie saugten ihr das Blut aus. Vielleicht hatte sie Recht. Vielleicht würden sie alle verrückt werden. Sie würden an der Schande zugrunde gehen.

Mädchen mit Wangen wie Liebesäpfel, die Grübchen dunkelblau. Sie lächelten, um ihm zu gefallen. Da waren kleine Fläschchen, in weiches Papier gebettet, damit sie nicht zerbrachen. Zaubertrank. Und überall offene Lippen, die danach dürsteten.

Poppen, hat der Typ gesagt. Er wollte das ja gar nicht

wirklich. Aber es war aufregend, im Geiste die vielen, keuschen Knöpfe der weißen Blusen aufzuknöpfen, einen nach dem anderen, und die milchige Haut zu sehen, die darunter lag.

5.

Auf dem Dachboden war alles still. Warmer Staub tanzte in den Sonnenstrahlen, die hier und da durch die Ziegel drangen. Im Gebälk klopfte die Totenuhr. Derjenige, der sie hörte, war dem Tode geweiht. Bettina hatte ihm die Geschichte erzählt. Wenn der Tod ins Haus kam, dann hörte man das Ticken seiner Uhr.

Vater hatte geschimpft, als er ihn danach fragte. Er war ärgerlich mit Mutter und mit Bettina. Er sagte, sie würden noch einen völligen Trottel aus dem Jungen machen. Die Totenuhr war gar keine Uhr. Vater war mit ihm auf den Boden gegangen und hatte solange gesucht, bis er einen kleinen Käfer auf dem Holz gefunden hatte. Das sei die Totenuhr, hatte er gesagt. Ein Klopfkäfer, der auf das Holz klopft, um damit ein Weibchen zu rufen. Nur ein hässlicher, kleiner Käfer.

Es klopfte wieder, diesmal direkt über seinem Kopf. Vater hatte die Balken mit Gift eingestrichen, damit die Käfer verschwanden. Aber es klopfte trotzdem noch. Man konnte nicht sicher sein, dass es wirklich Käfer waren. Vielleicht war es doch die Uhr des Todes.

„Hallo“, flüsterte er, und bekam eine Gänsehaut bei dem Gedanken, dass jemand antworten könnte. Aber alles blieb still.

Leise ging er in die Ecke, wo ein paar alte Koffer gestapelt standen. Damit waren Vater und Mutter hergezogen, als sie das Haus gekauft hatten. Sie hatten nicht viel mitgebracht.

Mit den Fingern malte er ein Muster in den dicken Staub, der sich auf dem obersten Koffer gesammelt hatte. Vorsichtig fuhr er über das Schloss. Mit einem lauten Klacken sprang es auf. Er durfte nicht alleine auf den Dachboden gehen. Und darum durfte er sicher auch nicht in die Koffer schauen. Er hielt den Atem an und hob ganz langsam den Deckel hoch. Es roch seltsam. Alte Zeitungen. Schwarzes Fell. Dreckiges, mottiges, stinkendes Fell. Pinkies vertrocknete Augen in den Höhlen. Das aufgerissene Maul. Weit klaffte es auseinander. Die spitzen Zähne standen heraus wie Nadeln. Um Pinkies Hals war eine rote Kordel geschlungen.

Entsetzt ließ er den Deckel wieder fallen. Er schlug sich die Hände vor den Mund und wich zurück, bis er an die Wand stieß. Der Schrei blieb ihm im Hals stecken. Das war Pinkie gewesen. Seine Pinkie, auf die er Monat um Monat gewartet hatte. Hier oben lag sie die ganze Zeit. In Mutters altem Koffer, vertrocknet wie eine Mumie. Die Kordel um den Hals hatte fast wie der Gürtel von Mutters Bademantel ausgesehen.

Er atmete hastig. Ein hysterisches Asthma, an dem er manchmal litt. Er sank auf seinen Hosenboden nieder und atmete in kleinen, raschen Zügen in seine Hände, bis es vor seinen Augen zu flimmern begann. Endlich begann er zu wimmern. So fand Vater ihn und trug ihn nach unten in sein Zimmer, wo er ihn aufs Bett legte.

„Pinkie!“, rief er mit erstickter Stimme. „Pinkie!“

Vater ging nach oben und schaute in den Koffer. „Da ist nichts“, sagte er, als er wiederkam. „Du musst dich getäuscht haben. Manchmal sieht man Dinge, die es gar nicht gibt.“

Er beruhigte sich nur langsam. Er wusste, dass Vater log. Er wusste es spätestens am nächsten Tag, als er heimlich ins Elternschlafzimmer schlich und die Tür des Kleiderschranks öffnete. Dort hing Mutters roter Bademantel. Und der Gürtel war fort.

Der Biss der Spinne

1.

Mitten in der Nacht wachte er auf. Er musste zur Toilette. Mit nackten Füßen huschte er die Treppe hinab, ohne das Licht anzuschalten. Er wollte niemanden wecken. Die Ruhe war kostbar. Aber es war bereits jemand wach. Durch die angelehnte Küchentür drang ein Lichtschein. Ein leises Klappern. Jemand hatte den Küchenschrank geöffnet. War Mutter noch nicht schlafen gegangen?

Er lugte durch den Türspalt. Es war Bettina. Sie hatte ein Glas aus dem Schrank genommen, das sie mit Wasser füllte. Als sie ihn bemerkte, schrak sie zusammen.

„Verschwinde gefälligst. Geh ins Bett!“, zischte sie.

„Was machst du da?“

„Ich trinke einen Schluck Wasser, was sonst!“

Er verschwand und ging auf die Toilette. Als er wieder nach oben ging, war Bettinas Zimmertür nicht ganz geschlossen.

„Komm her, Albert“, flüsterte sie, als sie seine Schritte hörte.

Sie saß nun auf dem Bett und hatte ihre gehäkelte Stola umgehängt. Es war kühl. Sie trug einen Rock und ihre beste Bluse, als wolle sie ausgehen. Auf dem Nachtschränkchen stand das Wasserglas.

„Willst du nicht schlafen gehen?“, fragte er.

„Doch. Ich werde schlafen gehen.“

Aus der Schublade holte sie zwei Plastikröhrchen.

„Was ist das?“

„Mach die Tür zu“, flüsterte sie.

Er schloss die Tür und trat einen Schritt näher.

„Sind das Tabletten? Hast du Kopfschmerzen?“, fragte er.

„Ja. Ich habe furchtbare Kopfschmerzen. Und Bauchschmerzen. Und mein Herz tut auch weh. Die Tabletten werden mir helfen.“

„Aber du kannst doch nicht alle nehmen!“, flüsterte er, als er sah, wie sie eine Tablette nach der anderen im Wasser auflöste.

„Doch, ich kann. Die Schmerzen sind sehr schlimm. Sonst hilft es nicht.“

Er starrte sie an.

„Weißt du denn noch, was in der untersten Schublade liegt?“

Er überlegte einen Moment. Er hatte lange nicht mehr an die Anzeige mit der schwarzen Rose gedacht. Er hatte geglaubt, sie habe sie längst weggeschmissen.

„Weißt du noch, was du tun sollst?“

Er antwortete nicht.

„Du hast es versprochen, Albert.“

„Du stirbst doch nicht heute?“, fragte er voll Schreck.

„Ich weiß nicht“, sagte sie langsam. „Vielleicht. Aber ich glaube, ich werde nur lange schlafen.“

Sie setzte das Glas an den Mund und trank etwa die Hälfte. Sie verzog das Gesicht. Es schmeckte ekelhaft.

„Ist es wegen der Schande?“, fragte er, der die ganze Sache immer noch nicht durchschaute.

„Ja. Dieses Jahr ist es noch schlimmer. In der Schule wissen es nun alle. Ich kann mich nirgendwo mehr sehen lassen. Lieber sterbe ich“, sagte sie und setzte das Glas ein weiteres Mal an den Mund.

„Komm her“, sagte sie dann, und streichelte ihm über den Arm. „Ich glaube, es fängt schon an zu wirken. Die Bauchschmerzen werden weniger.“

Sie versuchte ein Lächeln. „Und du musst nun ins Bett gehen. Ich werde schon ganz müde. Sicher werde ich bis morgen Mittag schlafen."

Zögernd bewegte er sich zur Tür. Bevor er hinausging, schaute er sich noch einmal um.

„Tschüß, Albert. Und sei nicht traurig, dass ich dich alleine lasse", sagte Bettina wie im Traum und ließ den Kopf ins Kissen fallen.

2.

Er legte sich in sein Bett und versuchte zu schlafen. Aber es ging nicht. Sollte er Mutter wecken und ihr erzählen, was Bettina getan hatte? Aber Mutter würde ärgerlich sein. Und Bettina auch. Sie zankten sich immer. Und mit Vater stritten sie beide, aber jede für sich. Er wünschte sich, eine andere Familie zu haben. Wäre es wirklich so schlimm, in ein Heim zu kommen? Vielleicht würde eine andere Familie ihn adoptieren. Er würde in eine Schule gehen, wo die Kinder netter waren, und Bettina könnte ihn besuchen.

Als die Uhr im Wohnzimmer zweimal schlug, schreckte er wieder hoch. Die Nacht schien ewig zu dauern. Ob Bettina eingeschlafen war? Er wollte noch einmal nachschauen und glitt aus dem Bett. Leise drückte er die Klinke ihrer Tür. Ihr Nachttischlämpchen brannte noch. Ganz still lag sie da, den Kopf noch an der gleichen Stelle, so wie sie ihn hatte fallen lassen. Ihre Hände waren zusammengelegt, als würde sie beten. Vielleicht sollte er auch beten. Es könnte nicht schaden. Er ging einen Schritt auf das Bett zu und schaute, ob sie noch atmete. Da kam plötzlich ein leises Röcheln aus ihrem Hals.

Vielleicht träumte sie schlecht. Sie hatte sich immer vor bösen Träumen gefürchtet.

Er legte ihr die Hand auf die kalte, ein wenig schweißige Stirn. Sie röchelte wieder. Er ging ein paar Schritte rückwärts und blieb dort stehen, wo er an den Schrank stieß. Das Röcheln wurde leiser. Seine Hände suchten nach einem Halt. Ohne es zu merken, begann er mit den Fingern an der Kante der Schranktür zu kratzen, wo das Furnier nicht mehr ganz fest auflag. Bettina röchelte noch ein paar Mal, dann kehrte Ruhe ein. Ihre Brust hatte aufgehört, sich zu heben und zu senken. Er war wie versteinert. Nun war es zu spät. Nun brauchte er Mutter nicht mehr rufen. Nun konnte er nichts mehr tun, als hier zu stehen und über den Schlaf seiner Schwester zu wachen, die zu lächeln schien. Mit zittriger Stimme begann er ein Ave Maria aufzusagen.

3.

Sechs Tage waren vergangen, seit Bettina eingeschlafen war. Er trug einen schwarzen Anzug. Den hatte er am Vortag neu bekommen. Sie waren extra nach Herford gefahren. Er war sogar ein bisschen stolz auf das schöne Jackett, das einen weichen Samtkragen und Samtaufschläge an den Ärmeln hatte. Das könnte er im nächsten Frühjahr auch noch zur Erstkommunion tragen, so wäre es keine Verschwendung, hatte Mutter gesagt.

Die kleine Kapelle war fast leer. Keine Freundinnen aus der Schule. Nicht einmal eine Lehrerin. Dabei hatte Bettina keinen Abschiedsbrief geschrieben, was allen die Hoffnung ließ, dass sie vielleicht aus Versehen fünfzig Tabletten in ihr Glas gekippt und getrunken hatte. Alle wussten, dass sie manchmal unter Kopfschmerzen litt. Vielleicht hatte sie nicht mehr gewusst, was sie tat. Es war ein Trost, das zu denken. Sie bekam einen Platz in der Nähe der Rosenbeete. Sie hatte Blumen immer geliebt. Auf dem Sarg, der aus hellem Holz war, lag ein Kranz aus Immergrün. Der Sarg hatte die gleiche Farbe wie das Klappbett in ihrem Zimmer. Fast so, als würde sie immer noch in ihrem Bett liegen und träumen.

Dann standen sie zu dritt vor dem dunklen Loch und warfen Blumen hinein. Mutter warf eine weiße Lilie, Vater eine dornige Rose, und er ein Sträußchen Vergissmeinnicht. Sie traten einen Schritt zurück und schauten zu, wie dicke Erdplacken in das Grab geschaufelt wurden. Er hielt die Hände fest gefaltet und betete irgendetwas. Vielleicht stammelte er auch nur vor sich hin. Die Erde begann das Loch zu füllen. Nun war Bettina weg. Für immer verschwunden.

4.

Es war Dezember. Nikolaus war schon vorbei. Im Adventsgesteck hatte die zweite Kerze gebrannt. Seit ein paar Tagen ging er auf eine neue Schule. Er wartete auf den Schulbus, der sich an diesem Tag verspätete. Er zog sich die Kapuze tief ins Gesicht. Schneeflocken begannen zu rieseln. Tränen traten ihm in die Augen vor Kälte. Der Wind war eisig, und er drückte sich ein Stückchen hinter die Büsche. Da sah er Mutter die Auffahrt herunterkommen, in der Hand zwei große, blaue Säcke. Sie stellte sie an die Straße, drehte sich um und ging zurück zum Haus. Sie hatte nicht gesehen, dass er noch da stand und auf den Bus wartete.

Neugierig ging er zu den Säcken hin. Das waren keine gewöhnlichen Müllsäcke. Kleine Zettel waren daran befestigt. Ein rotes Kreuz. Altkleidersäcke, die an diesem Morgen eingesammelt wurden. Sie waren fest verschnürt. Was wollte Mutter denn wegschmeißen? Mit dem Finger bohrte er ein Loch in die Plastikhülle. Er fühlte etwas Weiches. Es war der schwarze Plüschkragen von Bettinas Cordjacke. Mit dem Plüsch hatte sie immer ihre Wangen gestreichelt, als ob es ein Kätzchen wäre. Gelächelt hatte sie dann. Nun war die Jacke in einen Sack geknüllt und stand an der Straße. Er heulte.

Als in der Ferne der Schulbus auftauchte, versteckte er sich im Gebüsch. Der Bus fuhr vorbei. Er kroch wieder hervor und ging zurück zu den Säcken. Bettinas ganze Kleidung war darin. Ihre Röcke, ihre Blusen. Sogar ihre Unterwäsche. Und das Lacktäschchen, das sie von Papa bekommen hatte. Er rollte die Säcke in den Straßengraben. Dann schleppte er erst den einen, dann den anderen Sack über den Acker und in den Wald hinein. Dort hatte er ein Versteck. Ein alter Hochsitz, den der Jäger schon lange nicht mehr benutzte. Die Leiter war morsch. Aber es war ein richtiges, kleines Häuschen. Im vergangenen Sommer hatte er dort viele Stunden verbracht.

Er zog sich Bettinas Jacke über. Sie roch sogar noch ein bisschen nach ihr. Es war fast, als wäre Bettina wieder da, und als habe er sie gerettet. Bis zum Mittag blieb er in dem Hochsitz, damit Mutter nicht merkte, dass er nicht zur Schule gefahren war. Bevor er nach Hause ging, faltete er die Kleider wieder ordentlich zusammen und steckte sie zurück in die Plastiksäcke. Das Lacktäschchen aber steckte er unter seine Jacke. In seinem Zimmer stopfte er es ganz hinten in den Schrank, in dem sich seine Schuhe und Sportsachen befanden. Da schaute Mutter nie hinein. Er hielt sein Zimmer peinlich aufgeräumt, damit sie keinen Grund fand, herumzukramen.

Abends, als Mutter dachte, er würde schon schlafen, holte er das Lacktäschchen heraus. Ein kleiner Klappspiegel war darin. Ein Kamm mit Blumenmuster. Die Ohrclips mit den lila Steinen. Der rosa Lippenstift. Er war der einzige, der Bettina mit bemalten Lippen gesehen hatte. Dann entdeckte er ein Passfoto, das ihn selber zeigte. Er hatte Fotos für die Monatskarte gebraucht, und eines hatte Bettina in ihr Täschchen gesteckt. Mutter hatte das alles in Säcke gestopft und an die Straße gestellt. Im Dezember. In der Kälte. Mitsamt seinem Foto. Er heulte wieder.

Der Mandelduft verflog. Fader Biergeruch blieb. Abwaschwasser. Kotze auf dem Boden. Hol den Lappen, Albert! Er kehrte die Ecken. So hatte er es gelernt. Mutter wäre stolz auf ihn. Alles sauber. Unter den Teppich. Die Mädchen und die Hefte und Bettina. Nur Pinkies schwarze Krallen zuckten manchmal hervor und bohrten sich in seine nackten Sohlen, bis er hätte schreien können.

Libori

1.

Der Paderborner Libori fiel mit einer Welle tropischer Hitze zusammen, die wie eine Glocke über der Stadt hing. Die Luft war gesättigt mit Feuchtigkeit. Der Morgen roch bereits nach Gewitter. Es war halb acht, als Albert Stahl sich an der Küchenspüle seines Wohnwagens wusch. Es war der Sonntag des Heiligen Liborius, und um neun Uhr würde das Pontifikalamt beginnen. Er hatte Mutter versprochen, hinzugehen.

Das Glas des Spiegels, der an einem Drahthaken an der Wand hing, war fleckig und blind. Spritzer von Rasierschaum. Fliegendreck, der niemals weggewischt wurde. Er öffnete die Besteckschublade. Neben den Löffeln und Gabeln lagen ein paar Flaschenöffner und ein schwarzer Kamm. Er zog sich den Scheitel gerade. Ein paar farblose Haare fielen in die Spüle. Wenn sie den Abfluss verstopften, entfernte er sie.

Er suchte nach dem Handtuch. Es war von der Stuhllehne gerutscht. Auf der schmalen Fensterbank stand ein Topf mit einer Plastikgeranie, deren rote Blüten bereits verbleichten. Neben dem Blumentopf lag eine tote Fliege. Und Bonbonpapier. Auf dem abgetretenen Linoleumboden knirschten Krümel, dort, wo eine halbleere Kekstüte umgefallen war. Die gleichen Krümel klebten unter den Gummisohlen seiner schwarzen Schuhe. Er räumte selten auf. Es gefiel ihm so, wie es war. Er steckte sich ein Bonbon in den Mund und ließ mit einem Ausdruck trotzigen Genusses das bunte Papier zu Boden segeln, während sich in seinem Mund die klebrige Süße von Honig breit machte.

Das Klappsofa, auf dem er die Nächte verbrachte, war durchgelegen und nicht sehr sauber. Es müsste neu bezogen werden. Schokoladenflecken auf dem Kopfkissen. Das Oberbett roch muffig. Einzig das kleine Klapptischchen am hinteren Fenster, auf dem ein Laptop stand, bildete eine Insel der Ordnung.

In einer Schublade fand er noch ein Paar frische Socken.

Unter dem Tisch türmte sich Schmutzwäsche. Schweißfleckige, zerknüllte Hemden. Vergilbte Unterhemden, zwischen denen sich dünngewordene Polyestersocken ringelten. Morgen würde er alles in die alte Reisetasche stopfen und zu Mutter fahren. Mutter schleppte sich jeden Freitag die Treppe hoch, um in seinem alten Zimmer Staub zu wischen. Das ließ sie glauben, dass er sie brauchte.

2.

Er saß am Frühstückstisch und bohrte Löcher in das frische Brot. Dann fuhr er mit den Fingern hinein und höhlte es aus. Er dachte an glitzernde Knöpfe und seidene Wäsche. Rot musste sie sein. Rot. Seine Hände schwitzten. Sein Atem ging hitzig und rasch, wenn er daran dachte, über die schlafende Haut zu streichen. Er träumte davon. Und manchmal musste er die Augen zweimal öffnen, ehe er wach wurde.

Er stopfte sich das weiche Brot in den Mund. Das Glas mit der Himbeermarmelade war nicht richtig zugeschraubt. Ein klebriger Rand hatte sich gebildet. Ein paar kleine Fliegen umschwirrten den Deckel. Er hatte das Glas absichtlich nicht in den Kühlschrank gestellt. Er ließ es immer auf dem Tisch stehen, auch bei der Wärme. Der Himbeergeruch war stark, fast gärig. So wie er es liebte.

Der Löffel, den er ins Glas tauchte, klebte ebenfalls. In dicken Klumpen ließ er die Marmelade in das Loch fallen, das er ins Brot gebohrt hatte. Noch einen Löffel. Dann biss er ein großes Stück ab. Die Marmelade quoll heraus und tropfte auf den Tisch. Aber das machte nichts. Er konnte es ja wegwischen. Oder einfach die Zeitung darüber legen. Es würde dann schon trocknen. Und Mutter kam ja nicht her.

Als er fertig war, stand er auf und wischte die Hände am Handtuch ab. Das Geschirr blieb auf dem Tisch stehen. Er würde es später ohnehin wieder benutzen. Er trank immer aus der gleichen Tasse und aß immer vom gleichen Teller. Wozu sollte er sich mehr Umstände machen? Erst wenn die Tasse irgendwann zerbrach, würde er eine neue aus dem Schrank nehmen. Fünf Tassen standen noch im Schrank. Wenn er aufpasste, würden sie sein ganzes Leben reichen.

3.

Nach dem Frühstück bügelte er ein paar Hemden. Manchmal erschien ihm das Bügeln als eines der wenigen sinnvollen Dinge, die in seinem Leben von Dauer waren. Eines der Hemden hängte er über die Stuhllehne, um es gleich anzuziehen. Die beiden anderen faltete er ordentlich zusammen und legte sie ins Wäschefach des Einbauschranks. Er zögerte einen Moment, während seine Hand mit einem kleinen Schlüssel spielte, den er in der Hosentasche trug. Eine der Schranktüren verfügte über ein Schloss. Sollte er …?

Ein weicher Duft von Maiglöckchen und Lavendel strömte ihm entgegen. Seine Hand strich über ein paar sorgfältig geplättete Blusen, zwischen denen Seifenstücke lagen. So machte Mutter es auch. Dann hatte alles einen frischen Duft. Er streichelte den Plüschkragen einer Cordjacke, ließ die Finger weitergleiten zu einem Paar weißer Riemchensandalen, Größe 37, die etwas abgetragen aber gut gepflegt waren. Die kleine Damentasche in der Farbe einer reifen Tomate war ebenfalls älteren Datums. Aber der Lack war noch glatt und ohne Schrammen.

Mit den Fingerspitzen strich er über den Metallverschluss der Tasche und ließ ihn aufschnappen. Ein leises Seufzen entrang sich seiner Kehle. Er tauchte seine Nase tief ins Innere der Tasche und schloss die Augen. Mit der anderen Hand tastete er über den Kragen der Jacke und grub die Finger in den weichen Stoff. Seine noch unrasierte Wange rieb sich an dem Plüsch, der nach einer Spur von Kölnisch Wasser duftete, und ein klein wenig nach Mottenpulver.

4.

Unter den Plastikplanen des Festzelts staute sich noch die Hitze vom Vortag. Stahl schwitzte bereits. Er schwitzte immer. Er musste sich beeilen. Er wischte die Tische ab, rückte Stühle und Bänke zurecht und verteilte Aschenbecher und kleine Blumenvasen. Alles an seinen Platz. Dann begann er, den Tresen zu polieren.

Früher war er eine Zeit beim Autoskooter gewesen. Aber das war nur was für junge Burschen. Seit fast zehn Jahren wechselte er zwischen Müllers Festzelt und verschiedenen mobilen Cocktailbars hin und her. Die Copacabana-Bar und die Havanna-Lounge gehörten ebenfalls dem alten Müller, wenn sie auch unter dem Namen seiner Frau firmierten. Stahl hatte keine Präferenzen. Er ging dorthin, wohin man ihn schickte, und sein alter Opel kreuzte durch ganz Westfalen. Die Arbeit war überall die gleiche. Nach Feierabend drückte man ihm einen Besen in die Hand, damit er den Dreck zusammenkehrte.

Er kippte das dreckige Wischwasser weg und putzte den Eimer aus. Die Messe hatte lange gedauert. Aber er war bis zum Ende geblieben. Mutter war schon immer eine Meisterin hochnotpeinlicher Befragungen gewesen, und bei seinem nächsten Besuch würde er ihr Rede und Antwort stehen müssen. Worüber ging die Predigt? Welche Lieder wurden gesungen? War alles so, wie es sich gehörte? Nachlässigkeiten pflegte sie mit einem Schnauben zu quittieren, als habe sie einen schlechten Geruch in der Nase. Das war eben Mutter. Ihr zuliebe tat er viele Dinge. Beim Beten faltete er seine Hände immer ganz fest, so wie seine Schwester es ihn vor langer Zeit gelehrt hatte. Wenn die Orgelmusik aufbrauste, senkte er instinktiv den Kopf, wie ein kleiner Junge vor der väterlichen und schrecklichen Allmacht Gottes.

Manchmal hatte er allerdings den Verdacht, dass Mutter alle Einzelheiten der Messen, zu denen sie ihn schickte, bereits brühwarm aus der Übertragung im Radio kannte, und ihm nur auf die Finger klopfen wollte, wenn er sich einen Patzer leistete, als wäre er immer noch ein Schuljunge. Das war ihre Art, Aufmerksamkeit zu schenken. Stahl lächelte. Er war ein sehr nachsichtiger Mensch. Mit Mutters kleinen Eigenheiten hatte er sich längst abgefunden, so wie er sich mit allen anderen Dingen abfand. Er war früh aufgestanden, obwohl er noch müde gewesen war, obwohl er schlecht geschlafen hatte und lieber auf seiner durchgelegenen Bettstatt liegengeblieben wäre. Aber das war kein zu hoher Preis, wenn er Mutter damit eine Freude machen konnte. Sogar einen Teil der Prozession hatte er noch angeschaut, obwohl er schon spät dran gewesen war. Zu den Seiten der Prozession schritten Männer in Schützentracht. Als der Libori-Schrein an ihm vorbei war, hatte er schon laufen müssen, um noch rechtzeitig mit den Vorbereitungen fertig zu werden, bevor die ersten Vergnügungswilligen ins Festzelt quollen, um sich einen Frühschoppen zu genehmigen. Die Arbeit musste getan werden.

„Immer deine Arbeit!“, würde Mutter sagen.

„Ich bete auch bei der Arbeit, Mutter.“

Das würde sie versöhnlich stimmen. Manchmal wünschte er sich, dass das alte Haus am Waldrand zusammenstürzen und Mutter unter sich begraben möchte. Aber das meinte er nicht wirklich ernst. Fünf Minuten später taten ihm solche Gedanken leid. Mutter war eben Mutter. Sie konnte nicht anders. Niemand konnte aus seiner Haut.

Er wrang den Wischlappen aus und begann, Gläser bereitzustellen. Dabei summte er vor sich hin:

Sei gegrüßet, o Libori,
dessen Name, Ehr und Glorie
Gott auf Erden groß gemacht;
sei gegrüßt im Himmel droben,
wo dich Christus hoch erhoben
und die Krone dir gebracht ...

5.

„Albert!“

Er drehte sich langsam um.

„Bist du taub? Ich rufe schon zum dritten Mal!“

„Tatsächlich?“, fragte er lahm, ohne bösen Willen. Er hatte es nicht gehört.

„Hol den Besen und feg den Dreck vorm Eingang weg! Ich kann nicht alles alleine machen.“

Albert Stahl stellte die Gläser ab und ging in die Ecke des großen Zeltes, wo hinter einem Plastikvorhang Eimer und Besen und die Kehrschaufel standen. Es war ja ganz egal. Ob er fegte oder die Tische wischte, ob er servierte oder Bier zapfte, machte keinen Unterschied. Er wischte auch Kotze weg, wenn es sein musste. Oder kratzte Essensreste von den Tellern, bevor sie in die Spülmaschine kamen. Es gab nur wenige Dinge, die ihm wirklich zuwider waren. Ein Lehrer hatte ihn früher einmal als Esel bezeichnet, und vielleicht war er das auch. Aber auch das war nicht von Bedeutung.

Vorm Eingang des Festzelts hatte ein böiger, warmer Wind den Unrat in alle Richtungen zerstreut. Stahl begann, mit Besen und Kehrblech den Resten von Luftschlangen hinterherzulaufen, die sich kringelten, als wären sie lebendig. Der Liboriberg belebte sich. Die Prozession musste zu Ende sein. Der Ansturm würde nicht auf sich warten lassen. Ein paar junge Männer in Schützentracht tauchten auf, die sich nach dem Pflichtprogramm offenbar Luft machen mussten.

„Guck dir den Bekloppten an!“, rief einer der Nachwuchshelden, als er Albert Stahl mit dem Besen hinter den Luftschlangen herlaufen sah.

Stahl hatte ein dickes Fell. Dumme Bemerkungen überhörte er. Das war besser für sein Seelenheil. Hatte da jemand was gesagt? Nein. Er hatte nichts gehört. Ohne große Mühe gelang es ihm zu lächeln, als die Burschen an ihm vorbei ins Festzelt drängten.

„Tote Hose hier", bemerkte einer von ihnen. „Ist noch zu früh."

„Aber ein Bier wird es doch wenigstens schon geben!"

„Alter, ist der Laden noch dicht?"

Diesmal konnte Albert Stahl nicht ignorieren, dass er gemeint war. Der Schützentrachtträger hatte sich vor ihm aufgebaut und stellte seinen Fuß auf den Besen, der flink über die Pflastersteine huschte.

„Geht sofort los. In fünf Minuten", sagte Stahl in einem so beflissenen und gleichzeitig so distanzierten Ton, dass der Bengel seinen Fuß wegnahm und ihn weiterfegen ließ.

Das Grüppchen bewegte sich auf die Tische nahe der Bühne zu, wo eine Schlagerband im Disco-Outfit beim Soundcheck war. Die Mikros knarrten, ab und zu unterbrochen von einem schrillen Pfeifton. In einer halben Stunde würde die erste Vorstellung beginnen. Die ungeduldigen Schützenbrüder begannen mit lauter Stimme „Fräulein!" und „Bedienung!" zu rufen, als wäre das ein toller Witz.

Stahl kehrte schnell den restlichen Dreck zusammen und schaufelte ihn in einen Eimer. Er rieb sich die Hände mit einem Taschentuch sauber, das er aus seiner Weste zog.

„Was darf es sein?" Er zückte seinen kleinen Block.

„Brauchst du nicht aufschreiben, ist ganz einfach", sagte der Wortführer, was neues Gelächter hervorrief. „Wir wollen Bier, und zwar jeder eins!"

„Nulldrei oder Nullfünf?"

„Acht Stück von den Großen. Und schnell, wenn's geht. Das haben wir uns verdient!"

Wortreiche Zustimmung. Die Hitze bei der Prozession hatte ihre Schädel zum Brummen gebracht. Und zu lange gedauert hatte sie auch. Scheißprozession!

Erneutes Gelächter.

Stahl begann am Tresen Bier zu zapfen. Er stellte die Gläser auf ein Tablett, das er mit beiden Händen trug. Um sein linkes Hosenbein ringelte sich noch immer der Rest einer Luftschlange, die er während des Gehens abzustreifen versuchte. Die Gläser auf dem Tablett gerieten ins Schwanken.

„Da kommt die Witzfigur", sagte einer der Schützenbrüder.

Stahl setzte das Tablett ab und verteilte die Biergläser. Einer der Jungschützen nahm seinen Hut ab. Stahl erstarrte mit offenem Mund, was ihn wie einen Idioten aussehen ließ. Unter dem Hut quoll ein weicher Strom langer, dunkelblonder Haare hervor. Das Glas glitt ihm aus der Hand, Spritzer besudelten die Hose des Nächstsitzenden.

„Wie kann man so blöd sein!", rief der und sprang auf, um die Tropfen abzuschütteln. Stahl nahm rasch sein Taschentuch, um an der Hose herumzuwischen.

„Nimm die Rotzfahne weg. Ist ja ekelig!", rief der Besudelte und schob den tölpelhaften Kellner zur Seite.

„Tut mir leid", murmelte Albert Stahl, aus den Augenwinkeln immer noch nach dem Mädchen in Schützentracht starrend. Ihre Lippen waren mit blassrosa Lipgloss nachgezogen. Sein Blick wanderte automatisch zu ihren Ohrläppchen, die nicht durchstochen waren. Vielleicht trug sie manchmal Clips.

„Ich bringe sofort ein neues Bier. Auf Kosten des Hauses“, sagte er, obwohl er das eigentlich nicht durfte, ohne vorher nachzufragen.

Er eilte zurück zum Tresen und begann, ein neues Glas zu füllen. Das junge Mädchen hatte sich indessen zu einem der Kumpane auf den Schoß gesetzt, der seine Arme um sie legte. Das hätte Bettina nie getan. Aber gut, die Zeiten hatten sich geändert. Man konnte nicht erwarten, dass alle Mädchen wie Bettina waren.

Albert Stahl biss sich auf die Lippen. Er servierte das neue Bier, mit einer abermaligen Entschuldigung. Dann holte er aus einer Ecke die Kehrrichtschaufel und den Putzeimer und begann zu Füßen des Mädchens die Scherben des zerbrochenen Glases aufzukehren und die Bierlache wegzufeudeln. Besondere Eile legte er dabei nicht an den Tag. Er war immer gründlich mit den Dingen, die er tat.

Das Mädchen trug weiße Sandalen mit hohen Absätzen. Ihre Fußnägel waren sorgfältig bemalt, ebenfalls rosa, wie ihre Lippen. Unter ihrem Stuhl stand eine große Handtasche auf dem Boden. Wahrscheinlich befanden sich darin die soliden Treter, die sie während der Prozession getragen hatte. Stahl beschloss, darin ein Zeichen von Anstand zu sehen.

„Willst du da unten Wurzeln schlagen?“, fragte der Bengel, auf dessen Schoß das Mädchen saß. „Starrt die ganze Zeit auf die Füße meiner Freundin!“

Stahl antwortete nicht, hob nicht einmal den Kopf, wischte nur schnell das restliche Bier weg. Inzwischen trudelten weitere Gäste ein, und er bekam viel zu tun. Ab und zu ließ er einen Blick zu dem Tisch an der Bühne schweifen. Nur um zu sehen, ob sie noch da war. Dabei kam ihm die ganze Zeit etwas Rotes in den Sinn. Er wusste ja ganz genau, was es war. Er wollte es nur nicht aussprechen. Er hatte sich geschworen, solche Sachen nicht mehr zu denken.

6.

Es war im letzten Herbst gewesen, als ihn völlig unvorbereitet ein Blitz getroffen hatte. Müllers Festzelt befand sich auf der Herforder City-Kirmes, und auch an jenem Tag hatte er Feudel und Eimer geholt, um eine Schweinerei zu beseitigen. Dann war plötzlich ein heißer Strahl in seinen Kopf eingeschlagen und hatte alles verändert. Lange Haare, die in der gelblichen Zeltbeleuchtung schimmerten wie Honig. Ein leichter Duft nach Patchouli. Sein Herz begann wie wahnsinnig zu klopfen und Tränen schossen ihm in die Augen.

Er hatte den Feudel stehen lassen und war nähergetreten. Sie stand lachend inmitten eines Pulks junger Leute, ein Glas Sekt in der Hand.

„Bettina?“, hatte er gefragt. Und noch einmal: „Bettina?“

Sie hatte sich umgedreht und ihn mit kühlen, überheblichen Augen gemustert. „Verschwinde, du Idiot!“

Es war nicht Bettina gewesen. Natürlich nicht. Aber dieser Sekundenbruchteil, in dem er es für möglich gehalten hatte, hatte ihn aus der trägen Umlaufbahn seines alltäglichen Lebens katapultiert, und die alten Geschichten, die so lange in einem verschütteten Winkel seiner Erinnerung vor sich hingedümpelt hatten, wieder zutage befördert. Seitdem gab es in seinem Leben eine Zeit vor und eine Zeit nach diesem Blitz. Die ganze Nacht und noch mehrere Tage lang verzehrte er sich vor Sehnsucht, das Mädchen mit dem Sektglas wiederzusehen.

Die Schützenbrüder bestellten eine neue Lage Bier. Stahls Finger zitterten. Er wollte das Mädchen nicht anstarren, darum richtete er den Blick auf den Boden. Wieder gerieten ihre Sandalen in sein Blickfeld. Er konnte gar nichts dafür. Irgendwohin musste er schließlich schauen. Sie lachte ziemlich laut. Sie hatte ihr Bier zu schnell getrunken. Stahl verkrümelte sich hinter den Tresen und dachte an die Pappschachtel in seinem Nachtschrank, in der ursprünglich Schrauben gewesen waren.

Etwas später erhob sich das Grüppchen. Ja, sie würden gehen. Schade, dachte Albert Stahl, und schickte dem Mädchen einen letzten Blick hinterher. Sie hatte wieder ihren grünen Hut aufgesetzt und schwankte leicht. Sie ging Arm in Arm mit diesem Grobian, der ihrer ganz bestimmt nicht würdig war. Dann war sie weg. Zu spät. Nun brauchte er sich keine Gedanken mehr zu machen. Es waren ohnehin dumme Gedanken gewesen. Sie war weg, und er zapfte weiter Bier. War auch egal. Vielleicht war es gut so.

„Noch drei Halbe!"

Er nickte. Drei Halbe. Und dann noch drei Klare dazu. Und fünf Weizen für den Tisch vor der Bühne, der bereits wieder besetzt war. Von draußen wehte Lärm ins Festzelt. Die Kirmesmeile zog sich auf zwei Kilometer über den Liboriberg. Die ganze Stadt war ein wimmelnder Ameisenhaufen.

Stahl wischte sich den Schweiß von der Stirn. In seinen Ohren summte es und er fühlte ein Kribbeln, das von den Zehenspitzen ausging und langsam seine Beine heraufzukriechen begann. In seinen Fingern juckte es. Vielleicht kam das von der Hitze. Oder vielleicht lag es auch an dem neuen Spülmittel, das sie benutzten. Es duftete nach Zitrone, brannte aber höllisch unter den Fingernägeln und in den kleinen Kratzern und Schrammen, die er sich täglich zuzog. Seine Knie fühlten sich weich an. Vielleicht wurde er krank. Die dummen Gedanken ließen sich nicht verjagen. Als der Betrieb einen Moment abflaute, verdrückte er sich und lief zu seinem Wohnwagen. Er öffnete die Pappschachtel, die in der hintersten Ecke seines Nachtschranks hinter einer Tüte mit elastischen Binden stand. Kleine, braune Fläschchen. Er nahm eines heraus, wickelte es in eine Papierserviette und steckte es in seine Westentasche. Einfach so. Es machte ihm ein gutes Gefühl im Magen, mit den Fingerspitzen über das glatte Glas zu streicheln, wenn er ein hübsches Mädchen sah. Dann wurde sein Mund ganz trocken, und sein linkes Augenlid begann leicht zu flattern.

7.

Seit etwa vier Wochen besaß er das Zeug. Da war dieser durchgeknallte Typ gewesen, auf dem Sommersend in Münster, der den ganzen Abend dagesessen und die Sau rausgelassen hatte. Zwölf Weizenbier. Und zwischendurch Eisbein und Sauerkraut. Beim dreizehnten Bier kotzte er dann alles wieder aus und wollte sich verdrücken. Geld hatte er nämlich keines dabei.

Albert Stahl aber hatte seine Augen überall. Für Gesindel hatte er einen Blick. Als der torkelnde Zechpreller sich gerade inmitten einer Menschentraube durch den Seiteneingang verdrücken wollte, kriegte er ihn am Schlafittchen und legte ihm die Rechnung vor. Er war angehalten, in solchen Fällen ohne Umschweife die Polizei zu rufen. Der Typ hatte gejammert und um Gnade gebettelt. Vielleicht hatte er auch Dreck am Stecken. Jedenfalls schien er auf eine Begegnung mit den Ordnungshütern keinen gesteigerten Wert zu legen. Als Stahl sein Handy aus der Tasche zog und die 110 wählte, hatte der Typ ihm einen Deal vorgeschlagen. Aus der Innentasche seiner Jacke zog er ein Lederetui, in dem sich kleine Ampullen aus braunem Glas befanden.

„Liquid X", murmelte er, und als Stahl nicht wusste, was das war, schlug er sich mit der flachen Hand vor die Stirn über soviel Dorftrotteligkeit, und zischte: „Poppen, Alter! Damit kannst du poppen! Du tust den Mäusen was ins Glas, und dann fressen die dir aus der Hand!"

Nachdem Stahl es verstanden hatte, begannen seine Augen zu glänzen.

„Du kriegst doch sonst keine ab, Alter", sagte der Typ. „Aber damit kannst du sie alle haben! Wie viele soll ich dir geben, um diesen Scheiß hier zu vergessen? Fünf Stück?" Er begann bereits, die Fläschchen abzuzählen.

„Zehn!", rief Stahl gierig. „Zehn, oder ich rufe die Polizei!"

„Du bist vielleicht ein Arsch! Richtiger Geschäftsmann, was?" Die volltrunkene Stimme des Mannes klang zynisch. „Traut man dir gar nicht zu!"

„Zehn Stück!"

Der obskure Zechpreller hatte den Preis gezahlt, ohne weiter zu diskutieren. Ein Zusammentreffen mit den Bullen hätte ihm wahrscheinlich weit mehr Ärger eingebracht als dreizehn Bier und ein Eisbein es wert waren.

Nach Feierabend hatte Albert Stahl in seinem Wohnwagen die Ampullen genauer betrachtet. Sie waren mit einer klaren Flüssigkeit gefüllt. Liquid X. Das sagte ihm nichts. Obwohl er von solchen Drogen, mit denen man Frauen gefügig machen konnte, natürlich schon gehört hatte. Er wickelte die Fläschchen in Toilettenpapier, bettete sie in die Pappschachtel und versteckte sie in seinem Nachtschrank.

Am nächsten Tag hatte er ein Internetcafé aufgesucht. Liquid X. Über diesen Namen war er auf die Bezeichnung Liquid Extasy gestoßen. Durchsichtig wie Wasser, geruchlos, etwas salzig. Das mit der Salzigkeit hatte er nicht überprüft. Aber wenn es da stand, würde es schon stimmen. In einem Glas Wasser würde es womöglich auffallen. Aber in einem Cocktail wahrscheinlich nicht.

Seit diesem Tag dachte er ständig an das rote Ding.

Sei nicht albern, sagte er sich selbst. Das ist kein rotes Ding. Du weißt genau, dass es die Tasche ist. Bettinas Lacktäschchen. Wie wäre es wohl, es in den Händen eines lebendigen Mädchens zu sehen? Ein Mädchen, das vielleicht den Lippenstift herausnehmen und sich die Lippen anmalen würde. Mehr wollte er ja gar nicht. Nur zuschauen, wie sie das Täschchen in den Händen hielt. Wie sie den glatten, roten Lack streichelte. Nur zuschauen und vielleicht ein paar Fotos machen.

8.

Er zapfte Bier, spülte Gläser, trug dreckiges Geschirr in die Spülküche. Der Oberkellner schnauzte ihn an, weil er eine Bestellung falsch weitergegeben hatte. Vielleicht sollte er es einfach versuchen. Ein paar Tropfen in ein Glas. Reine Neugier, weiter nichts.

Während er zwischen den Tischen hin und her eilte, schaute er sich um. Schade, dass das Mädchen mit dem Schützenhut verschwunden war. Sie wäre die einzige gewesen, die ihn interessierte. Alle anderen waren es nicht wert. Das Mädchen dort vor der Bühne zum Beispiel.

Rothaarig. Er konnte Rothaarige nicht leiden. Ihre Haare waren kurz und stoppelig. Gar nicht sein Typ. Oder die andere da, die an einer Salzbrezel knabberte. Dunkelhaarig. Dunkle Augen. Auch nicht sein Typ. Mollig war sie außerdem. Es war Unsinn gewesen, das Fläschchen überhaupt einzustecken. Als Stahl unter die Theke kroch, um ein neues Bierfass anzuschließen, zischte er leise vor sich hin. „Ich werde es nicht tun", murmelte er, während er den ersten Schaum aus dem Hahn laufen ließ. Es reichte schon, das Zeug in der Tasche zu haben.

Er zapfte zwei Bier und nahm das Tablett, ging dicht an dem dunkelhaarigen Mädchen vorbei, dichter, als er eigentlich gemusst hätte. So dicht, dass er sie mit dem Ellenbogen streifte. Eigentlich war es ja ganz egal, wie sie aussah, ob sie blond oder dunkelhaarig war. Es ging ja um die Sache an sich. Wenn er wollte, könnte er es versuchen. Ein Experiment. Er wollte ja nicht. Aber er könnte. Und da die Tropfen nun schon mal da waren ...

Er lieferte die beiden Bier ab und wischte sich erneut über die Stirn. Die Hitze war unerträglich geworden. Dann war plötzlich auch das dunkelhaarige Mädchen verschwunden, und er war enttäuscht, nicht noch einmal an ihr entlangstreifen zu können, obwohl sie gar nicht sein Typ war. Dann eben eine andere. Irgendeine. Es machte gar keinen Unterschied.

„Verschwinde, Albert. Ich zapfe jetzt!"

Auch gut. Albert Stahl rannte mit dem Tablett hin und her, fegte zwischendurch zweimal Scherben auf. Entgegen seiner sonstigen Gewohnheit aß er nichts von den Resten, die auf den Tellern zurückkamen. Die Leute bestellten immer zu essen, dann tranken sie im Übermaß und bekamen das Essen nicht mehr hinunter. Manchmal ließen sie eine halbe Haxe zurückgehen. Oder hatten nur ein Stückchen vom Burgunderbraten abgeschnitten, bevor sie ihre Serviette in die Soße drückten. Manchmal drückten sie auch ihre Kippen darin aus. Aber vieles war noch gut. Er dachte immer, dass es zu schade für die Mülltonne sei, und wenn ein Kotelett oder eine Wurst noch gut aussahen, schnitt er sich den unberührten Teil davon ab und verzehrte ihn, wenn er Zeit hatte. So war er zu Feierabend fast immer satt. Er brauchte nicht viel einzukaufen, fast nichts außer Brötchen und Marmelade zum Frühstück, und die Schlickereien für zwischendurch.

Heute jedoch verlockten ihn die Teller nicht. Auf einem Tablett kamen zwei Steaks zurück, aber er hatte keinen Appetit. Sein Magen war wie zugeschnürt. Er kippte die Steaks in die große Tonne, die auf dem Weg zur Spülküche stand. Das Fläschchen in seiner Tasche ließ sich nicht wegdiskutieren. Er konnte es nicht einfach unberührt zurück in die Schachtel legen. Was man begonnen hatte, musste man auch zu Ende führen. Eigentlich war in dem Moment, als er es in seine Tasche gesteckt hatte, bereits alles klar gewesen, ob er wollte oder nicht. So war nun mal das Leben.

9.

Gegen Abend trieften die Zeltwände vor Feuchtigkeit. Die Leute aßen lieber draußen ein Eis oder standen an den Bierständen in den Innenstadtstraßen. Auch gut, dachte Albert Stahl, als sich gegen einundzwanzig Uhr das Zelt zu leeren begann. Dann konnte er schon mit dem Aufräumen anfangen. Aschenbecher ausleeren. Tische abwischen. Er holte seinen Eimer und den Wischlappen und begann dort, wo keine Gäste mehr saßen.

Die Band machte Feierabend und packte ihre Instrumente ein. Heute wurde keine Zugabe gefordert, und auch die letzten Zecher drängten an die frische Luft.

Mit einem Geschirrtuch rieb Stahl die Tische trocken. In seinem Hinterkopf war immer noch das Mädchen. Die mit dem Schützenhut. Dann dachte er an die Dunkelhaarige. Eigentlich hatten ihm beide gefallen. Eigentlich gefielen ihm die meisten Mädchen. Lange Haare mussten sie haben, der Rest war egal. Die meisten hatten etwas Hübsches an sich. Man entdeckte es nicht immer auf den ersten Blick. Aber dann plötzlich, in der Art, wie sie ihr Haar zurückwarfen oder wie sie ein Glas in der Hand hielten, wurden sie zu etwas Besonderem.

„Albert. Du kannst Feierabend machen!" Der Oberkellner stand da, eine Zigarette im Mundwinkel.

Er blickte auf. „Was?"

„Kannst Feierabend machen. Verdufte und kauf dir eine Zuckerwatte."

Kostenlose Freundlichkeiten waren selten. Er behielt den Wischlappen in der Hand.

„Warum?"

„Weil ich hier jetzt weitermache. Dafür kannst du morgen beim Eindecken helfen. Da habe ich keine Zeit. Muss zum Arzt."

„In Ordnung." Stahl nickte und spülte den Wischlappen aus.

„Kannst mir eben noch frisches Wasser holen. Dann mache ich weiter."

Stahl nickte wieder. Er ging mit dem Putzeimer zum Tresen, spülte den Lappen aus und ließ frisches Wasser mit einem Schuss Spüli in den Eimer laufen. So sollte es sein. Er hatte nicht darum gebeten, früher gehen zu können. Das war einfach so. Das Fläschchen in seiner Tasche.

Das Mädchen mit dem Schützenhut. Und nun Feierabend. Alles folgte einem Plan, den er nicht bestimmte und in dem viele einzelne Fäden zusammenfanden und einen Weg vorzeichneten, den er noch nicht kannte. Er musste nur den Fäden folgen.

Er ging noch einmal zum Wohnwagen. In der Schublade mit den Socken lag seine Kamera. Da lag sie weich, wenn er über schlecht geteerte Landstraßen fuhr. Er hatte sie preiswert in einem Ausverkauf erstanden. Eines von diesen Digitaldingern. Manchmal saß er die halbe Nacht vor dem Bildschirm des Laptops, um Bilder anzusehen und neue Ordner anzulegen. Ganze Serien besaß er schon, die nach den Orten benannt waren, an denen die Fotos entstanden. So gab es beispielsweise den Ordner Versmold. Darin waren nur Februarbilder, denn seine Fotos aus Versmold waren alle auf dem St.-Petri-Markt entstanden, wo für Müllers Festzelt traditionell der Saisonauftakt begann.

Es gab auch einen Ordner für vergrößerte Ausschnitte. Münder, Lippen, Augen, Haare, Beine. Es gefiel ihm, wenn sie weiße Schuhe trugen. Er hatte einen ganzen Ordner mit Beinen in weißen Sandalen. Manchmal bearbeitete er die Bilder, verstärkte Konturen, arbeitete Reflexe ein. Aber das waren Spielereien. Im Grunde ging es nur ums Fotografieren. Darum, den Mädchen ein Stück hinterher zu gehen und sie zu erwischen, ohne dass sie es merkten. Und darum, sich hinterher beim Betrachten der Bilder vorzustellen, was alles hätte passieren können, wenn er jemand anders wäre.

Stahl überprüfte die Batterie. Sie war aufgeladen. Er zog sein Kellnerjackett aus und eine helle Sommerjacke über. Das Fläschchen versenkte er nun in der Hosentasche. Eigentlich war es zu heiß für die Jacke. Aber er wollte die kleine Lacktasche mitnehmen, und die konnte er sich schlecht über die Schulter hängen. Sie verschwand in der geräumigen Innentasche. Vielleicht könnte er ein Mädchen bitten, sich die Tasche über die Schulter zu hängen. Für ein Foto, mehr nicht. Was war schließlich dabei? Schade, dass er sie nicht bitten konnte, auch die Sandalen anzuziehen. Aber die Sandalen passten ohnehin nicht in seine Jackentaschen. Also war es egal. Es war ja auch nur ein Spiel.

10.

An einem Pizzastand blieb er stehen. Das tat er sonst nie. Es kam nicht häufig vor, dass er als Besucher über den Jahrmarkt schlenderte. Sonst musste er ja immer arbeiten. Er hatte auch keinen großen Hunger. Aber trotzdem. Es war ein besonderer Tag. Außerdem bekam er Pizza nur selten. Höchstens manchmal im Winter, wenn Mutter eine Tiefkühlpizza in den Ofen schob. Zur Pizza bestellte er ein Bier. Obwohl er im Zelt doch literweise Bier hätte trinken können, ohne dafür zu bezahlen. Aber das war etwas anderes. Er versuchte zu lächeln, was sein Gesicht etwas verzerrt aussehen ließ. Er musste viele Dinge üben. Das Lächeln gehörte dazu. Das war schon fast zuviel für einen Tag.

Er aß die Pizza und schlenderte weiter. Was sollte er tun? Vielleicht noch ein Bier trinken, an einem anderen Stand. Vielleicht sollte er den Inhalt des Fläschchens in sein eigenes Bier kippen, um sich von der Wirkung zu überzeugen. Warum nicht?

Er trat an eine Bierbude, an der das Gedränge nicht ganz so dicht war.

„Ein Bier“, bestellte er. „Nulldrei.“

Er brauchte nicht lange zu warten. Der Schaum quoll über den Rand, und er dachte, dass er selbst das besser gemacht hätte. Aber egal. Mit der rechten Hand fasste er in seine Hosentasche. Da war das Fläschchen. Dann würde er es jetzt probieren.

Als er gerade im Begriff war, den Verschluss aufzuschrauben, sah er sie. Das Mädchen mit dem Schützenhut. Jetzt trug sie allerdings keinen Schützenhut mehr. Und auch keine Tracht. Natürlich nicht. Sie würde ja nicht den ganzen Tag in der unbequemen Tracht herumlaufen. Wahrscheinlich war sie nach Hause gegangen, hatte ein Weilchen auf dem Bett gelegen, ausgeruht, sich frisch gemacht, und dann etwas Hübsches angezogen. Weiße Hose, rosa Pulli. Und die gleichen weißen Sandalen wie am Mittag. Sie hatte jetzt zwei Freundinnen dabei. Sie gingen Arm in Arm. An einem Eisstand blieben sie stehen.

Stahls Finger schlossen sich sanft um die kleine Flasche. Manchmal fügten sich die Dinge einfach so zusammen. Wie wahrscheinlich war es, ihr bei all dem Gedränge aus purem Zufall zweimal zu begegnen? Er ließ sein Bier stehen und drängte sich näher. Sie bemerkten ihn nicht. Für diese Art von Mädchen war er schon immer unsichtbar gewesen. Sie kauften Eis. Erdbeereis mit Sahne. Es sah köstlich aus. Er fühlte das Wasser in seinem Munde zusammenlaufen. Die Hübsche öffnete ihre rosa Lippen. Was für ein Unschuldsengel. Das Eis schmolz in der Hitze schneller als sie essen konnte. Es begann ihr die Finger hinunterzulaufen. Ein dicker Tropfen fiel nach unten und küsste ihren linken Schuh.

Albert Stahl fingerte nach dem Fotoapparat in seiner Jackentasche. Die rosa Lippen an dem Eis. Der Eisfleck auf dem Schuh. Diese ganze, unbefangene Zurschaustellung verführerischer Details. Schade, dass er sie nicht bitten konnte, für einen Moment das Lacktäschchen zu nehmen und mit ihren gepflegten Fingern den roten Lack zu liebkosen.

Die Freundinnen gackerten wie Perlhühner und wischten sich mit Papiertaschentüchern die klebrigen Finger ab. Die Schöne begann in ihrer Handtasche zu kramen. Sie zog einen Lippenstift heraus, der in einer goldfarbenen Umhüllung steckte. Mitten auf der Straße begann sie mit Hilfe eines kleinen Spiegels ihre Lippen nachzuziehen, mit einer Selbstverständlichkeit, die beinahe etwas Schamloses hatte. Aber sie durfte das. Sie war schön genug, um ihr diese kleine Eitelkeit verzeihen zu können.

An einer Cocktailbar bestellten die Mädchen Tropicanas, süßes Zeug, das nach Gummibärchen roch. Sie kicherten bereits nach dem ersten Schluck. Albert Stahl hielt sich im Schatten und bestellte eine Bloody Mary. Er trank langsam. Er vertrug solche Sachen nicht. Aber man musste alles probieren. Aus dem Verborgenen drückte er ein paar Mal auf den Auslöser seiner Kamera. Solange die Freundinnen dabei waren, konnte er nicht viel machen. Er ging ein weiteres Mal dicht an ihnen vorbei, wobei er versuchte, die Hübsche mit dem Arm zu berühren. So wie er es bei der Dunkelhaarigen im Bierzelt getan hatte. Sie schaute kurz auf, ihr Gekicher verstummte für einen irritierten Sekundenbruchteil, in dem sie zu überlegen schien. Aber die Erinnerung war zu vage. Stahl umrundete die Cocktailbar, kehrte zu seiner halbgeleerten Bloody Mary zurück. Vielleicht wäre es am besten, jetzt zu gehen. Mutter würde das auch sagen. Dann sah er, dass die beiden Freundinnen sich verdrückten. Zwanzig Meter weiter war ein Toilettenwagen stationiert. Gut. Die Hübsche blieb allein zurück und nippte an ihrem grünen Cocktail. Das war der Moment. Genau dieser Moment. Einen anderen würde es nicht geben. Mit der rechten Hand zog er das Glasfläschchen hervor und öffnete den Schraubverschluss. Das Mädchen nestelte an ihrer Handtasche. Sie nahm ein türkisfarbenes Handy heraus und begann auf der winzigen Tastatur herumzuklimpern. Die halbe Minute, die sie sich damit beschäftigte, reichte aus, dass Albert Stahl neben ihr an die Bar treten konnte. Er stellte sein eigenes geleertes Glas auf den Tresen und verpasste im gleichen Moment ihrem Cocktail einen Schuss aus dem Fläschchen. Dann trat er rasch ein paar Schritte zurück und schaute zur Uhr. Man würde sehen.

Die Freundinnen tauchten wieder auf. Sie tranken aus und schlenderten weiter. In der Mitte der Marienstraße begann die Hübsche bereits zu wanken. Etwa zehn Minuten waren vergangen, seit sie ihren Cocktail geleert hatte. Zehn Minuten. Und nun schwankte sie auf ihren weißen Sandalen. Eine der Freundinnen hakte sie unter. Würde sie sich später noch erinnern, dass sie geschwankt hatte? Und ab welchem Punkt setzte ihre Erinnerung aus, falls sie aussetzte? Würde sie noch wissen, an der Cocktailbar den Kellner aus dem Festzelt gesehen zu haben? Schläfrig wirkte sie nicht. Eher betrunken. Sie lachte albern. Ihre Freundinnen schrieben das wahrscheinlich dem Cocktail zu. Dabei hatten sie das gleiche Zeug getrunken und keine Koordinationsprobleme. Die Schöne hingegen taumelte immer stärker. Ihr Lachen wurde schriller. Das war unangenehm. Sie sollte sich nicht schlecht benehmen. Die beiden anderen stützten sie.

Am Autoskooter blieben die Mädchen stehen. Die Hübsche konnte nicht mehr weiter. Ihre Beine knickten ein. Mitten auf der Straße. Das hatte er nicht gewollt.

Sie war ja ein nettes Mädchen. Sicher war sie das. Und nun würden alle denken, dass sie sich fürchterlich betrunken hatte. Dass sie eine Schlampe war. Und das sollte niemand denken. Am liebsten wäre er zu ihr hingegangen und hätte ihr gesagt, wie nett er sie fand. Aber das ging nicht. Stattdessen schaute er gierig immer weiter und weiter, konnte sich gar nicht satt sehen an dem, was er angerichtet hatte. Aus seiner Tasche nahm er ein Päckchen Papiertaschentücher. Er drängte sich zu den Mädchen vor, die sich einer Bank genähert hatten.

„Sie haben etwas verloren."

Die Hübsche starrte in seine Richtung, schaute aber glatt durch ihn hindurch, als wäre er nur ein flirrendes Fleckchen Luft. Ihre Augen glänzten fiebrig. Eine der Freundinnen murmelte ‚Danke' und nahm die Taschentücher an. Der Mund der Hübschen, auf dem das glänzende Rosa nun leicht verschmiert war, verzerrte sich bei dem Versuch eines Lächelns. Aber immerhin war es so etwas wie ein Lächeln. Sie lächelte ihn an. Wie schade, dass sie nicht alleine war. In ihrem Lächeln lag Zustimmung. Zumindest keine Abwehr. Sie wäre mit ihm gegangen, wenn er sie gefragt hätte. Aber ihre Freundinnen standen dabei, und so konnte er sie nicht fragen. Schade. Wirklich schade.Die Musik dröhnte. Er ging ein paar Meter, verdrückte sich hinter eine Ecke und zog noch einmal die Kamera heraus. Eigentlich war es schon zu dunkel. Ein Versuch. Noch einmal ihr Gesicht. Ihr Kopf war etwas zur Seite geneigt, als schliefe sie mit offenen Augen. Sie starrte in die bunten Lichter, die ihr Gesicht rosa und gelb erstrahlen ließen. Das war ein schönes Bild. Zum Weinen schön. Albert Stahl drückte ein letztes Mal auf den Auslöser. Dann riss er seinen Blick los und tauchte im Schatten der Kirmesbuden unter.

11.

Am nächsten Morgen hockte er mit einem Schraubenschlüssel unterm Tresen. Mit der Zapfanlage stimmte etwas nicht. Kein Druck auf der Leitung. Er dachte immer noch an das vage, rosafarbene Lächeln, das so leer gewesen war, dass alle Versprechungen dieser Welt darin Platz fanden. Wie schade, dass er sie nicht aus der Nähe hatte fotografieren können. Sein Blutdruck stieg, wenn er daran dachte, und in seinen Ohren begann es zu rauschen.

„Poppen", flüsterte er. Er konnte sie alle haben. Einfach so.

„Albert!"

„Was ist?", brummte er.

„Da will dich jemand sprechen."

Langsam kroch er unterm Tresen hervor. Wer könnte ihn sprechen wollen?

„Eine Frau", sagte der Oberkellner mit vielsagendem Grinsen.

„Eine Frau?" Stahl bekam sofort feuchte Hände, wie immer, wenn eine Überraschung ihn heimsuchte.

„Da hinten", sagte der Oberkellner, der noch in Zivil war. Er machte sich nie die Finger an Dreckarbeiten schmutzig. Auch sein Freizeithemd sah aus wie ein Kellnerhemd. Mit dem Kopf deutete er Richtung Spülküche.

Stahl legte seinen Lappen beiseite. In der Küche war niemand. Neben der Spülmaschine standen drei blaue Plastiksäcke, prall gefüllt mit den Abfällen des vergangenen Abends.

„Welche Frau?", fragte er.

Der Oberkellner stand in der Tür. „Du sollst den Müll rausbringen! Ich wollte es dir nur ein bisschen schmackhafter machen."

Immer noch grinsend verschwand er und ließ Albert Stahl mit den Müllsäcken stehen. So war es immer. Stahl fühlte eine dumpfe Verzweiflung, weil er immer noch auf die gleichen dummen Witze hereinfiel. Welche Frau hätte hier schon auf ihn warten sollen? Das Mädchen etwa? Oder Mutter? Er war ein Idiot! Er stieß ein kurzes, hartes Lachen aus und griff sich zwei der Säcke, die nach Fett und gammeligem Gemüse rochen.

12.

Es war fast drei Uhr nachts, als er wieder aufstand und den PC einschaltete. Er konnte nicht schlafen. Er brauchte ohnehin nicht viel Schlaf. Er zündete sich eine Zigarette an, denn er hatte beschlossen, sich das Rauchen anzugewöhnen. Als würde es unweigerlich dazugehören. Das Kratzen im Hals würde schon vergehen. Sogar Mutter rauchte, wenn auch heimlich. Und sie glaubte tatsächlich, dass es bis heute niemand gemerkt hatte. Dabei wusste er schon lange, wo sie ihre Zigaretten versteckte. Im Küchenschrank hinter den Konservendosen. Als er vierzehn war, hatte er überlegt, heimlich eine Zigarette herauszunehmen. Er hatte es nicht getan, weil er überzeugt war, dass sie sie abzählte.

Albert Stahl sog den Rauch ein und hustete. Es hatte ja niemand gesagt, dass das Leben leicht war. Auch aus der Bitterkeit ließ sich Süße ziehen. Man musste nur danach suchen. Das Mädchen auf dem Bildschirm lächelte mit leicht geöffnetem Mund. Er musste das Zeug sorgfältiger dosieren. Nächstes Mal.

Nachdem er die Kippe auf seiner Untertasse zerquetscht hatte, zog er sein Hemd aus und öffnete den

Wandschrank. Die weiße Bluse mit den Rüschen war ein wenig geknittert. Er hatte sie lange nicht gebügelt. Sie war sauber, duftete nach Lavendel, aber der Kragen und die Manschetten benötigten Aufmerksamkeit. Er schaltete das Bügeleisen ein, legte eine weiße Decke als Bügelunterlage auf den kleinen Tisch, und begann im Unterhemd und schwitzend die Bluse zu bügeln. Auch der Plüsch der Cordjacke bedurfte einer Behandlung. Wenn er ihn mit einer weichen Bürste glättete, begann er wieder zu glänzen wie damals.

Schade, dass er das Mädchen nicht besser hatte kennen lernen können. Die Jacke hätte ihr gepasst wie angegossen. Er hätte sie bitten können, sie anzuziehen. Oder darin zu schlafen, wie ein Engel. Und dann hätte er sie wieder aufwachen sehen. Er hätte gesehen, wie sie ihre Augen aufschlug und einfach weiterlebte. Das hätte die Welt ein Stück weit in Ordnung gebracht.

Cranger Kirmes

1.

Die Hitzewelle verebbte. Der Libori endete in Nieselregen. Das Abschlussfeuerwerk über dem Paderquellgebiet zerplatzte vor einem Himmel ohne Sterne. Noch in der Nacht begannen sie mit dem Abbau, kaum dass der letzte Gast das Zelt verlassen hatte. Der alte Müller schimpfte und trieb sie an wie Fronarbeiter. Die Zeit drängte. Wie jedes Jahr würde am ersten Freitag im August im Herner Ortsteil Crange die zehntägige Kirmes beginnen, was bedeutete, dass sie innerhalb von fünf Tagen das Festzelt abbauen, nach Herne bringen und dort wieder aufbauen mussten. In manchen Jahren überschnitten sich die Termine. Das waren die mageren Jahre. Dann musste Müller wählen, ob er zum Libori oder nach Crange fuhr. Eine Entscheidung, die ihm jedes Mal graue Haare bereitete. Dieses Jahr aber war ein fettes Jahr: Müllers Festzelt hatte eine Reservierung für beide Plätze ergattert, und auch die beiden Barbetriebe seiner Frau machten sich auf den Weg nach Herne. Müllers Augen glänzten bei der Aussicht, in wenigen Tagen einen ordentlichen Reibach zu machen.

Sie schufteten die ganze Nacht. Am nächsten Morgen verließ der erste LKW mit dem Gestänge und den Zeltplanen Paderborn in aller Frühe. Der alte Müller fuhr selbst. Auch Albert Stahl war bereits unterwegs, um in Crange sofort beim Aufbau mit anfassen zu können. Jeden Tag der vergangenen Woche hatte er sich die Augen nach dem Mädchen ausgeschaut. War es denn völlig ausgeschlossen, dass sie sich noch einmal ins Festzelt verirrte? Er malte sich aus, sie anzusprechen. Er würde ihr sagen, dass sie wie eine weiße Rose sei, und dass er niemals glauben würde, dass auch in ihrem Innern eine schwarze Raupe nage. Aber er hatte vergeblich gewartet.

Dann eben nicht, dachte Stahl, während er leise vor sich hinsummte. Die Fahrt ging auf der A44 Richtung Dortmund. Er saß gerne hinterm Steuer, wo niemand ihn herumkommandierte. Manchmal träumte er davon, nie wieder anzuhalten, sondern einfach immer weiter und weiter zu fahren, bis ans Meer oder vielleicht bis in die Wüste. Im Grunde wäre es egal. Der rundliche Wohnwagen folgte ihm wie ein Schneckenhaus. Eine mobile Klause, in der er sich einsam wie ein Mönch alle erdenklichen Sünden ausmalte.

Er verließ die Autobahn an der Ausfahrt Herne-Crange. Das Kirmesgelände lag direkt am Rhein-Herne-Kanal. Fast alle größeren Fahrgeschäfte waren bereits aufgebaut. Stahl stellte seinen Wagen in einem vorgezeichneten Quadranten ab, der für sie reserviert war, nicht weit vom Kanalufer entfernt. Dann verkroch sich in seinen Wohnwagen, um ein halbes Stündchen die Augen zuzumachen, bevor Müller mit seinem langsameren LKW ankam, an seine Scheiben klopfte und ihn an die Arbeit scheuchte.

2.

Mehr als fünfhundert Schausteller drängten sich auf dem Gelände. Die Wagen standen dicht an dicht. Stahl war die Enge gewohnt, und den Lärm, der selbst in der Nacht nicht völlig verebbte, hörte er schon lange nicht mehr. Am Donnerstag, als das Zelt aufgebaut und die Zapfanlage angeschlossen war, bat er um einen freien Nachmittag. Müller war guter Stimmung und nickte.

Stahl ließ seinen Wohnwagen stehen und fuhr mit

dem Opel in Richtung Bielefeld. Mutter erwartete ihn. Im Grunde wäre er lieber in Herne geblieben und hätte auf dem PC Fotos angeschaut. Aber Mutter war nun mal die Last, die er zu tragen hatte. Sie hatte ihm das Versprechen abgenötigt, im ganzen Haus die Gardinen abzunehmen und wieder aufzuhängen, damit sie nicht selber auf die Leiter steigen musste. Sie hatte bereits dreimal erwähnt, dass sie es tun würde, und dann müsste er sich den Rest des Lebens Vorwürfe machen, wenn sie sich die Knochen brach.

Er musste lachen. Mutter! Sie würde ihn nie in Ruhe lassen. Manchmal sah er sie im Geiste die Kellertreppe runterfallen. Dann brach sie sich den Hals. Manchmal sammelte er in Gedanken die blanken Kieselsteine auf, damit sie den Weg zurück aus dem Wald nicht fand, wo er sie ausgesetzt hatte. Und die schwarzen Ameisen, die dort in großen Hügeln lebten, sollten ihre Knochen abnagen, bis nichts mehr von ihr übrig blieb.

Er lenkte seinen Wagen die triste Einfahrt hinauf. Die Beklemmung, die sein Elternhaus in ihm weckte, war nie ganz verschwunden. Die Stille schlug aufs Gemüt. Der Waldrand schien noch näher gerückt zu sein, und das Unterholz wurde jedes Jahr dichter. Manchmal schien es, als würden die Sträucher sich bewegen, obwohl es windstill war. Als würde dort etwas lauern, für das es keinen Namen gab. Das alles war ein Alptraum. Er schüttelte sich, wenn er daran dachte.

3.

Am zweiten Tag der Kirmes machte Albert Stahl eine Entdeckung, die ihn völlig in Atem hielt: Ganz in der Nähe des Festzeltes war ein Wagen aufgebaut, an dem Lebkuchenherzen, Waffeln und gebrannte Mandeln verkauft wurden. Diese Art Läden gab es auf jeder Kirmes, jedem Schützenfest und jedem Dorfjahrmarkt, und die meisten ähnelten sich wie ein Ei dem anderen. Auch das Warenangebot war fast überall gleich. Albert Stahl, für den Süßigkeiten ein lebensnotwendiges Grundnahrungsmittel bildeten, war Stammgast an den Tresen, wo hinter flachen Glasscheiben bunte Zuckergüsse, Kokosbällchen, Liebesknochen und kandierte Erdnüsse lockten. Je süßer, desto besser. Er konnte nicht anders.

Vor Beginn seiner Schicht schlenderte er ein Stück am Kanalufer entlang und dann durch die noch unbelebte Gasse der Budenfronten zurück zum Festzelt. Einige Rollläden waren bereits geöffnet, und Stahl wühlte in seiner Hosentasche nach Kleingeld. Er wollte noch ein Tütchen Nougat mitnehmen. Die meisten Süßwarenstände Westfalens waren ihm zumindest vom Sehen geläufig, doch ‚Ilses süßer Himmel' bildete eine Ausnahme. Das Zuckerzeug war nicht anders als an den anderen Ständen. Als er aber gerade im Begriff war, seinen Nougat zu bezahlen, blieb sein Blick an einem jungen Mädchen hängen, das am anderen Ende des Wagens in der Zuckermasse für die gebrannten Mandeln rührte. Ihr Haar glänzte goldbraun, in der gleichen, warmen Farbe wie das heiße Karamell.

Stahl wandte sich unschlüssig zum Gehen, blieb dann wieder stehen.

„Möchten Sie sonst noch etwas?", fragte die Verkäuferin, eine Frau Ende der Vierziger, mit einer barschen Stimme.

„Gebrannte Mandeln", sagte Stahl rasch. „Eine mittlere Tüte."

Die Frau griff nach einer der abgepackten Tüten in der Auslage, die wahrscheinlich seit dem Vortag dort lagen.

„Ich hätte gerne frische", sagte Stahl mit höflichem Lächeln.

„Da müssen sie sich noch einen Moment gedulden. Wir haben gerade erst aufgemacht."

„Kein Problem", sagte Stahl, immer noch lächelnd.

„Irina, mach gleich eine mittlere Tüte fertig!"

Das Mädchen nickte und gab mit einer kleinen Schaufel Mandeln in die Zuckermasse. Wie zum Teufel war es möglich, dass er sie vorher noch nicht gesehen hatte?

„Irina", flüsterte er leise.

Das Mädchen schaute kurz auf, obwohl sie es nicht gehört haben konnte. Ihre Augen waren sehr ruhig. Ein wenig traurig vielleicht.

Irina, dachte er wieder. Wie kommst du denn in den süßen Himmel?

Sie füllte eine Tüte ab und reichte sie ihm über den Tresen, ohne zu lächeln. Fraglos war sie eines dieser Mädchen, die mit ernstem Gesicht am Hübschesten waren. Ungeschminkt. Ihr Haar war glatt wie Wasser, ohne den leisten Wellenschlag. Die Augen waren grau. Albert Stahls Herz machte einen Sprung beim Anblick dieses Graus, das ihn an die Oberfläche eines Eissees erinnerte.

„Kommen Sie aus der Taiga?", fragte er, ohne darüber nachzudenken, dass sie verächtlich blinzeln könnte, so wie die meisten Mädchen es taten, wenn er sie ansprach.

Das Mädchen schüttelte den Kopf. Vielleicht war sie stumm. Dieser Gedanke gefiel ihm. Er erinnerte sich an ein Märchen, in dem ein stummes Mädchen allein im Wald in einem alten, hohlen Baum lebte und nur ihr langes Haar als Kleidung hatte. Eine der Geschichten, die

Bettina ihm gelegentlich vorgelesen hatte. Er würde sie noch einmal nachlesen. Vielleicht war dies hier das stumme Mädchen aus der Baumhöhle. Vielleicht lebte sie im gleichen Wald, in dem Hänsel und Gretel sich verirrt hatten. Und diese grauen Augen aus der Taiga ...

„Ukraine", sagte sie.

Schade, dachte Stahl. Sie war nicht stumm. Er bezahlte die Mandeln und ging mit einem Nicken. Sie blickte ihm hinterher. Dann senkte sie den Kopf und begann wieder in der Zuckermasse zu rühren.

4.

Jedes Mal an diesem Abend, wenn er wieder ein Tablett leerer Gläser eingesammelt hatte, richtete Albert Stahl es so ein, dass er auf dem Rückweg direkt am Seiteneingang vorbeiging, von wo aus er einen schrägen Blick auf ‚Ilses süßen Himmel' erhaschen konnte. Zwei- oder dreimal glaubte er den rötlichen Haarschopf des Mädchens aus der Taiga leuchten zu sehen. Sie hatte sein Herz mit einem Blick aus ihren grauen Augen erobert, und er begann sich vorzustellen, dass sie unglücklich und einsam im Zuckerhimmel war, immer unter den strengen Augen ihrer verhärmten Chefin, stundenlang das heiße Karamell rührend, und dass sie ausgeschimpft wurde, wenn sie einen Moment damit aufhörte.

Irina, dachte er. Er malte sich aus, sie zu retten, ihr ein wunderbares und glückliches Leben zu bereiten, in einem Haus am Rand eines Waldes, der im Grunde ihrer beider Heimat war. War da nicht ein ganz feines Lächeln auf ihren Lippen gewesen, als er sie angesprochen hatte?

In der Pause lief er zu seinem Wagen, streifte sich die schwarze Weste und das Kellnerhemd ab und zog schnell ein türkisfarbenes Seidenhemd über, das er vor ein paar Jahren im Ausverkauf erstanden hatte. Er hatte es kaum getragen. Er hatte gar keine Gelegenheit dazu. Als er einmal an seinem freien Tag damit herumlief, hatte der Oberkellner spöttisch die Augenbraue hochgezogen, und Frau Bruma, die brasilianische Ehefrau des alten Müller, die ein Tablett Cräcker und Salsasoßen vor sich hertrug und Kostproben verteilte, hatte gekichert: „Alberto! Willst wohl auf Brautschau gehen!“

Er wollte etwas erwidern, aber da drängte sie ihm bereits Cräcker mit verschiedenen Soßen auf: „Hier, was meinst du, welche sind gut? Welche soll ich bestellen?“

Das machte sie immer so, wenn sie sich nicht entscheiden konnte. Er fühlte sich geschmeichelt, dass seine Meinung plötzlich zählte, und merkte erst später, dass ein dicker Klecks Salsa auf sein neues Hemd getropft war. Er hatte es gleich ausgezogen und in Seifenwasser eingelegt, aber ein dunkler Fleck in der Nähe der Taille war geblieben, dort wo die Soße hingetropft war.

Er steckte das Hemd straff in seine Hose, sodass der Fettfleck im Hosenbund verschwand. Dann lief er eilig zum süßen Himmel, wo vor dem Topf mit den gebrannten Mandeln eine kleine Schlange anstand. Alle Leute wollten frische Mandeln, was ihm die Gelegenheit gab, während er wartete, das Mädchen genauer in Augenschein zu nehmen. Ihr honigfarbenes Haar war nun zu einem Pferdeschwanz zusammengefasst. Sie trug keine Ohrringe. Sie wendete die Mandeln in dem großen Topf, füllte spitze Tütchen ab und nahm Kleingeld entgegen. Sie war freundlich, lächelte aber nicht. Vielleicht hatte sie ihr Lächeln in der Taiga gelassen, und dort lag es nun, unter der Oberfläche eines Sees, der ebenso grau war wie ihre Augen.

„Was darf es sein?"

Stahl erwachte aus seinem Traum. „Eine mittlere Tüte", sagte er rasch und versuchte ein Lächeln.

Sie schien es nicht zu bemerken. Den Blick bereits wieder gesenkt, nahm sie ihr Schäufelchen und begann, eine Portion Mandeln aus dem Topf zu fischen.

„Einen kleinen Moment noch", sagte sie.

Während er überlegte, was er sagen konnte, tauchte die hagere Chefin auf.

„Sind die Schokoladenfrüchte fertig, Irina?"

Das Mädchen schüttelte den Kopf.

„Dann beeile dich! Ich kann nicht alles alleine machen."

Das Mädchen nickte.

Der Ton der Chefin war nicht wirklich unfreundlich gewesen. Aber doch kühl. Armes Mädchen, dachte Stahl, während er sein Kleingeld zählte. Sicher wurde sie schlecht behandelt. Sie war nicht glücklich. Das sah ein Blinder.

„Bitte", sagte er und legte das abgezählte Geld auf den Tresen.

Sie nickte stumm.

„Ich war heute Mittag schon einmal hier." Er lachte nervös. Sie schien ihn ja nicht erkannt zu haben.

„Tatsächlich?", sagte sie gleichgültig.

„Ich arbeite im Festzelt." Dass er dort den Besen schwang und Dreck wegwischte, verkniff er sich. Es wäre besser gewesen, zu sagen, dass er in der Copacabana-Bar Cocktails mixte. Aber er konnte ja nicht lügen.

„Müllers Festzelt, dort hinten", sagte er, denn sie hatte nicht reagiert.

„Aha."

Wahrscheinlich durfte sie während der Arbeit nicht reden. Die Chefin war streng. Ein bisschen wie Mutter. Armes Mädchen.

„Ich habe Sie vorher noch nie gesehen", sagte er und steckte sich eine Mandel in den Mund.

„Tut mir leid, ich muss arbeiten", sagte das Mädchen, während sie die letzten Mandeln aus dem Topf in eine Tüte füllte und in die Auslage legte.

Sie ging ans andere Ende des Wagens. Er hatte nun keinen Grund mehr, noch länger stehen zu bleiben. Er ging ein paar Schritte bis zu einer Schießbude, wo er sich noch einmal umdrehte. Sie hatte begonnen, Bananen und Ananasscheiben auf Schaschlikspieße zu stecken und in ein Schokoladenbad zu tauchen. Das sah köstlich aus. Wahrscheinlich duftete ihr Haar am Abend nach heißem Zucker und Schokolade, und er bekam Lust, noch einmal zurückzugehen, und sich eine Schokoladenfrucht zu holen. Aber das ging jetzt nicht. Er musste zurück. Er musste sich noch wieder umziehen, bevor er im Festzelt auftauchte.

Bis später, Irina, dachte er, und schob sich eine Mandel in den Mund, die von ungewöhnlicher Süße war.

5.

Am liebsten wäre er nach Feierabend noch einmal losgelaufen. Nur um ihr zu sagen, dass die Mandeln köstlich gewesen waren. Dass er noch nie in seinem Leben so köstliche Mandeln gegessen hatte. Aber solche Dinge verlangten Zeit und Umsicht. Er beschränkte sich darauf, sich noch einmal auf die Zehenspitzen zu stellen und in die Richtung zu schauen, aus der er immer noch den

Geruch von verbranntem Zucker wahrzunehmen glaubte, und wo die bunten Lichter in diesem Moment erloschen.

In seinem Wagen zog er die Vorhänge vor die Bullaugen und schaltete den PC ein. Ein paar Mandeln waren noch übrig. Er lutschte sie ganz langsam, während er in seinen Fotos herumklickte. Hatte er schon so schönes, honigbraunes Haar? Nein, noch nicht. Nicht diese Nuance. Er würde sie fotografieren. Vielleicht morgen, wenn das Gedränge dicht genug war. Dann würde sie es nicht merken. Sie schaute ohnehin meist in den Zuckertopf. Vielleicht würde er sich morgen eine Schokoladenfrucht holen. Er kannte ja schon ihren Namen. Eine Schokobanane, Irina. Ob er sie mit ihrem Namen ansprechen sollte? Besser nicht. Das wäre zu aufdringlich. Aber noch einmal ein Lächeln wagen. Dann würde sie sich an ihn erinnern. Ob sie dann auch lächeln würde? Nein, wahrscheinlich nicht. Ein Lächeln wäre schon zuviel verlangt. Vielleicht durfte sie auch gar nicht lächeln. Ebenso wenig, wie sie sprechen durfte. Ein Foto von ihren geschlossenen Lippen würde er machen.

Er begann zu träumen. Auf dem Bildschirm erschien ein roter Mund. Das war im letzten Jahr gewesen, auf irgendeiner Dorfkirmes. Vielleicht könnte er Irina einen Lippenstift schenken. Vielleicht würde das sie zum Lächeln bringen. Er klickte weiter. Das Mädchen vom Libori. Sie schwankte wie eine Blume im Wind. Die Zauberkraft des braunen Fläschchens machte sie verletzlich und schön.

Poppen, dachte er wieder. Immer dieses Wort. Irina würde er keine Tropfen geben. Er wollte ja gar nicht poppen. Es reichte ihm, sie anzuschauen. Er würde einen Lippenstift kaufen und in ein Päckchen verpacken. Und das Päckchen würde er einfach auf den Tresen legen, wenn sie einen Moment nicht hinschaute. Oder auf der Schwelle ihres Wohnwagens. Er hatte ihren Wagen bereits entdeckt. Eine kleine, altmodische Karre, die sie mit einem anderen Mädchen teilte. Dort würde er ihn hinlegen. Und am nächsten Tag würde er schauen, ob sie sich die Lippen angemalt hatte. Dann würde er sie vielleicht auf ein Eis einladen. Und sie bitten, auch die rote Tasche einmal umzuhängen. Oder die Jacke mit dem schwarzen Kragen anzuziehen. Und die Ohrringe. Die Farbe ihres Haars war wie geschaffen für die Amethyste.

Vielleicht könnte er Frau Bruma überreden, sie in einer der Bars arbeiten zu lassen. In der Regel bevorzugte Frau Bruma männliches Personal hinter ihren Theken. Aber gelegentlich hatte sie schon mal eine Ausnahme gemacht. Fragen könnte er immerhin. Dann könnten sie gemeinsam reisen. Irgendwann einmal würde er sie mit in das Haus am Waldrand nehmen. Vielleicht würde Mutter sich tatsächlich freuen, auch wenn sie meistens einen Grund zum Nörgeln fand.

Dann überlegte er, was wohl passieren würde, wenn er in einem unbeobachteten Moment den Inhalt eines seiner Fläschchen in den Topf mit dem heißen Zucker kippte? Würden dann alle Mädchen, die gebrannte Mandeln aßen, anfangen zu tanzen und zu kichern und mit großen Augen in die Lichter zu schauen?

Er steckte sich die letzte Mandel in den Mund. Draußen war es still geworden. Irina schlief sicher schon und träumte von der Taiga. Vielleicht würde sie ein Stück mit ihm spazieren gehen, wenn er sie bat. Dann könnten sie sich auf eine Bank an den Kanal setzen, und er würde ihr das Märchen von dem stummen Mädchen erzählen, das in einem hohlen Baum lebte. Vielleicht liebte auch sie Märchen, und sie würde lächeln, während er die Amethyste an ihren Ohrläppchen festklippste.

6.

Am nächsten Tag, als er sich die Schokobanane holen wollte, war Irina nicht da. Ein anderes Mädchen bediente, eine kleine Blonde mit blaugeschminkten Augenlidern. Sie war freundlich und lächelte ihn an, aber das interessierte ihn nicht. Mädchen, die leicht zu haben waren, waren es nicht wert. Schade. Er hatte die Kamera extra eingesteckt. Vielleicht kam Irina etwas später. Oder sie hatte einen freien Tag.

Die ersten Karussells tanzten bereits. Der Betrieb begann. Nachmittags kamen meist Familien mit Kindern, denen es abends zu voll war. Bei gutem Wetter und am Wochenende bekam man kaum einen Fuß auf den Boden. Er erinnerte sich an die glücklichen Tage, wenn Bettina mit ihm zur Kirmes gegangen war. Das Karussell mit den Holzpferdchen und kleinen Autos hatte er besonders geliebt. Bettina hatte ihm immer eine Fahrt spendiert, obwohl sie auch nicht viel Geld hatte. Eine Karussellfahrt und eine Süßigkeit, wobei er damals meist zwischen Popcorn und Zuckerwatte hin- und hergerissen war. Die meiste Zeit aber hatten sie einfach nur geschaut. Bettina stand am liebsten am Autoskooter, wo die neueste Musik gespielt wurde, um nach Jungs Ausschau zu halten. Wahrscheinlich glaubte sie, dass er es nicht merken würde.

Er bummelte ziellos ein Stück. Mutter hatte ihn in den letzten Tagen in Ruhe gelassen. Vielleicht wartete sie, dass er sich zuerst meldete. Aber da konnte sie lange warten.

Er würde ihr auch nichts von Irina erzählen. Das würde nur Ärger geben. Mutter würde kein gutes Haar an ihr lassen. Es war besser, wenn Irina das Haus am Waldrand niemals sah. Am Ende würde sie noch fragen, was sich in dem verschlossenen Zimmer befand, und dann müsste er ihr von Bettina erzählen. Das wäre nicht gut. Manche Geheimnisse musste man hüten. Sonst würde Irina womöglich noch verlangen, einen Blick in das verschlossene Zimmer werfen zu dürfen. Seit damals hatte es niemand mehr betreten. Es war sicher voller Staub und Spinnweben, und es bestand die Gefahr, dass Irina als erstes eine große Spinne entgegengekrochen kam.

Er schüttelte sich bei dem Gedanken. Irina durfte das alles niemals erfahren. Die Schande. Pinkie im Koffer. Es würde ihr einen falschen Eindruck vermitteln. Es wäre besser, völlig neu zu beginnen und an einen Ort zu ziehen, den Mutter nicht kannte, und wo die Schande sie nicht einholte. Er könnte Mutter ja ab und zu anrufen. Aber ohne ihr zu sagen, wo er lebte. Und dass er eine Freundin hatte. Das Mädchen mit den Schokoladenfrüchten und den Augen, die so weit wie die sibirische Steppe waren.

7.

Am Abend ritt ihn der Teufel. Irina rührte wieder in ihrem Mandeltopf, und das andere Mädchen machte Zuckerwatte. Es herrschte ein höllischer Betrieb, und Müller hatte ihm nur eine halbe Stunde Pause gewährt. Der Fotoapparat steckte noch in seiner Tasche. Er schlüpfte zwischen den Wohnwagen hindurch und näherte sich dem süßen Himmel von der Rückseite. Er wollte ja nur ein Foto von ihr. Dann sah er im Vorbeigehen, dass das Fenster ihres Wohnwagens ein Stückchen offen stand. Die alte Karre hatte wahrscheinlich keine Klimaanlage.

Stahl schaute sich um. Keine Menschenseele. Das gute Wetter sorgte für ein Riesengeschäft. Niemand machte jetzt Pause. Er drückte das Fenster ein Stück weiter auf. Was er sah, war nicht spektakulär, aber irgendwie doch sehr weiblich, und das war aufregend. Auf einem kleinen Wäscheständer hing Unterwäsche. Slips und BHs. Wenn er die Hand durchs Fenster streckte, könnte er sie beinahe berühren. Er hielt die Kamera durchs Fenster und drückte auf den Auslöser. Über einem Stuhl hing eine Bluse. Eine Jeans auf dem Fußboden. Wahrscheinlich war Irina in Eile gewesen, als sie sich umgezogen hatte. Wo mochte sich ihr Bett befinden? Wahrscheinlich hinter dem geblümten Vorhang.

Er knipste mehrmals ins Halbdunkel des Wagens und begann sich auf den Feierabend zu freuen, wenn er die Bilder in Ruhe anschauen konnte. Schade, dass der Wäscheständer so weit weg stand. Er steckte die Kamera wieder in die Tasche, stellte sich auf die Zehenspitzen und streckte seinen Arm so weit es ging durchs Fenster. Mit den Fingerspitzen erreichte er tatsächlich eine der Drahtleinen. Er packte zu, der Wäscheständer verlor das Gleichgewicht und polterte zu Boden. In seiner Hand blieb ein Unterhemdchen aus durchsichtigem Stoff. Hastig steckte er es in seinen Hemdausschnitt. Die Tür eines Nachbarwagens öffnete sich. Hals über Kopf ergriff Stahl die Flucht. Aus dem Wohnwagen kam eine kläffende Töle geschossen, die ihm zwischen die Beine fuhr. Verdammtes Vieh! Er trat nach dem Köter und hastete weiter. Hinter sich hörte er Schritte. Er musste ja nur die Wagenburg verlassen. Im Gewimmel war er gerettet.

„Mistkerl, bleib stehen!“, rief eine Stimme hinter ihm.

Wahrscheinlich hielt man ihn für einen Dieb. Und das war er ja auch. Wenn auch kein richtiger Dieb. Er hatte ja nur schauen wollen. Warum ließen die Mädchen auch das Fenster offen? Das war gefährlicher Leichtsinn. Vielleicht war es ihnen ganz Recht, wenn jemand hineinschaute und sie beobachtete, oder ihre Sachen berührte. Vielleicht war es ihnen nicht unangenehm, wenn jemand ihre Unterwäsche sah, denn warum sonst würden sie den Ständer genau am Fenster platzieren?

Er zwängte sich zwischen zwei Wagen hindurch und stand im Gedränge. Da er nicht besonders groß war, ging er sofort unter. Hatte der Mann ihn gesehen? Höchstens von hinten. Trotzdem würde es besser sein, sich in den nächsten Tagen nicht mit der hellen Windjacke sehen zu lassen. Er fühlte das seidige Hemdchen auf seiner Brust. Gänsehaut prickelte über seine Arme. Das war aufregend. Auf Umwegen eilte er zurück zu seinem Wohnwagen, stopfte das Mädchenhemd unter sein Kopfkissen und lief zurück ins Festzelt, wo der Oberkellner bereits ärgerlich Ausschau nach ihm hielt.

8.

Die nächsten Tage verbrachte er in einem seligen Rausch. Irina freute sich jeden Tag, wenn er sein Tütchen Mandeln kaufte, auch wenn sie es nicht zeigte. Wahrscheinlich bekam sie Ärger, wenn sie zu freundlich war. Er verstand das schon. Es reichte ja, dass sie nickte, wenn er sich verabschiedete. Er wusste schon, wie sie das meinte.

Beim letzten Mal hatte er mit einem Finger ihre Hand berührt, als sie ihm die Tüte reichte. Er hatte nicht gewagt, sie dabei anzusehen, und sie hatte ihre Hand ganz schnell zurückgezogen. Am nächsten Tag hatte er sich fast nicht getraut, wieder hinzugehen. Auf seinem PC schaute er sich die Bilder an, die er durchs Fenster ihres Wagens gemacht hatte. Viel war darauf nicht zu erkennen. Aber trotzdem. Auf dem Tisch in der Ecke glaubte er, ihr Frühstücksgeschirr zu erkennen. Ein Paket Milch stand da, und ein Glas Honig. An der Wand ein Poster von irgendeiner Band, die er nicht kannte. Langhaarige Jungs mit geschminkten Augen.

Irina, dachte er. Bilder von Irina mit einer Schokoladenbanane in der Hand, die sie einem kleinen Jungen reichte. Irina mit einem Lebkuchenherz. Ihr Haar im Sonnenschein. Ihre Augen, die träumend ins Leere blickten. Sogar ein ganz kleines Lächeln hatte er eingefangen, das sich einmal auf ihre Lippen schlich.

Als er sich sattgesehen hatte, legte er sich aufs Bett. Unter dem Kopfkissen lag noch immer das Hemdchen, das er von dem Wäscheständer geklaut hatte. Hauchdünn und nach Weichspüler duftend. Pfirsichfarbener Spitzenbesatz. Er legte es sich übers Gesicht und atmete den Duft ein, und wagte nicht mehr, sich zu regen. Bis in alle Ewigkeit könnte er so liegen bleiben.

9.

Am letzten Tag der Cranger Kirmes wurde nach Einbruch der Dunkelheit ein großes Feuerwerk abgeschossen. Ihm blieb nicht mehr viel Zeit. Nach dem Feuerwerk würde Müller seine Mannschaft wieder antreiben, um das Zelt möglichst schnell in seine Einzelteile zu zerlegen. Und auch ‚Ilses süßer Himmel' würde sich wieder auf den Weg machen, und es war höchst unwahrscheinlich, dass er in die gleiche Richtung zog. Ihm blieb nur noch ein Tag, um Irinas Herz zu gewinnen, die ihn jedes Mal wieder so anschaute, als sähe sie ihn zum ersten Mal. Sie war nicht stumm, sondern einsilbig, und das war weit weniger poetisch. Zum Eisessen hatte er sie auch nicht eingeladen. Das hatte er nicht gewagt.

Er wartete, bis sich gegen Mittag die Rollläden der Zuckerbude öffneten. Dort war sie. Er fasste sich ein Herz. Seine Jackentasche beulte sich. Die Kamera. Und die kleine, rote Tasche. Bettina hätte nichts dagegen gehabt. Zuerst die Tüte Mandeln, wie immer. Er war heute der Erste. Die Mandeln waren noch nicht fertig. Gut. Das gab ihm eine Minute. Er lächelte. Versuchte es zumindest. Eigentlich war er zu nervös. Aber nun konnte er nicht mehr zurück.

„Hallo“, sagte er.

Sie nickte stumm und rührte weiter im Mandeltopf.

„Ich bin wohl etwas früh heute?“

„Hm.“

„Würden Sie ... mir wohl einen Ge... fallen tun?“

Er hasste sich, wenn er stotterte.

Sie guckte nur, ohne zu antworten. Vielleicht hatte er zuviel erwartet. Er zog das Lacktäschchen aus seiner Jacke. Ihr Blick wurde misstrauisch, ihre grauen Augen kälter als sonst.

„Würden Sie es wohl einmal nehmen?“ Er legte die Tasche auf den Tresen.

„Warum sollte ich?“, fragte sie patzig.

Natürlich. Warum sollte sie?

„Sie würden mir wirklich eine Freude machen. Schauen Sie es sich doch mal an. Es ist eine kleine Überraschung darin.“

Das war gelogen, aber ihm fiel nichts anderes ein. Sie wurde neugierig. Mit spitzen Fingern nahm sie die Tasche und öffnete sie. Die Tasche war leer, bis auf den alten Lippenstift und ein Taschentuch. Sie schaute ein wenig ratlos. Stahl hatte inzwischen die Kamera gezückt und drückte sie sich vors Gesicht. Das Mädchen wurde wütend.

„Verschwinden Sie doch, Sie blöder Typ!“, rief sie und pfefferte die Tasche in den Dreck. „Wenn Sie mich geknipst haben, zeige ich Sie an!“

Stahl stand wie angewurzelt da. Ein kleiner Mistkäfer, der im Dreck zertreten wurde. Er fühlte ein Schluchzen in der Kehle. Irinas Augen blitzten zornig, und sie warf ihr schönes Haar zurück. Ihre Ohrläppchen waren durchstochen. Sie trug Ohrringe. Hässliche Silberstecker in der Form kleiner Spinnen.

Stahl schreckte zurück. Das war widerlich! Er machte zwei Schritte rückwärts. Dann bückte er sich rasch, um die Tasche wieder aufzuheben, und verschwand im Gedränge, ohne sich noch einmal nach ihr umzusehen.

Wilbaser Markt

1.

Er lebte wieder sein alltägliches Leben. Vielleicht war er etwas langsam geworden. Man musste ihm alles zweimal sagen. Der Oberkellner pflaumte ihn ständig an. Irina war wieder in der Taiga, und er würde sie nie wiedersehen. In sein Herz war ein Loch gebrannt, dort, wo ihr vernichtender Blick ihn getroffen hatte. Es war sinnlos, freundlich zu sein. Das Zeug in den Fläschchen war eine bessere Waffe als ein Lächeln. Sein Lächeln war niemals gut genug gewesen. Freundlichkeit war reine Verschwendung.

In den nächsten Wochen klapperten sie hauptsächlich kleinere Schützenfeste und Dorfkirmesse ab und bewegten sich dabei aus dem Ruhrgebiet wieder Richtung Ostwestfalen. Zu den größeren Jahrmärkten fuhren Müllers Cocktailbars mit, ansonsten verteilte man sich ökonomisch über die Dörfer. Anfang der zweiten Septemberwoche stand Stahls Wagen mit dem Wohnanhänger in Blomberg, wo in wenigen Tagen der Wilbaser Markt beginnen würde. Das Jahrmarktsgelände im Ortsteil Siebenhöfen lag ein Stück vor den Toren der Stadt, direkt an der B1. Die umliegenden Felder wurden als Parkflächen genutzt. Albert Stahl hatte seinen Wagen ein Stück abseits unter einer großen Eiche abgestellt, wo er seine Ruhe hatte.

Schweigend half er beim Aufbau des Festzelts, während er überlegte, ob es möglich wäre, dass der alte Müller ihn danach für die Dauer der Kirmes in die Copacabana-Bar schickte. Frau Bruma hatte zwar Haare auf den Zähnen, aber schlimmer als der ewige Bierzeltmief war es nicht. Einer ihrer Barmänner war verschwunden. Wahrscheinlich hatte er einen besseren Job gefunden. Oder eine Frau, die ihn aushielt. Sie würden Ersatz benötigen.

„Albert, die Stangen!"

Ja. Die Stangen. Und die schwere Plane. Er kannte jeden Handgriff. Seinen Rücken fühlte er gar nicht mehr. Als das Gerüst stand, wurde in aller Eile der Plankenboden verlegt. Dann half er mit, die Bühne aufzubauen. Und die Thekenanlage. Die Küche. Als sie endlich die Tische und Stühle hereintragen konnten, war es bereits dunkel. Zwischendurch verkrümelte er sich ein paar Mal, um hinter der benachbarten Schießbude zu rauchen. Er hatte sich schon ans Rauchen gewöhnt. Es fing an, ihm gut zu tun.

Er spähte um die Ecke. Da ging der Oberkellner vorbei. Beim Teuto-Grill blieb er stehen und schäkerte mit der neuen Aushilfskraft. Stahl lauerte gierig, ob es etwas zu sehen gäbe. Vielleicht ein Kuss. Oder ein bisschen Gefummel hinter der Grilltheke. Obwohl solche Dinge ihn eigentlich anwiderten. Aber dem Oberkellner war alles zuzutrauen, auch in der Öffentlichkeit. Er war ein Schwein.

„Schamlos", würde Mutter sagen. „Und das in dem Alter!"

Als ob es für Mutter ein Alter geben würde, in dem Schamlosigkeiten Nachsicht verdienten! Der Oberkellner war etwa so alt wie Albert Stahl selber, und machte gar kein Geheimnis aus seinen Aktivitäten. In jedem Kaff eine andere Braut, sofern man diese Weiber als Bräute bezeichnen könnte. Abgetakelt waren die meisten von ihnen. Das war das richtige Wort. Abgetakelte Schlampen! Das wäre ein Ausdruck, den Mutter benutzen würde, zischend zwischen den Zähnen, obwohl sie sich sonst mit Kraftausdrücken zurückhielt. Und der Oberkellner war ein alter, geiler Bock.

Stahl glotzte in Richtung der Grilltheke, wo sich die beiden Schatten bewegten. Die Frau stieß ein spitzes Lachen aus. Manchmal wünschte sich Albert Stahl, auch ein alter Bock zu sein. Ordinär, instinktgeleitet und selbstzufrieden. Ganz egal, wie abgetakelt die Weiber waren. Vielleicht war das alles einfach gut und richtig und menschlich so, und er selbst befand sich auf dem Holzweg. Vielleicht hätte auch Irina sich mit dem Oberkellner abgegeben. Wer konnte das schon wissen. Im Grunde waren sie alle gleich, und er stellte sich vor, was der Oberkellner alles mit ihr gemacht hätte.

Dann drückte er seine Zigarette an der Plastikfolie aus, die die Rückseite der Schießbude verdeckte. Ein schwarzes Schmorloch blieb zurück. Das war unklug. Es war besser, keine Spuren zu hinterlassen. Es war gut, unsichtbar zu bleiben. Aus reiner Vorsicht. Vorsichtig wie eine alte Jungfer. Unsichtbar wie eine Spinne hinter der Tapete. Er lachte leise. Je älter er wurde, umso mehr nahm sein Drang zu, dumme Dinge zu tun. Wie ein ungezogener Junge. Zerstören. Kaputtmachen. Beschädigen. Schwarze Löcher in Plastikfolien schmoren. Durch Schlüssellöcher spähen. Schmutzige Zeitschriften lesen und hinterher verbrennen.

„Ihr Schweine!“, murmelte Stahl mit einem letzten Blick zum Teuto-Grill, nicht ohne Neid.

Dann ging er zurück zum Zelt, wo der Besen auf ihn wartete.

2.

Alles Bitten hatte nichts genützt. Der alte Müller hatte ihn doch wieder fürs Bierzelt eingeteilt, und seit vier Tagen wischte er Bierpfützen auf, statt in der grüngelb beleuchteten Copacabana-Bar bei Sambarhythmen Zitronenscheiben für die Cocktails zu schnitzen und verstohlen den spätsommerlich gekleideten Mädchen hinterher zu starren. Müde rannte er mit dreckigen Tellern zwischen den Tischen und der Spülküche hin und her, mit einem Hungergefühl im Magen, das sich mit den Essenresten nicht stillen ließ. Er kratzte kalten Kartoffelbrei und Hähnchenknochen aus den Schüsseln, ließ einen ganzen Stapel Teller fallen. Der Koch raunzte ihn an, dass er immer im Wege stehen würde. Hinter seinen Schläfen pochte es. In ein paar Stunden war der Zauber vorbei.

Er begann, die Tische an der rechten Seite neben der Bühne abzuräumen, wo ein Kegelverein aus Lemgo gehaust hatte wie eine Räuberbande. Die Musikkapelle gab Oldies zum Besten. Die Lautsprecher dröhnten. Eine Fleischgabel rutschte vom Tablett, er bückte sich, fischte sie unter dem Tisch hervor und richtete sich mit rotem Kopf wieder auf. Und dann stand sie plötzlich da. Ganz alleine, kaum drei Meter von ihm entfernt. Ihr Rock war kurz. Es gefiel ihm nicht, wenn die Mädchen sich so geschmacklos aufdonnerten.

Flittchen, dachte er, während er sie musterte. Am Ende würde es noch heißen, er habe sie ausgesucht, weil der kurze Rock ihm gefallen habe. Man würde ihn falscher Dinge beschuldigen. Man würde ihn für einen dieser Typen halten, die den Mädchen hinterherliefen, nur weil sie Miniröcke und enge Blusen trugen. Und das stimmte nicht.

Er schaute ein zweites Mal. Sie war jung, Anfang zwanzig vielleicht. Sie war nicht so hübsch wie Irina, aber sie hatte ein sehr symmetrisches, etwas rundliches Gesicht und lange Haare. Ihre bonbonfarbenen Schuhe waren schwarz und rosa wie Kinderlakritze, mit dünnen Absätzen, die auf dem Plankenboden klackerten. Sie trug keine Ohrringe, was erstaunlich genug war. Dafür war ihr Lippenstift scheußlich, ein grelles Pink, das ihre Lippen aufgeworfen und ordinär wirken ließ. Zwischen den Fingern drehte sie ein halbleeres Sektglas. Sie schaute sich etwas verloren um, als würde sie auf jemanden warten, der niemals kam. Das alte Spiel. Einige Mädchen konnten eben nicht alleine bleiben. Dann streunten sie von einer Ecke zur anderen wie Katzen, bis jemand auf sie aufmerksam wurde und ihnen ein paar Streicheleinheiten zuteil werden ließ.

Armes Mädchen, dachte Albert Stahl nun. Er mochte sie, wenn sie arme Mädchen waren. Wahrscheinlich war sie gar kein Flittchen. Er hätte ihr gerne gesagt, dass sie sich nicht an den Erstbesten wegwerfen solle. Aber das ging ja nicht. Sie würde ihn nicht einmal ansehen. Außerdem wäre es nicht gut, wenn sich später jemand erinnerte, den Zapfer vom Bierzelt in der Nähe eines Mädchens gesehen zu haben. Sie musste etwas zu Trinken bestellen. Das war die einzige Möglichkeit, sich ihr unauffällig zu nähern. Aber sie stand nur mit ihrem Sektglas herum und lächelte Löcher in die Luft. Mehrmals schaute sie zur Uhr. Dann verdrückte sie sich eine Weile in die Nähe der Bühne, als würde sie die Band ansehen und sich amüsieren. Ihre Augen aber blieben traurig.

Armes Ding, dachte Albert Stahl wieder. Mit Mauerblümchen hatte er Mitleid. Es war nicht schön, unsichtbar zu sein.

Während er Tische abwischte und Bier zapfte, behielt er sie im Blick, immer aus den Augenwinkeln. In einer Stunde begann seine Pause. Seit drei Tagen trug er schon ein Fläschchen in seiner Westentasche herum. Warum sollte er es nicht versuchen? Nach der Pause würde er weiterarbeiten wie immer, bis der letzte Gast aus dem Zelt gekehrt und alles sauber gemacht war. Und danach würden sie wahrscheinlich übergangslos mit dem Abbau beginnen. Je nachdem, welcher Stimmung der alte Müller war. Er konnte ein richtiger Sklaventreiber sein.

Das Mädchen wanderte von einer Ecke in die andere, leerte ein weiteres Glas Sekt. Dann verschwand sie durch den Seiteneingang. Wahrscheinlich ging sie zur Toilette. Gleichzeitig drängte ein Schwall lärmender Senioren herein, alle schon gut betankt. Stahl schlüpfte hinter den Tresen und begann, am zweiten Zapfhahn zu arbeiten. Von dort hatte er auch den Seiteneingang im Blick. Er zapfte ein Dutzend Biere und spülte Gläser. Wo blieb sie? Seine Gedanken hasteten den Weg zu der großen Eiche entlang. Etwa zwei Minuten Fußweg. Mit einem stolpernden und schwankenden Mädchen am Arm mindestens drei. Dann hätte er eine dreiviertel Stunde mit ihr alleine. Oder mindestens eine halbe. Er wollte ja nur ein paar Fotos. Schließlich musste er sie auch wieder loswerden, sie irgendwo hinbringen, wo sie ihren Rausch ausschlafen konnte.

Eine lange Viertelstunde verging, ehe sie wieder auftauchte. Vielleicht hatte sie draußen eine Runde gedreht, in der Hoffnung, an einem Karussell oder einer Schießbude jemanden kennen zu lernen. Sie kam an den Tresen und holte sich eine Cola, an der sie schlückchenweise nippte. Vielleicht hatte sie nicht mehr viel Geld dabei. Bald würde der Punkt kommen, an dem sie lieber nach Hause gehen würde, statt weiter alleine herumzustehen. Stahl fühlte einen Kloß im Hals. Sie trank den letzten Schluck der Cola und stellte das Glas auf einem der Tische ab. Nun würde sie gehen. Das konnte er nicht zulassen. Seine Pause begann in zehn Minuten. Eine gute Zeit.

Von der Zapfanlage verborgen, zapfte er ein kleines Bier und gab die Tropfen hinein. Dann stellte er das Glas auf ein Tablett. Das Mädchen hatte bereits begonnen, sich in Richtung Ausgang zu bewegen. Albert Stahl holte sie ein.

„Ein Bier für Sie, junge Frau." Er lächelte höflich. Nicht zu freundlich, einfach nur wie ein wohlerzogener Kellner.

„Ich habe kein Bier bestellt."

„Das hat jemand anders für sie bestellt. Ein junger Mann, der dort an der Theke sitzt. Der mit den blonden Haaren."

An der Theke saß tatsächlich ein blonder Jüngling, der sich angeregt mit einem Kumpel unterhielt. Das Mädchen schaute ungläubig. Albert Stahl glaubte, so etwas wie Dankbarkeit in ihren Augen zu entdecken.

„Er lässt Ihnen ausrichten, dass er Sie gerne kennen lernen würde. Gleich wird sein Freund gehen. Würden Sie bitte auf ihn warten?"

Das Mädchen schaute abermals zu dem Blonden an der Bar. Er war ein hübscher Typ. Sie begann zu lächeln und nickte. „Ja, ich werde warten."

„Dann werde ich ihm das jetzt ausrichten. Er kommt in ein paar Minuten zu Ihnen, und derweil können Sie ja das Bier trinken."

Sie nahm das Glas vom Tablett und nahm lächelnd einen Schluck. Stahl ging zurück zum Tresen. Dort beugte er sich zu den beiden jungen Männern vor und fragte, ob sie noch etwas zu trinken wünschten. Das Mädchen sah nur, dass er mit dem blonden Jungen sprach. Dann nickte Stahl ihr zu. Sie trank einen weiteren Schluck, und dann ziemlich schnell das ganze Bier. Stahl spülte noch ein paar Gläser und hielt nach seiner Ablösung Ausschau. Das Mädchen wurde ausgelassen, tanzte zu den Hits der Achtziger, die aus den Boxen dröhnten. Dann lachte sie laut und musste sich an einer Tischkante festhalten. Vielleicht wurde ihr auch übel. Mit unsicheren Schritten strebte sie dem Ausgang zu. In diesem Moment kam Albert Stahls Ablösung. Er trocknete sich die Hände ab und drängelte sich durch die Menge in die Richtung, in der das Mädchen verschwunden war.

3.

Es war zwei Uhr nachts. Die Ellenbogen auf den Tisch gestützt, steckte er sich eine Zigarette an. Unterm Tisch lag schon wieder Dreckwäsche, die er mit den Füßen beiseite schob. Gedankenverloren inhalierte er den Rauch und steckte das Kamerakabel in die Buchse des PCs, um die Bilder herunterzuladen.

Sie hatte mit offenen Augen geträumt. Er hatte ihr die bunte Bluse aufgeknöpft und sie ihr über die Arme gezogen, was nicht so einfach war, denn ihre Glieder waren schlaff und willenlos wie bei einer Puppe. Flüchtig erinnerte er sich, vor sehr langer Zeit schon einmal eine so erdschwere und leblose Hand gehalten zu haben. Dann zog er ihr die weiße Bluse mit dem Lavendelduft über und zupfte die Rüschen zurecht. Mit dem Kamm aus dem Lacktäschchen ordnete er ihr Haar, so dass es glänzend wie eine Wasserlache auf dem weißen Laken lag. Am Morgen hatte er das Bett frisch bezogen, was nicht allzu häufig vorkam.

Mit seinem Taschentuch wischte er ihr den grellen Lippenstift ab. Die Farbe klebte ein bisschen. Er spuckte auf sein Taschentuch und entfernte die Reste aus ihren Mundwinkeln. Dann nahm er Bettinas Lippenstift. Er war noch fast wie neu. Bettina hatte ihn nur wenige Male benutzt. Er tupfte etwas Creme auf die halboffenen Lippen des Mädchens, damit sie weich wurden, und der Lippenstift sich besser auftragen ließ. Diese kleinen Tricks hatte er aus einer Frauenzeitschrift, die er im Altpapier gefunden hatte. Manchmal durchstöberte er das Altpapier. Und Kleidersäcke. Einige seiner Hemden stammten aus Altkleidersäcken. Er war sparsam. Das hatte Mutter ihm beigebracht. Und warum sollte er Zeitschriften kaufen, wenn es welche in den Kartons am Straßenrand gab?

Der Mund des Mädchens bewegte sich, als wolle sie etwas sagen. Vielleicht schnappte sie auch nur nach Luft. Ihre Lider waren geschlossen, aber sie zuckten, als habe sie einen lebhaften Traum. Er musste sich beeilen. Das war kein Spiel. Er hob ihren Oberkörper an und schob ihr die Jacke mit dem Plüschkragen unter die Schultern. Das war nicht perfekt, aber man musste zufrieden sein. Er legte ihr die Arme vor der Brust zusammen, faltete ihre Hände. Sie trug dunkelroten Nagellack. Warum war ihm das nicht aufgefallen? Vielleicht hätte er sie sonst verschmäht. Oder zumindest überlegt, ob sie wirklich die Richtige war. Dunkler Nagellack war ordinär. Woher sollte er jetzt noch die Zeit nehmen, ihn zu entfernen? Es ließ sich nicht mehr ändern.

Aus dem weißen Schächtelchen nahm er die Ohrclips mit den lila Steinen.

„Echte Amethyste“, flüsterte er.

Vorsichtig strich er dem Mädchen eine Strähne zur Seite und befestigte einen Clip an ihrem linken Ohrläppchen. Er zögerte. Eigentlich hatte er ihr auch den zweiten Clip anlegen wollen. Dann aber entschied er sich, ihn an sein eigenes Ohr zu klippsen, wobei er die Luft mit einem feinen Zischen einsog. Zum Schluss legte er ihr die rote Tasche unter die gefalteten Hände. Die Kamera zitterte in seinen Fingern. Zuerst zoomte er auf die rosafarbenen Lippen. Dann die reglosen Hände mit der Tasche. Der Nagellack war wirklich furchtbar. So ging das nicht. Irgendwo hatte er ein altes Taschentuch mit Spitzenrand, das er einmal im Bierzelt gefunden hatte. Er drapierte es ihr über die Fingerspitzen. Wenigstens sah man nun den Nagellack nicht mehr. Danach machte er noch mehrere Aufnahmen ihres Halses mit dem weißen Rüschenkragen, und drehte ihren Kopf zur Seite, damit ihre Wange den schwarzen Plüsch der Jacke berührte.

Immer wieder drückte er den Auslöser, schnell hintereinander, wobei er sich die ganze Zeit fragte, ob sie wirklich nichts mitbekam. Ihre Hände griffen ein paar Mal ins Leere, als suche sie nach einem Halt. Die Wirkung der Tropfen schien bereits nachzulassen.

Er nahm ihr die Tasche weg, zog ihr schnell die weiße Bluse aus und ihre eigene wieder an. Knöpfte die kleinen Knöpfe falsch. Verdammter Mist. Knöpfte sie noch einmal auf und dann richtig zu. Zog ihr das dünne Sommerjäckchen über, das auf den Boden gefallen war. Nichts vergessen? Sie stöhnte leise. Er zog sie vom Sofa hoch, hängte sich einen ihrer Arme um die Schultern und stützte sie. Ihr Körper begann wieder zu funktionieren. Wackelig machte sie einen Schritt nach dem anderen. Er setzte seine alte Schiebermütze auf, die er sonst nur im Winter trug. Sie beschattete sein Gesicht. Natürlich kannte ihn jeder auf dem Rummel. Aber trotzdem. Behutsam begann er, das Mädchen von seinem Wagen wegzuführen.

„Na, Albert. Hast du auch mal was erwischt?"

Das schmierige Grinsen des Oberkellners, der in einer dunklen Ecke eine Rauchpause eingelegt hatte. Stahl antwortete nicht.

„Die musst du aber ganz schön abgefüllt haben!" Der Kellner grinste und verschwand in Richtung der Copacabana-Bar. Irgendwie musste er Frau Bruma überzeugt haben, dass er für die Bar geeigneter war als der tumbe Besenschwinger Stahl. Zum Glück war er ein Trottel. Es machte nichts, dass er ihn mit dem Mädchen gesehen hatte. Er würde sich nur die üblichen Schmutzigkeiten zusammenreimen, weiter nichts.

Das Mädchen hing schwer an Stahls Arm. Auf einer nahen Wiese ließ er sie vorsichtig zu Boden gleiten. Das Gras war hoch. Da konnte sie noch ein wenig schlafen. Sie blieb ganz ruhig liegen, mit halbgeöffneten Augen. Einmal wimmerte sie leise. Grillen zirpten. Ihr würde nichts passieren. In einer halben Stunde oder vielleicht sogar schon in zwanzig Minuten würde sie ihre Augen öffnen und aufstehen. Sie würde die Lichter des Festplatzes sehen und sich leicht orientieren können. Alles war gut.

Stahl nahm seine Zigarettenpackung und zündete sich eine an, blieb noch zwei Minuten stehen. Dann drückte er die Zigarette neben den Füßen des Mädchens aus. Sie war jetzt kurz vorm Erwachen. Irgendwo schrie eine Eule. Er schaute zur Uhr. In fünf Minuten musste er im Festzelt sein, um den nächsten Kollegen abzulösen.

Als er wieder hinterm Zapfhahn stand und die vergangene Stunde noch einmal Revue passieren ließ, fiel ihm ein, dass er vergessen hatte, ihr den Lippenstift wieder abzuwischen.

4.

Als der alte Müller ihn am nächsten Vormittag nach Blomberg schicken wollte, um im Baumarkt eine neue Rohrzange zu besorgen, weigerte sich Stahl zum ersten Mal in seinem Arbeitsleben, einer Anweisung Folge zu leisten. Er konnte auf keinen Fall nach Blomberg fahren. Vielleicht würde ihm das Mädchen über den Weg laufen. Vielleicht saß sie im Baumarkt an der Kasse und erkannte ihn wieder. Vielleicht stand sie in einem Bäckerladen und sah ihn im Vorbeigehen.

Natürlich weigerte er sich nicht rundheraus. Das entsprach nicht seinem Wesen. Er tat einfach so, als habe er nicht gehört, was der alte Müller sagte. Und als Müller, nachdem auch die dritte Aufforderung im luftleeren Raum verhallt war, endlich wütend wurde und ihn als störrisches Maultier bezeichnete, verzog Stahl das Gesicht zu einer jämmerlichen Grimasse und behauptete, unerträgliche Magenschmerzen zu haben und nicht in der Lage zu sein, den Baumarkt aufzusuchen. So blieb Müller nichts übrig, als sich verärgert in seinen eigenen Wagen zu werfen und selbst eine Rohrzange zu besorgen.

Am Nachmittag, als die Zeltplane zusammengelegt war und die letzte Bodenplanke verladen wurde, sagten Müllers Festbetriebe Blomberg Lebewohl, und Albert Stahl, dessen Magenschmerzen sich zu bessern schienen, kletterte hinters Steuer seines Wagens. Ein ganzes Jahr würde vergehen, ehe er wieder nach Blomberg kam, und bis dahin hätte das Mädchen ihn vergessen, selbst für den Fall, dass der Black-out nicht alle Fasern ihres Verstandes durchdrungen hatte.

Sie fuhren nach Gütersloh, wo in einer Woche die Michaeliskirmes beginnen würde. Stahl verrichtete alle Arbeiten mit routiniertem Stoizismus und zehrte von den Erinnerungen wie ein Siebenschläfer im Winter. Jeden Abend zog er die vergilbten Gardinen vor den kleinen Bullaugen des Wohnwagens zu. Er machte es sich gemütlich, schmierte sich eines seiner überquellenden Marmeladenbrote und goss Milch in die Kaffeetasse vom Frühstück. Dann schaltete er den PC ein.

„Hallo“, sagte er, wenn das blasse Gesicht des Mädchens auftauchte. Ihre Augen waren geschlossen, aber ihre leicht geöffneten Lippen schienen das Hallo zurückzuflüstern.

Stahl lächelte.

„Schön, dich wiederzusehen.“

Sie blieb stumm. Vielleicht hatte sie keine Lust zu reden. Aber das machte nichts. Er zündete sich eine Zigarette an und klickte ein Bild weiter. Ihr Hals, umgeben von einem Schwall ordentlich gefältelter, weißer Rüschen. An ihrer Wange rieb sich der schwarze Pelz, wie ein anschmiegsames Kätzchen. Sie hätte es sicher gern gehabt, wenn Pinkie sich an ihrer Wange gerieben hätte. Sie war ein nettes Mädchen gewesen, trotz ihres zu kurzen Rockes und der bemalten Krallen.

„Morgen habe ich frei. Dann fahre ich zu Mutter“, sagte Albert Stahl. „Soll ich ihr Grüße ausrichten?“

Er hielt inne. Das Mädchen kannte Mutter ja gar nicht.

„Wenn ich dich sehe, denke ich manchmal...“

Er sprach nicht weiter. Das war Unsinn. Sie hatte nichts mit Bettina zu tun. Bettina war nur noch eine Erinnerung. Ein Windhauch, der manchmal um die Ecken des Hauses am Waldrand huschte. Vergangenheit. Das Mädchen vom Wilbaser Markt aber war Realität gewesen. Handfest und aus Fleisch und Blut.

Er sog an der Zigarette. Natürlich wäre es schön, mit ihr über Mutter reden zu können. Über die alten Zeiten in dem stillen Haus. Über Hänsel und Gretel, die sich im Wald verirrt hatten. Mutter rief nun wieder jeden Tag an. Sie klagte über die späte Hitze, obwohl es im Haus doch immer kühl war. Vielleicht das schlechte Gewissen, dachte er. Sie wurde sich allmählich selbst zur Last. Dann bekreuzigte er sich rasch, denn es war nicht gut, so über die eigene Mutter zu denken.

Er klickte das nächste Foto an. Sie lag auf dem Klappsofa. Ihre Füße steckten in den weißen Sandalen, die er ihr übergestreift hatte. Die Knickfalten des Bettlakens waren ärgerlich. Das nächste Mal würde er das Laken vorher bügeln. Ihre Zehnägel waren ebenfalls lackiert gewesen. Dieses kleine Detail versetzte ihn in Entzücken. An den Fingern hatte ihm der Lack nicht gefallen, aber zu den weißen Schuhen war er sehr schön. Er hätte sie küssen können, diese Zehen, alle der Reihe nach.

„Du bist viel schöner, als ich dachte", sagte er leise und fuhr mit der Spitze seines Zeigefingers über den Bildschirm. Das war das Geheimnis. Man musste nur genau hinschauen, dann entdeckte man soviel Wunderbares an ihr. Die Augenbrauen, zierlich gebogen wie Schmetterlingsfühler. Das winzig kleine Grübchen im Kinn.

„Wirklich schade, dass du Mutter nicht kennst." Er zündete sich eine neue Zigarette an. „Und schade auch, dass du meine Schwester nicht gekannt hast."

Er betrachtete die gefalteten Hände mit dem roten Lacktäschchen, das fast wie ein Schutzschild wirkte, den sie an sich drückte, oder wie ein Attribut, so wie auch die mittelalterlichen Heiligen in den Kirchen und auf den frommen Gemälden ihre Attribute vor sich hertrugen: Die Heilige Katharina mit dem Rad. Die Heilige Barbara mit dem Turm. Die Heilige Cäcilie mit einem Musikinstrument. Und das Mädchen aus Blomberg mit der roten Tasche der Heiligen Bettina.

Stahl lachte und begann zu husten. Er hatte Rauch verschluckt. Mutter würde ihn in die Besenkammer sperren, wenn sie wüsste, was für dummes Zeug er manchmal dachte!

Das nächste Foto. Noch einmal die weiße Bluse. Fast wie ein Totenhemd. Ein Frösteln lief ihm den Rücken runter. Was hatte das Mädchen wohl gefühlt, als sie wieder zu sich gekommen war? Was war der letzte klare Moment, wenn sie versuchte, sich zu erinnern? Die Musik im Festzelt? Der Geschmack des Biers, das sie spendiert bekommen hatte? Oder vielleicht das Gesicht des Kellners, der ihr das Bier brachte?

Er fragte sie, aber sie antwortete nicht. Sie blieb stumm und hochmütig. Er begann sich zu ärgern.

„Du redest wohl nicht mit jedem, ja? Aber mitgegangen wärst du mit dem Nächstbesten, der dich an dem Abend aufgegabelt hätte!"

Vielleicht war sie doch nur eine Schlampe gewesen. Hätte sie sonst das Bier von einem Wildfremden angenommen? Das nächste Mal würde er sorgfältiger wählen. Und das Bettlaken würde gebügelt sein.

Glückstalertage

1.

Vor Stahl fuhr der große Hänger mit der zusammengefalteten Copacabana-Bar. Sie fuhren nach Brackwede, wo alljährlich am zweiten Oktoberwochenende die Glückstalertage stattfanden. Heinrich Müller, der selbst mit dem Festzelt nach Schloß Holte unterwegs war, hatte es so bestimmt. Seine Frau hatte sich mit dem Oberkellner entzweit, der seit Blomberg bei ihr die Cocktails gemixt hatte. Sie hatte ihn rausgeschmissen, um genau zu sein. Stahl vermutete, dass zwischen den beiden Dinge gelaufen waren, die übers Cocktailmixen weit hinausgingen. Jeder dachte sich seinen Teil. Die Ehe zwischen dem alten Fettsack Heinrich Müller und der feurigen Deolinda, die mindestens fünfzehn Jahre jünger war als er, hatte von Anfang an Anlass zu zweideutigen Kommentaren gegeben. Gehorsam war wahrscheinlich der Preis, den Müller zahlte.

Jedenfalls war der Oberkellner jetzt wieder im Festzelt und Frau Bruma hatte darauf bestanden, dass Albert Stahl für ihn einspringen sollte. Sie brauchte jemanden, der nicht ständig rumzickte und sich auch für die groben Arbeiten nicht zu schade war. Getränkekisten schleppen, abwaschen und nach Feierabend saubermachen.

Stahl war bester Laune gewesen, als Müller ihn abkommandiert hatte. In der Copacabana-Bar trug er immer eine gelbe Krawatte und eine grüne Weste zum weißen Hemd. Dann blühte er richtig auf. Manchmal lächelte er sogar und scherzte mit den Gästen. Cocktails ließ man ihn nicht mixen. Die meisten Rezepte waren zu kompliziert für sein Gedächtnis. Aber er konnte Säfte einschenken, Wasser und Cola ausgeben und die Gäste an den Tischen bedienen. Es gab kleine Snacks, Krabben im Teigmantel, scharf gefüllte Feigen, Knabberzeugs. Die Sachen wurden jeden Vormittag vorbereitet, und Albert Stahl frittierte sie oder erhitzte sie in der Mikrowelle, je nachdem, was verlangt wurde. Auch das Publikum war anders als im Festzelt. Etwas jünger, etwas feiner. Obwohl wirklich feine Leute natürlich nicht in die Copacabana-Bar kamen. Aber es gab keine Betrunkenen. Jedenfalls nicht so sturzbetrunken wie im Festzelt. Wenn im Festzelt jemand auf den Boden kotzte, wurde das Malheur beseitigt und der arme Sünder durfte weitertrinken. Wenn sich in der Bar jemand daneben benahm, wurde er ganz flink hinausbefördert. Frau Bruma legte Wert auf ein gepflegtes Ambiente.

Als die Bar ihren Standort an der Brackweder Hauptstraße erreichte, verschwand Frau Bruma mit einem der Brasilianer in ein Restaurant, und Stahl begann alleine mit dem Aufbau. Der Startschuss für die Glückstalertage würde erst morgen fallen. Drei Tage würde der Zauber gehen. Als das Thekenmodul aufgeklappt war, schloss er die Wasserleitungen an. Dann holte er Seifenreiniger und einen Lappen und putzte den Tresen und die Installationen. Wenn er damit fertig war, konnte er den Rest des Tages freimachen. Mutter erwartete ihn. Sie hatte ihm telefonisch mitgeteilt, dass sie fürchte, blind zu werden. Das war natürlich Unsinn. Es ging darum, dass er im Garten ein Beet umgraben sollte, was er seit einer Weile vor sich her schob. Außerdem hatte Mutter sich schon mehrmals über den schlechten Fernsehempfang beklagt. Er würde aufs Dach klettern und die Satellitenschüssel richten müssen. Sie würde ihm Bratkartoffeln und Spiegeleier machen, mit kleinen Gürkchen und Petersilie garniert, so wie sie es früher für Vater gemacht hatte. Er mochte keine Petersilie, aber davon wollte sie nichts wissen. Vater hatte sie schließlich auch gemocht. Albert Stahl hatte aufgehört, es immer wieder zu erklären, und schob die kleinen Sträußchen ganz einfach auf seinen Tellerrand.

„Petersilie ist aber gesund“, würde Mutter sagen. Wie immer.

„Ist mir egal“, würde er antworten und die Schultern zucken. Auch wie immer.

Seine Augen zwinkerten unwillkürlich, während er Müllsäcke in die Halterungen klemmte. Manchmal konnte er nicht umhin, Mutter ein wenig bezahlen zu lassen für all ihre kleinen und großen Schikanen. Sie hatte ihn zu oft gequält. Bei seinem letzten Besuch hatte er ein Lesezeichen, das er in einem Kinderbuch wiedergefunden hatte, in Mutter Gebetbuch gelegt. Das Lesezeichen hatte Bettina gehört. Es war etwas verbleicht, und mit einem verschnörkelten großen B in der Mitte verziert. Mutter würde es sofort wiedererkennen. Niemand außer Bettina hatte Lesezeichen benutzt. Er hatte es ausgerechnet in die Seite gelegt, wo ein Schutzengel ein totes Kindlein davontrug.

Dann hatte er sich in den Sessel gesetzt und in der Fernsehzeitschrift geblättert, wobei er die ganze Zeit aus den Augenwinkeln Mutter beobachtete, die sich angewöhnt hatte, während der Werbepausen den Ton leise zu drehen und schnell ein paar erbauliche Zeilen zu lesen. Als ihr das Lesezeichen in die Hände fiel, zog sie die Luft ein. Ja, sie hatte es erkannt. Verstohlen blickte sie zu ihrem Sohn, der seinen Kopf jedoch so tief in die Zeitschrift gesteckt hatte, dass sie darauf verzichtete, ihn anzusprechen.

2.

Am nächsten Mittag saß Albert Stahl auf einer Bank an der Brackweder Hauptstraße und leckte an einer Eiswaffel.

Er hatte noch eine Stunde Zeit. Er schaute einfach nur, ohne einem klaren Gedanken nachzuhängen. Eine junge Frau in Jeans ging vorbei. Sie trug einen dunkelroten Pulli. Ein glattes Gesicht, runde Wangen. Die Haare reichten ihr bis über die Schultern und glänzten in der Oktobersonne.

Die zum Beispiel, dachte er. Er warf den Rest der Eiswaffel in den Rinnstein, wischte sich die Finger ab und ging ihr mit raschen Schritten hinterher. Dann überholte er sie. Ein Seitenblick in die Auslage eines Schaufensters. In Wirklichkeit aber glitt sein Blick zu ihren Ohren. Schade, dachte er enttäuscht. Sie trug mehrere glitzernde Stecker in den Ohrläppchen. Dann eben nicht.

Er blieb zurück. Auf der Straße herrschte lebhafter Betrieb. Er schaute sich um. Etwa zwanzig Meter weiter befand sich der Eingang einer Boutique. Es würde gar nicht auffallen, wenn er einmal hineinging. In Boutiquen gab es hübsche Mädchen. Auch die Verkäuferinnen waren meist hübsch. Er würde so tun, als ob er etwas kaufen wolle. Eine Bluse für Mutter vielleicht. Das war ja nicht verboten.

Er blickte auf den Boden aus hellen Marmorfliesen und drängte sich durch ein paar Ständer mit Blusen hindurch, wobei er mit der Hand über die weichen Stoffe strich. Wie eine elektrische Ladung fühlte es sich an. Seine Fingerspitzen kribbelten.

„Kann ich Ihnen helfen?“

Die Verkäuferin war sehr jung. Ihr langes Haar wurde

von dünnen Spangen aus dem Gesicht gehalten. Stahl schüttelte den Kopf und begann in einem der Blusenständer zu wühlen.

„Was suchen Sie denn?“, fragte das Mädchen mit professionellem Lächeln.

Sie war freundlich. Wenige Frauen waren so freundlich zu ihm. Gut, es war ihr Beruf. Aber trotzdem. Andere Verkäuferinnen hatten ihn schon schlechter behandelt.

„Ein T-Shirt“, sagte er schnell.

„Wir führen nur Damenkleidung“, sagte sie, immer noch lächelnd.

„Für meine Frau“, sagte er, und steckte die Hände in seine Jackentasche, damit sie nicht sah, dass er keinen Ehering trug.

„Welche Größe trägt Ihre Frau denn?“

Nun stand er dumm da. Er wusste nichts von weiblichen Kleidergrößen.

„Ungefähr so wie Sie“, sagte er rasch. Seine Kopfhaut begann zu kribbeln.

Das Lächeln der Verkäuferin wurde eine Spur dünner. Vielleicht glaubte sie ihm nicht. Vielleicht hielt sie ihn für einen dreckigen, alten Spanner, der nur darauf aus war, einen Blick durch die Vorhänge der Umkleidekabinen zu erhaschen. Aber sie war guten Willens.

„T-Shirts haben wir hier drüben“, sagte sie und wies zu einem Tisch auf der anderen Seite des Verkaufsraums.

Sie hatte ja Recht. Vielleicht hätte er tatsächlich versucht, in die Kabinen zu spähen. Er hatte hier nichts verloren. Während er ihr folgte, konnte er es nicht unterlassen, abermals die Hand durch die seidigen Blusen gleiten zu lassen. Er wollte ja gar kein T-Shirt.

„Fräulein...“

Wahrscheinlich war sie noch nie in ihrem Leben ‚Fräulein' genannt worden. Sie drehte sich um, mit einem Blick, als wäre sie beinahe beleidigt.

„Entschuldigung..." Er stammelte. „Ich habe es mir überlegt. Ich hätte doch lieber eine Bluse."

Sie zog die Augenbrauen hoch. „Eine Bluse?"

„Ja. Ich glaube, meine Frau würde sich mehr über eine Bluse freuen als über ein T-Shirt."

„Gut. Bei den Blusen sind wir ja. Woran haben Sie denn gedacht?"

Sie biss sich an ihm fest. Konnte sie ihn nicht einfach alleine lassen? Er würde dann schon gehen, wenn er wollte. Aber vielleicht hatte sie Anweisung, allein herumstreunende Männer im Auge zu behalten.

„Vielleicht so ein Modell wie Sie tragen", sagte er und versuchte, sie nicht anzustarren. Er wusste, dass die Verkäuferinnen in den Boutiquen meist Kleidung trugen, die dort auch verkauft wurde.

Sie sagte nichts. Sie griff einfach nur in einen der Drehständer und zog die gleiche Bluse heraus. „Bitte!"

Was sollte er nun noch sagen? Es war aufregend, mit ihr zu reden. Sie konnte ihn schließlich nicht hinauswerfen, nur weil er eine Bluse kaufen wollte. Es begann ihm Spaß zu machen. Eigentlich war sie genau sein Typ. Schade, dass er die Kamera nicht dabei hatte. Er hätte von draußen durchs Fenster knipsen können, ohne dass sie es bemerkte. Er knüllte die Bluse in seinen Händen.

„Wollen Sie sie?", fragte das Mädchen, eine Spur kühler als vorher.

„Haben Sie sie vielleicht in einer anderen Farbe?"

„Welche Farbe hätten Sie denn gerne?"

„Weiß", sagte Stahl ohne zu Zögern.

Mit einem leisen Seufzen nahm sie ihm die blaue Bluse wieder aus der Hand, glättete sie flüchtig und hängte sie zurück. Dann nahm sie von einem anderen Ständer das gleiche Modell in weiß. Stahl starrte wortlos.

„Was ist nun, wollen Sie sie kaufen?“ Ihre Augen waren schmal geworden.

„Ja“, sagte Stahl. „Das heißt ... Könnten Sie sie nicht vielleicht mal anziehen, damit ich sehe, wie sie aussieht?“ Er wurde rot.

„Ganz bestimmt nicht!“, fauchte das Mädchen. „Entweder kaufen Sie die Bluse nun, oder ich muss Sie bitten, zu gehen.“

„Schon gut...“ Stahl nickte, wieder kleinlaut. „Wie teuer ist sie?“

„69,95 Euro.“ Sie verschenkte kein überflüssiges Wort mehr.

Stahl zog seine Brieftasche heraus und wühlte in den Fächern.

„So viel habe ich nicht dabei“, sagte er und fühlte sich wie eine hässliche Kröte.

„Dann eben nicht!“ Unfreundlich nahm sie ihm die Bluse wieder ab.

„Haben Sie nicht eine Bluse, die so ähnlich ist, aber etwas preiswerter?“

Nun sagte sie gar nichts mehr. Stumm drehte sie einen anderen Ständer herum und griff eine weiße Bluse mit einem kleinen Spitzenkragen heraus.

„Hier. 29,95 Euro.“ Ihr Lächeln war völlig verschwunden. Ihre Mundwinkel hatten sich mit leiser Verachtung nach unten gezogen.

„Ich nehme sie“, nickte Stahl rasch, in der Hoffnung, sie ein wenig zu versöhnen.

Sie drehte ihm wortlos den Rücken zu und ging voran zur Kasse. Als er gezahlt hatte, stopfte sie die Bluse lieblos in eine Plastiktüte. Sie gönnte ihm keinen Blick mehr.

„Wiedersehen“, murmelte Stahl, als er ging.

„Was für ein blöder Typ!“, raunte sie ihrer Kollegin zu, als er sich entfernte. „Hat mich angeglotzt, als wollte er mich mit den Blicken ausziehen!“

Kurz darauf erreichte Stahl seinen Arbeitsplatz. Er war ein paar Minuten zu spät dran. Eigentlich hätte er noch zu seinem Wagen gehen wollen, um die Bluse wegzubringen. Vielleicht hätte er auch ein Fläschchen eingesteckt. Doch Frau Bruma wurde biestig, wenn er unpünktlich war. Er konnte ja in der Pause zum Wagen gehen. Rasch verstaute er die Tüte mit der Bluse in einem Eckchen unterm Tresen, zog sich die Weste über und ließ Spülwasser einlaufen.

3.

„Albert!“, rief Frau Bruma mit ihrer vokalbetonten Aussprache, das L tief aus der Kehle holend.

Er schaute auf und hob die Schultern. „Es sind ja nur zwei Minuten, Frau Bruma. Ich fange sofort an.“

„Darum geht es nicht“, sagte Frau Bruma. Sie hielt immer zwei Schritte Abstand, wenn sie mit ihm sprach, als würde etwas Unbestimmtes sie abhalten, ihm zu nahe zu kommen. Vielleicht waren ihr seine glattgekämmten Haare zuwider, die er besser hätte waschen sollen statt sie mit Birkenöl glatt zu striegeln. Vielleicht mochte sie auch den Geruch seines Rasierwassers nicht, mit dem er die kleinen Rötungen auf seinen Wangen desinfizierte.

Stahl nahm das Geschirrtuch und polierte diensteifrig die Gläser.

„Nein, Albert“, sagte Frau Bruma. „Heute nicht. Es ist was passiert.“

Er blickte auf.

„Du musst nach Schloß Holte. Jetzt sofort!“

„Aber warum denn?“, fragte er mit bockiger Stimme.

„Da ist jemand krank geworden. Jürgen hat sich den Arm gebrochen. Ist ausgerutscht auf Hundescheiße. Mein Mann hat gerade angerufen.“

„Ich würde aber lieber hier bleiben.“ Stahls Stimme nahm einen wehleidigen Ton an.

„Das geht nicht!“ Streng erhob Frau Bruma den Zeigefinger in die Luft.

„Aber der Pollhansmarkt beginnt erst am nächsten Samstag!“

„Trotzdem. Die wollen anfangen, das Zelt aufzubauen.“

Hinter Frau Bruma tauchte ein schwarzhaariger Jüngling auf.

„Das ist Pedro. Mein kleiner Cousin aus Brasilien“, sagte sie, mit plötzlich flatternden Wimpern und einem unechten Lächeln. „Er ist gerade angekommen. Eine Überraschung! Und er kann Cocktails mixen. Er wird ab sofort hinter der Bar stehen. Dich brauche ich nicht mehr.“

Stahl hatte keine Lust, das Geschirrtuch wegzulegen. Er hasste es, seine Pläne ändern zu müssen. Er wollte nicht schon wieder beim Aufbau mithelfen. Aber Frau Bruma wollte ihn loswerden.

„Mach schon, Albert! Du kannst es dir nicht aussuchen. Du wirst für den Pollhans gebraucht, sonst gibt es Ärger. Da sind jetzt nur drei Leute für den ganzen Aufbau. Dieser andere Junge, ich weiß nicht, wie er heißt, ist auch weg. Einfach weggeblieben. Du musst gehen! Geht nicht anders.“

Stahl starrte trotzig zu Boden.

„Stell dich nicht so an! Sind doch nur ein paar Kilometer!"

Frau Bruma kehrte ihm den Rücken zu und ging mit ihrem angeblichen Cousin davon. Stahl blieb nichts anderes übrig, als zu gehorchen. Er war nun mal der Hanswurst in der Truppe. Wütend feuerte er das Geschirrtuch auf den Boden, wo es in einer Spülwasserlache liegen blieb.

Pollhans

1.

„Wo hast du deinen Kopf, Albert?“, fragte der alte Müller schon zum zweiten Mal. „Die Sechser-Schrauben brauchen wir!“

Er nickte. Natürlich die Sechser-Schrauben. Er klappte den Werkzeugkasten auf. Da lagen sie. Er war müde, seine Lider rieben auf den Augen wie Sandpapier. Er hatte schlecht geträumt. Seit drei Tagen immer der gleiche Traum. Zuerst hatte er gedacht, es läge am Vollmond. Aber das war Unsinn. Es war ja gar kein Vollmond. Pinkie war durch seinen Traum gelaufen, auf leisen Sohlen, ein geschmeidiger, lautloser Schatten. Sie strich einem Mädchen um die Beine, kletterte an ihr hoch und legte sich um ihre Schultern. Das war widerlich, denn Pinkies Fell war glitschig und stinkend, und sie zeigte ihre nadelscharfen Zähne.

Stahl schüttelte sich. Vielleicht hatte Bettina Recht gehabt. Irgendwann würde er verrückt werden. Es lag in der Familie. Und Bettina hatte den einzigen Weg gewählt, diesem Schicksal zu entgehen.

Am Morgen, als er müde ans Waschbecken getreten war, hatte eine Spinne direkt vor dem Spiegel ein Netz gewebt, so dass er sich selbst hinter dem Netz sah. Er hatte einen mittleren Anfall von Kurzatmigkeit erlitten, denn vor Spinnen hatte er seit seiner Kindheit eine Abscheu, die weit über das normale Maß hinausging.

In seinem Elternhaus, wenn er in den Keller oder auf den Dachboden ging, hatte er immer noch das Gefühl, dass in jeder Ecke eine dicke, haarige Spinne lauerte. War es also nicht wirklich äußerst seltsam, dass eine Spinne ihr Netz ausgerechnet über seinen Spiegel gewebt hatte?

„Albert!"

Müller keifte. Was wollte er nun schon wieder?

Die Plane. Er hatte die Plane nicht angehoben.

„Komm in die Hufe, Albert!", blökte er.

Stahl fasste an und hievte die Plane hoch. Sie war regennass, und ein schmutziges Rinnsal tropfte auf ihn nieder. Die anderen grinsten. Derselbe alte Esel wie immer. In der siebten oder achten Klasse hatte der Pastor mal gesagt, dass sein Kopf zu nichts tauge, außer dazu, gegen Wände zu rennen. Vielleicht hatte er Recht gehabt.

Stahl wischte sich die dreckigen Wassertropfen aus dem Haar und hob die Plane wieder an. Da kroch plötzlich aus irgendeiner Falte eine nasse Spinne hervor und begann seinen Arm hochzulaufen. Er ließ die Plane abermals fallen, schüttelte die Spinne mit Grausen von sich ab und weigerte sich, weiter beim Aufbau mitzuhelfen. Der alte Müller konnte schreien soviel er wollte. Albert Stahl verkroch sich in eine Ecke hinter der halbaufgebauten Spülküche, wo er mit rundem Rücken und hochgezogenen Knien eine Zigarette nach der anderen rauchte.

2.

Am Donnerstagmittag war das Zelt aufgebaut. Inzwischen war auch Frau Bruma mit der Copacabana-Bar in Schloß Holte eingetroffen und machte ihrem Mann die Hölle heiß, weil er ihren reservierten Platz nicht im Auge behalten hatte. Jetzt waren die Zufahrten so dichtgestellt, dass sie mit dem breiten Anhänger kaum noch durchkam. Albert Stahl verzog sich in seinen Wohnwagen und öffnete die Tür auch nicht, als Heinrich Müller an seine Tür klopfte um ihm zu sagen, dass er seiner Frau beim Einparken helfen und ihr dann die Spülbecken anschließen solle.

„Mach es doch selber“, murmelte Stahl leise und zog sich die Bettdecke über den Kopf. Er gab keinen Mucks von sich, und Müller verschwand wieder.

Er blieb noch eine Weile auf dem Bett liegen. In der Schublade am Kopfende befand sich das alte Märchenbuch, aus dem Bettina ihm früher vorgelesen hatte. Er hatte es vor Mutters Putzfimmel bewahrt, als sie es ins Altpapier hatte stecken wollen. Es war eine altmodische Ausgabe der Märchen der Gebrüder Grimm mit vielen farbigen Illustrationen. Gedankenverloren begann er zu blättern. Da waren Hänsel und Gretel. Die Seite mit der Hexe überblätterte er schnell, so wie er es als kleiner Junge getan hatte. Brüderchen und Schwesterchen gefielen ihm besser. Brüderchen trank aus der verwunschenen Quelle und wurde zu einem Reh. Auf einem der Bilder hielt Schwesterchen das Reh am Hals umschlungen und vergoss eine Träne in sein etwas borstiges Fell.

Wenn sie die Geschichte zu Ende gelesen hatte, hatte Bettina ihm immer die Hände gefaltet und mit ihm gebetet, bevor sie leise aus seinem Zimmer schlüpfte:

Eh' der Tag zu Ende geht,
spreche ich mein Nachtgebet.
Bitte Gott für diese Nacht,
dass er mich im Schlaf bewacht.
Dass kein böser Traum mich weckt,
und das Dunkle mich nicht schreckt.

Danach hatte der kalte Vollmond, der durchs Fenster nach ihm greifen wollte, ihm nichts mehr anhaben können.

3.

Der Pollhansmarkt, der jedes Jahr am dritten Oktoberwochenende stattfand, war eines der größten Volksfeste Ostwestfalens. Bis zu einer Viertelmillion Menschen strömten dann nach Schloß Holte. Am Pollhanssamstag fand in der St. Ursula-Kirche ein Gottesdienst statt. Mutter hatte ihn daran erinnert, hinzugehen. Er hätte es ohnehin nicht vergessen. Er kniete in einer der hinteren Bänke und betete mit gebeugtem Nacken, die Hände vor den Augen gefaltet. Im Anschluss an die Messe zündete er zu Füßen der Muttergottes zwei Kerzen an. Eine für Bettina und eine für sich selbst. Er hatte sie so dicht nebeneinander platziert, dass ihre Flammen sich berührten. Für Mutter keine. Sie verdiente keine Kerze. Sie brauchte seine Fürsprache nicht. Langsam schlug er ein Kreuzzeichen. Draußen begann das Städtische Blasorchester sich in Bewegung zu setzen. Albert Stahl trottete dem Lärm in einiger Entfernung hinterher. Er trug bereits seine Arbeitskleidung. Als er das Festzelt erreichte, brauchte er nur seine Jacke unter dem Tresen zu verstauen und die schwarze Weste überzuziehen. Dann schnappte er sich ein Tablett und nahm die ersten Bestellungen auf, bis Heinrich Müller um die Ecke bog.

„Albert", schnaubte er. „Da bist du ja endlich! Du kannst die Weste wieder ausziehen. Gleich kommt der Wagen von der Brauerei, die haben es nicht früher geschafft. Da musst du Fässer mit entladen. Die fahren direkt hier hinten ran!"

Stahl sagte nichts. So war das eben. Er zog die Weste wieder aus und hoffte, Hemd und Hose nicht dreckig zu machen mit den Fässern.

„Wenn das gemacht ist, steht sicher schon der ganze

Tresen voller Gläser. Die Leute trinken sich jetzt alle einen. Du fängst dann mit Spülen an. Servieren macht Heinz. Klar?"

„Klar", murmelte Stahl.

Eigentlich machte es auch gar keinen Unterschied. Es war völlig ohne Belang. Er dachte an die weiße Rosenknospe, und an den schwarzen Wurm in ihrem Herzen. An Pinkie im Koffer auf dem Dachboden. Er wusste, dass er sich nicht getäuscht hatte. Er dachte an den Schmerz, als Bettina versucht hatte, ihm mit einer Nadel ein kleines B auf die Schulter zu tätowieren. Und an Mutters Geschrei, als sie es entdeckte. Mutters Geschrei, das den letzten Winkel ihrer Kindheit durchdrungen hatte.

Die erste Pause verbrachte er in seinem Wohnwagen. Leise ächzend legte er sich aufs Sofa. Die Beine wurden ihm schwer in letzter Zeit. Er neigte zu Krampfadern. Noch etwas, das Mutter ihm mitgegeben hatte. In den letzten Jahren war es schlimmer geworden. An manchen Tagen musste er die Füße hochlegen. In seiner Hand hielt er eines der kleinen Fläschchen und drehte es so lange vor dem funzeligen Licht der Deckenbeleuchtung, bis er glaubte, in dem braunen Glas Goldfische schwimmen zu sehen. Am liebsten wäre er einfach so liegengeblieben bis zum nächsten Morgen.

Nach ihm machte der Oberkellner Pause, und er musste servieren. Er zog seine schwarze Weste wieder über. Im Vorbeigehen sah er das Mädchen. Sie stand in der Nähe der Bühne, mit einem Bierglas in der Hand. Das Tablett voll leerer Gläser, näherte er sich ihr von hinten an, berührte sie im Vorbeigehen mit dem Ellenbogen. Sie fuhr herum. Das Tablett in der einen Hand, murmelte er: „Entschuldigung. Haben Sie vielleicht diesen Ohrring verloren?"

In seiner freien Hand lag ein goldener Ohrring mit einem kleinen Amethysthänger. Sie fuhr sich mit der Hand ans Ohr, etwas verblüfft. Schüttelte den Kopf. Nein, er gehörte nicht ihr. Sie trug ja gar keine Ohrringe. Ihre Ohrläppchen waren klein und zierlich. Er schlug rasch den Blick nieder und ging weiter. Sie sah ihm nicht einmal hinterher. Sie würde sich nicht an ihn erinnern. Von nun an ließ er sie nicht mehr aus den Augen. Er beobachtete genau, wie viel sie trank. Das dritte Bier schon. Aber gut, das konnte nicht schaden. Zwischendurch verschwand sie für eine halbe Stunde, und er glaubte schon, seine Pläne begraben zu müssen. Aber sie kam wieder, in der Hand den Rest einer Zuckerwatte. Er lächelte. Sie hatte Zuckerwatte gegessen. Ein süßes Mädchen.

Er bediente die Tische in der Nähe der Bühne, für die er eigentlich nicht zuständig war, um in ihrer Nähe zu sein. Wenn sie jetzt noch ein Bier bestellen würde...

„Ein Bier bitte noch!“, sagte sie in diesem Moment, als er vorüberging.

„Kommt sofort“, sagte er und eilte zur Theke. Dort wartete bereits ein Tablett mit sechs Gläsern, für den Tisch links vom Ausgang.

„Ich brauche noch eines“, sagte er.

„Und in zehn Minuten mache ich Pause.“

„Schon wieder? Du hattest doch eben Pause“, sagte der Kollege am Zapfhahn, der ein weiteres Glas voll schäumen ließ.

„Ich brauche eben noch eine. Dafür kannst du dann Feierabend machen, sobald ich wieder da bin. Ich mache für dich mit bis zum Schluss.“

Der Kollege, der auf diese Weise ein gutes Geschäft machte, sagte nichts mehr.

Albert Stahl nahm das Tablett und stellte es auf einem

der Tische noch einmal kurz wieder ab. Er öffnete das Fläschchen und ließ die klare Flüssigkeit in eines der Biergläser rinnen. Dann legte er einen Finger auf den Fuß des präparierten Glases, um es nicht zu verwechseln. Die Menschenmenge vor ihm teilte sich wie ein Meer. Der Blick des Mädchens streifte ihn nur flüchtig.

„Ihr Bier", sagte er.

Und sie nahm es, ohne ihn anzusehen. Dann brauchte er nur noch zu warten. Und morgen würde er noch einmal in die Kirche gehen. Einfach so. Um ein paar Kerzen anzuzünden. Für sich selbst und Bettina, und vielleicht auch für Mutter. Sie war schließlich schon alt. Man konnte beinahe Mitleid mit ihr haben.

Andreasmesse

1.

Nach dem Pollhans reisten Müllers Festzelt und die beiden Barbetriebe nach Soest, wo Anfang November die Allerheiligenkirmes begann. Für das Festzelt war Soest die letzte Station des Jahres. Danach wurden die weißen Planen geschrubbt und imprägniert und für die Winterpause eingemottet, und der alte Müller fuhr in sein Haus nach Höxter, wo er den Winter damit verbrachte, die Angaben fürs Finanzamt zurechtzutrimmen. Albert Stahl hingegen sollte für den Rest der Saison bei der Copacabana-Bar bleiben, da Frau Bruma mit Heinz, dem Oberkellner, immer noch überkreuz lag, und auch der zweite brasilianische Cocktailmixer inzwischen in Richtung Südamerika entschwunden war. Die Copacabana-Bar hatte noch zwei Stationen vor sich: Ende November die Andreasmesse in Detmold, und Anfang Dezember das Lemgoer Kläschen.

Stahls Freude war gedämpft. Er hatte Grund zur Sorge: Mutter war nicht zu ereichen. Seit letztem Freitag nicht. Zuvor hatte sie zwei Wochen lang genörgelt, weil er sie nicht besuchte. Er hatte gesagt, dass er arbeiten müsse, obwohl das nicht stimmte. Zwischen Allerheiligenkirmes und Andreasmesse hätte er durchaus zwei oder drei Tage frei machen können. Aber manchmal hatte er einfach keine Lust dazu. Er fühlte Beklemmungen beim bloßen Gedanken an die muffige Luft in dem alten Haus. Außerdem kam Mutter ganz gut alleine zurecht. Sie war sich immer selbst genug gewesen. Sie wollte ihn nur herumkommandieren.

Als er sie das nächste Mal anrief, um zu hören, ob alles

in Ordnung war, ging sie nicht ans Telefon. Er zuckte die Schultern. Vielleicht war sie im Garten, um Laub zu harken. Vielleicht war sie einkaufen. Allerdings erreichte er sie weder am Morgen noch am Nachmittag, und sie konnte ja schlecht den ganzen Tag einkaufen, und das gab ihm zu denken.

Am vierten Tag hielt er es nicht mehr aus. Die ganze Zeit dachte er an Mutter. An die schlimmen Dinge, die ihr zugestoßen sein konnten. Da war die Kellertreppe. Wenn sie gestürzt war, trotz des automatischen Lichts hinter der Kellertür. Wenn sie nun dalag, auf der untersten Stufe, so wie Vater dagelegen hatte. Wenn sie sich etwas gebrochen hatte. Wenn sie um Hilfe rief, immer schwächer werdend, und niemand hörte sie. Würde sie verdursten, wenn sie die Treppe nicht wieder hochkam? Oder könnte sie bis zu den Regalen mit dem Eingemachten kriechen und die Obstgläser öffnen? Warum meldete sie sich nicht? Am nächsten Abend, als er es vor Unruhe kaum noch aushielt, nahm sie endlich den Hörer ab. Ihre Stimme klang wie immer, etwas barsch, etwas wehleidig.

„Ich hatte den Klingelton abgestellt. Ich kann das schrille Geräusch nicht immer ertragen."

Vier Tage lang konnte sie den Ton nicht ertragen. Und sonst regte sie sich auf, wenn er nicht jeden Tag anrief. Er lachte leise. Mutter! Sie spielte das Spiel immer noch besser als er.

„Ist schon gut, Mutter", sagte er. „Ich komme am Donnerstag nach Hause. Ich weiß nicht, wie ich es machen soll. Aber irgendjemanden werde ich schon bestechen können, um einen halben Tag frei zu kriegen. Soll ich dir was mitbringen?"

„Ja, türkischen Nougat. Aber nur, wenn er frisch gemacht ist."

Er war ohnehin nie frisch genug, wenn er damit nach Hause kam. Egal.

„Wie du willst, Mutter. Bis Donnerstag."

2.

Die Copacabana-Bar hatte wie üblich ihren Platz in der Langen Straße bezogen. Wenn es kalt wurde, ließ Frau Bruma neben den Cocktails auch Glühwein ausschenken, und die pikanten Snacks wurden durch kleine Kuchen mit Zimtaroma ergänzt, die in Öl ausgebacken werden mussten.

Am Mittwochvormittag, nachdem alle Vorbereitungen getroffen waren, drehte Stahl noch eine Runde durch die Innenstadt, die bei erstaunlich mildem Novemberwetter beinahe frühlingshaft wirkte. Die Straßen waren voll. Der vorweihnachtliche Kaufrausch erlebte einen seiner ersten Höhepunkte. Stahl bummelte in Richtung Schlossteich. Er hatte noch kein Weihnachtsgeschenk für Mutter. Eigentlich wollte er ihr auch nichts schenken. Es reichte schon, dass sie ihn genötigt hatte, sie Hals über Kopf zu besuchen. Es stand jedoch zu befürchten, dass sie dann am Heiligabend wieder zu erblinden drohte oder Herzstörungen hatte, wie immer, wenn sie sich vernachlässigt fühlte.

An der Ameide hatten die Händler ihre Buden bereits geöffnet.

Die Hände in der Jackentasche, ließ Stahl seine Augen über die Auslagen gleiten, ohne irgendwo zu verharren. Modische Accessoires, Schals, Handtaschen, Armbänder. An einer Auslage mit Silberschmuck blieb er schließlich stehen. Manchmal kam er in Versuchung, ein Paar Ohrringe zu kaufen, um sie zu Weihnachten in der Erde zu vergraben, auf dem Friedhof in Hiddenhausen. Auch wenn Bettina sich nicht mehr darüber würde freuen können. Aber trotzdem. Der gute Wille hatte auch seinen Wert.

„Haben Sie auch Clips?“, fragte er die dunkelhaarige Verkäuferin.

„Nein.“

„Schade.“ Er ging weiter. Er verkniff sich zu sagen, dass seine Schwester sich keine Ohrlöcher stechen lassen durfte. Das ging niemanden etwas an.

Um dreizehn Uhr dreißig musste er in der Bar sein, Spülwasser einlaufen lassen, Gläser bereitstellen. Das Übliche. Unterwegs kaufte er sich eine Bratwurst, die er im Gehen aß. Er beeilte sich, denn Frau Brumas Stimme wurde unangenehm schrill, wenn nicht alles nach Plan lief.

Den ganzen Nachmittag stand er am Spülbecken, wischte zwischendurch den Tresen und die fünf kleinen Tischchen sauber. Die Kollegen in der Bar waren freundlich zu ihm. Es war besser als im Festzelt. Sie ließen ihn nicht ständig merken, dass sie ihn für einen Trottel hielten. Ein paar Neckereien am Rande, zu denen er gutmütig lächelte.

„Albert, guck mal die da! Die so mit dem Hintern wackelt! Wäre das keine Braut für dich?“

Gelächter. Jemand klopfte ihm auf die Schulter. Sogar Frau Bruma kicherte.

„Ja, meine Traumfrau!“ Er lachte auch und spülte weiter.

Er wusste, dass er alle Mädchen haben konnte, die er wollte, und das genügte ihm. Und nun wollte er sie eben nicht. Es reichte ihm, sie an ihren Cocktails nippen zu sehen, zuzuschauen, wie sie sich die Lippen am heißen Glühwein verbrannten, und ihnen vielleicht mal zulächeln, wenn sie etwas betrunken waren. Er besaß die Macht, sie ungeschoren zu lassen. Eine reine Willenssache.

Abwechselnd frittierte er Krabbensnacks und Zimtkuchen, rührte Chutneys an und setzte einen neuen Pott Glühwein auf den Kocher. Die Kollegen zeigten ihm ein anderes Mädchen, das auf hohen Absätzen vorbeistolziert kam. Sie war dick geschminkt und sah aus wie eine Nutte.

„Und was wäre mit der da, Albert?"

„Ja, super!", sagte Stahl, den Mund zu einem Grinsen verziehend, und wunderte sich, wie dumm sie alle waren.

3.

Jeden Morgen entschied er sich, kein Fläschchen in die Tasche zu stecken. Er hatte einen starken Willen. So ging bis zum Samstag alles gut. Der Besuch bei Mutter hatte sich auf drei Stunden am Donnerstagvormittag beschränkt, und auf das Versprechen, noch einmal wiederzukommen bevor die Kirmes in Lemgo losging. Sein Leben bestand aus Cocktailgläsern, Frittiertöpfen und Spüllappen, und er war nicht unzufrieden. Am Samstag, als das Ende der Andreasmesse schon in greifbare Nähe rückte, begann er um zehn Uhr morgens mit der ersten Schicht, und am Abend würde er auch als Erster Feierabend machen. Er servierte Glühwein und Caipirinhas an die Tische, als ein Schwung neuer Gäste das Vorzelt der Copacabana-Bar betrat.

Sie hatte ein blasses Gesicht. Ein paar Freundinnen standen um sie herum und lachten. Sie kräuselte ihre Lippen wie ein Schulmädchen. Sie trug einen hellen, streng-geschnittenen Mantel, der sie älter machte als sie war, und darunter eine weiße Bluse mit einem kleinen Spitzenkragen, die derjenigen ähnelte, die in seinem Schrankfach lag. Sie war schon beinahe perfekt. Ihre Schlichtheit unter den leicht geröteten Wangen stach ihm ins Herz. War es Zufall, dass sie sich in diesem Augenblick die Haare aus dem Gesicht strich, um ihn ihre Ohrläppchen sehen zu lassen, die vollkommen und unversehrt waren?

Sie trank einen Glühwein inmitten ihrer kleinen Hühnerschar und lächelte auf eine stille, zurückhaltende Art. Er wischte sich die Stirn, die plötzlich heiß geworden war, und schaute sich um. Wo blieb Toni? Eine Pinkelpause musste doch nicht zwanzig Minuten dauern! Wahrscheinlich stand er in irgendeiner Ecke und rauchte.

Als Toni endlich wieder auftauchte, drückte Stahl ihm ohne ein Wort den Spüllappen in die Hand und verschwand seinerseits. Er brauchte nur zwei Minuten zu seinem Wohnwagen. Als er die Bar wieder betrat, warf Toni ihm mit grämlicher Miene das Spültuch an den Kopf.

„Dein Feierabend ist erst in einer halben Stunde. Bis dahin hast du nicht mehr zu verschwinden!“, mäkelte er.

„Halt doch das Maul“, murmelte Stahl leise.

Dann richtete er sein Augenmerk wieder auf das Mädchen. Sie nippte immer noch an ihrem Glühwein. Zwei der Freundinnen hatten sich rote Nikolausmützen aufgesetzt und intonierten ein Weihnachtslied. Stahl spülte Gläser, drehte die Heizplatte des Glühweintopfes hoch, denn eine neue Welle halbtrunkener Kirmesgäste schwappte herein und verteilte sich an die restlichen Tische. In den nächsten Minuten gab es viel zu tun.

„Noch fünf Glühwein, bitte!“, hörte er eines der Mädchen rufen. Sie klimperte mit ihrem leeren Glas und kicherte.

Toni war mit den anderen Gästen beschäftigt. Es war also gar nicht seine Entscheidung. Es musste so kommen. Ob er wollte oder nicht. Stahl füllte fünf Gläser mit Glühwein und öffnete unterm Tresen sein Fläschchen. Dann verteilte er die Gläser. Zurück hinter dem Tresen, schnitt er neue Zitronen für Cocktails, frittierte ein paar Zimtkuchen und wartete.

„Albert, du kannst jetzt Feierabend machen!“

Pedro, den Frau Bruma weiterhin als ihren Cousin vorstellte, was er mit Sicherheit nicht war, war aufgetaucht, um den Rest der Schicht zu übernehmen.

„Ja, gleich“, sagte Stahl, ein weiteres Mal den Frittiertopf kontrollierend.

„Was ist los? Hast es doch sonst so eilig, wegzukommen.“

„Ja“, murmelte Stahl.

Die junge Frau hatte ihr Glas schon zur Hälfte geleert. Noch einen Schluck. Und noch einen. Ihre Bewegungen wurden fahrig. Als sie sich den Weg aus dem kleinen Zelt bahnte, nachdem sie einer der Freundinnen ein Wort ins Ohr geraunt hatte, taumelte sie leicht.

Stahl wrang den Wischlappen aus und zog seine Jacke über.

„Bis morgen“, murmelte er.

„Und keine Dummheiten machen!“, rief Pedro ihm hinterher. Die anderen lachten.

Es war längst dunkel geworden. Er folgte dem Mädchen in einigem Abstand. Sie suchte tatsächlich den Toilettenwagen auf, der ein wenig zurückgesetzt in einer Einfahrt stand.

Stahl verzog sich hinter eine Hausecke und wartete. Sie brauchte sehr lange. War sie auf der Toilette eingeschlafen? Er konnte ja schlecht nachschauen gehen. Vielleicht sollte er irgendeine Frau bitten, es zu tun. Aber das wäre zu auffällig. Was ging es ihn schließlich an, wie lange ein Mädchen auf der Toilette blieb? Er wartete noch zwei Minuten. Dann endlich erschien sie wieder, mit sichtbarer Mühe, sich auf den Beinen zu halten. Der Toilettenwagen besaß zwei Stufen. Sie stolperte beinahe. Albert Stahl war da und fing sie freundlich auf. Sie starrte ihn aus weit geöffneten Augen an, in denen die Pupillen winzig klein waren.

„Geht es Ihnen nicht gut?“, fragte er.

„Es dreht sich alles“, murmelte sie mit verwaschener Stimme.

„Wohin wollen Sie?“

Sie schaute nur, mit Augen, die immer noch größer wurden. Wahrscheinlich sah sie ihn gar nicht. Ihre Lippen waren blass geworden. Ihr Haar verdeckte nun schamhaft die kleinen Ohren.

„Darf ich Sie noch einladen?“

In ihren Augen begannen sich kleine Fünkchen zu regen. Ein Kichern, ein Gurren. Wie ein Täubchen war sie jetzt. Sie sagte nicht Ja und nicht Nein.

„Haben Sie auch einen Namen?“, fragte Albert Stahl, während sie ihren Arm vertrauensvoll in den seinen hängte.

„Claudia“, lispelte sie.

„Claudia“, flüsterte Stahl ihr ins Ohr. „Dir ist schwindelig, nicht wahr? Keine Angst. Ich kenne einen Platz, wo du dich ein Weilchen hinlegen und ausruhen kannst.“

Claudia sagte nichts mehr. Zählte die bunten Kirmeslichter und kicherte ein bisschen. Dann ließ sie sich wegführen, in eine unbeleuchtete Gasse. Ganz ruhig legte sie sich auf das Sofa, zu dem er sie schob. Sie freute sich an dem schönen Rot der Tasche. Sie nahm sie in die Hände und streichelte den Lack.

„Rot“, sagte sie.

„Ja“, sagte Stahl. „Und jetzt musst du einen Moment stillhalten, denn ich will dich hübsch machen.“

Sie staunte mit offenen Augen. Ließ sich die Lippen anmalen, ließ sich die Haare kämmen, ließ sich die Clips an die Ohren hängen, kuschelte mit dem schwarzen Kragen der Jacke, der so weich war wie ein lebendiges Fell.

Stahl nahm seine Kamera und schaltete den Blitz ein. Claudia senkte die Lider. Sie war müde geworden. Eine unwägbare Zeit lang glaubte sie zu schlafen. Sie mochte die Augen auch nicht wieder öffnen, als die plüschige Wärme an ihrer Wange verschwand und die Clips mit einem leisen Zwicken von ihren Ohren gezogen wurden. Die Welt begann sich zu drehen. Es war, als würde sie in einem Karussell fahren. Dann fühlte sie sich von einer kräftigen Hand emporgehoben und auf die Beine gestellt, sah aber nichts, obwohl sie meinte, die Augen aufzureißen. Eine Tür öffnete sich mit metallischem Schnarren, und ein kalter Windhauch strich ihr durchs Haar.

Der Betrieb war abgeflaut. Die Fahrgeschäfte auf dem Marktplatz hatten begonnen, den Betrieb einzustellen, und auch die Imbisse und Glühweinstände klappten ihre Läden zu. Es war plötzlich kalt geworden. Der Wind hatte gedreht und kam nun böig aus dem Osten. Es waren kaum noch Menschen unterwegs. Stille senkte sich über die Innenstadt. Bis zum Eingang des Schlossgartens waren es keine hundert Meter. Bei jedem Schritt musste Stahl das Mädchen anschieben.

„Noch ein Stückchen, Claudia. Noch ein Stückchen“,

flüsterte er ihr ins Ohr, während ihr Kopf auf seiner Schulter ruhte.

Am Schlossteich standen Bänke mit schöner Aussicht. Dann würde Claudia beim Erwachen als erstes übers Wasser schauen. Vielleicht gefiel ihr das. Er ließ sie auf die Bank gleiten, faltete ihre Hände über der Brust, damit sie nicht auf den Boden hingen. Dann strich er ihre Jacke glatt, damit sie ordentlich aussah, und ordnete noch einmal ihr Haar. Bevor er ging, streichelte er ihr über die Wange.

„Leb wohl, Claudia."

Dann drehte er sich um. Er ging direkt zurück zu seinem Wagen, schloss die Tür hinter sich ab, entkleidete sich und legte sich ins Bett, das noch leicht nach dem Parfüm des Mädchens duftete. Er sah nicht mehr, dass es draußen zu schneien begann, erst nur ein paar dünne Flöckchen, dann immer stärker, die ganze Nacht, bis das stille Bündel auf der Bank im Schlosspark ganz weiß geworden war.

4.

Der Sonntagmorgen war kalt und trüb. Kommissar Wilke hatte Mühe, die Augen zu öffnen. Die Nachwirkungen des kleinen Umtrunks am Vorabend, mit dem er und ein paar Kumpel den ersten Advent eingeläutet hatten, ließen seinen Schädel dröhnen. Er zog sich das Kissen über den Kopf und hoffte, dass das Telefon aufhören würde zu klingeln, was jedoch nicht geschah. Gleichzeitig begann in der Tasche seiner Hose, die unter dem Bett lag, sein Handy zu summen.

„Verdammt, hat man denn nie seine Ruhe!", rief er

und warf das Kissen von sich. Es war klar, dass ein Anruf zu dieser Zeit nur von seiner Dienststelle stammen konnte.

Er fischte nach dem Telefonhörer. Am anderen Ende der Leitung war Rothmanns' Stimme. Rothmanns, der auch am frühen Sonntagmorgen schon frisch geduscht und ordentlich gekämmt auf Abruf bereitstand.

„Es ist zehn Uhr, Chef", sagte er mit leise tadelndem Ton. „Ich dachte nicht, dass Sie noch im Bett liegen."

„Was willst du?", fragte Wilke lahm.

„Wir müssen nach Detmold!"

Diese Aussage reichte, um Wilkes Laune weiter zu verschlechtern. Mit einem Auge sah er die dicke Schneeschicht, die sich auf den Baumwipfeln im Garten gebildet hatte. Er hatte wenig Lust, aus dem warmen Bett zu kriechen und über verschneite Landstraßen von Bielefeld nach Detmold zu gurken.

„Worum geht es", fragte er kratzig. Wenn es sich um eine Lappalie handelte, konnte Rothmanns auch alleine fahren.

„Eine Tote. Auf einer Bank im Schlossgarten, soweit ich verstanden habe."

„Scheiße", brummte Wilke und begann nach seinen Schuhen zu suchen.

„Soll ich Sie abholen, Chef?"

„Ja, mach das. Ich bin in fünf Minuten fertig."

„Ich bringe Ihnen einen Kaffee mit."

Wilke legte auf und klaubte seine Siebensachen zusammen. Der Umtrunk war heftiger gewesen als geplant. Er nahm seine Dienstwaffe und die Marke aus der Nachttischschublade, wo sie die Nächte zwischen seiner Unterwäsche verbrachten.

Rothmanns war schneller da, als die Polizei erlaubt.

Wilke hatte kaum Zeit, seine Jacke zuzuknöpfen, als er bereits Sturm klingelte. Die Fahrt nach Detmold verlief schweigsam. Wilke klammerte seine Finger um den mit schwarzer Brühe gefüllten Plastikbecher, den sein Assistent aus einem Frühimbiss besorgt hatte.

„Du hättest wenigstens Milch reintun können", murrte er und verzog das Gesicht beim Genuss der bitteren Brühe.

Rothmanns wusste, dass sein Chef einige Minuten benötigte, um in die richtige Spur zu gelangen. Er war tendenziell ein Morgenmuffel, was sich durch nächtliche Ausschweifungen noch verstärkte.

„Und mehr weißt du noch nicht über die Tote?"

„Ich bin so unwissend wie das Christkind", sagte Rothmanns. „Man hat mich genauso aus dem Bett geschmissen wie Sie."

„Verdammter Mist!"

Die verschneite Landschaft wirkte melancholisch unter dem grauen Himmel. Die Sonne würde den ganzen Tag nicht durchkommen.

„Scheißschnee!"

Rothmanns war froh, als sie sich der Detmolder Innenstadt näherten. Ein bisschen frische Luft würde dem Chef gut tun. Der Fundort der Leiche im Schlosspark war bereits mit Absperrbändern gesichert. Zwei fröstelnde Spurensicherer nahmen Abdrücke von gefrorenen Fußspuren. Ein uniformierter Beamter wies dem Kommissar den Weg zu einer Parkbank. Er zitterte beim Sprechen. Er stand schon seit über einer Stunde in der Kälte.

Wilkes schlechte Laune machte einer dumpfen Traurigkeit Platz, als er das tote Mädchen sah, dessen hellbläuliche Hände wie gefroren wirkten. Ihr langes Haar wehte ganz leicht im kalten Wind. Der bonbonrosa Lippenstift verlieh ihrem durchsichtigweißen Gesicht eine fast obszöne Nuance. Ein Polizeifotograf lichtete den Fundort von allen Seiten ab, und die bereits anwesenden Träger mit der Bahre warteten auf das Kopfnicken des Arztes, der das Mädchen von allen Seiten betrachtete und sich Notizen machte.

„Lassen Sie uns zur Wache fahren", sagte der Einsatzleiter, der sich ein Taschentuch vor die rote Nase drückte. „Zum Aufwärmen. Die Tote wird zur Untersuchung in die Pathologie gebracht. Wir können hier nichts mehr tun. – Haben Sie schon gefrühstückt?"

Wilke war froh, Spuren von Umsicht und guter Erziehung an dem Kollegen festzustellen.

„Dazu hatten wir leider noch keine Gelegenheit", sagte er würdig und ließ sich die Wagentür aufhalten.

5.

Zwanzig Minuten später saßen sie in den Räumen der Dienststelle in der Bielefelder Straße. Die Heizung bollerte auf Hochtouren.

„Was wissen Sie bereits über die Tote?", fragte Wilke, der sich über Käsebrötchen und einen Pott Milchkaffee hermachte.

Der Detmolder Kollege sah etwas leidend aus. „Ihre Identität herauszufinden, war nicht schwierig. Sie heißt Prick, Claudia. Zwanzig Jahre alt. Die Angehörigen sind bereits verständigt worden."

„Ich wusste gar nicht, dass Sie zurzeit hier Kirmes haben", bemerkte Rothmanns, der sich statt mit einem Brötchen pflichtbewusst mit Stift und Notizblock beschäftigte.

„Ja, seit Mittwoch. Die Andreasmesse. Heute ist der letzte Tag. Aber bei dem Kälteeinbruch wird nicht mehr viel los sein. Gestern Nachmittag war es noch brechendvoll. Dann fing es am späten Abend an zu schneien und hörte nicht mehr auf."

„Woran ist das Mädchen gestorben?"

„Der Doktor meinte vorhin, erfroren. Zumindest sieht es auf den ersten Blick so aus. Wir werden den Befund abwarten müssen."

„Besteht denn überhaupt irgendein Verdacht, dass Fremdeinwirkung im Spiel sein könnte?", fragte der Kommissar, der inzwischen rote Wangen bekommen hatte und seinen Stuhl ein Stück von der Heizung abrückte.

„Nicht direkt. Da werden wir die Untersuchungsergebnisse abwarten. Obwohl es natürlich nachdenklich stimmt, dass ein junges Mädchen sich nach dem Kirmesbesuch mitten in der Nacht auf eine Parkbank legt und erfriert."

„Vielleicht war sie betrunken?"

„Daran haben wir auch gedacht. Der Doktor wird auch das überprüfen. Es wäre ja nicht das erste Mal, dass ein Betrunkener irgendwo einschläft und am nächsten Tag nicht wieder aufwacht. Das Mädchen machte allerdings nicht den Eindruck einer notorischen Trinkerin. Sehr sorgfältig gekleidet. Brav, wenn Sie so wollen. Die hat vielleicht einen Glühwein getrunken, aber sicher keine Flasche Wodka. Ich kann mir nicht einmal vorstellen, dass sie alleine auf der Andreasmesse gewesen ist. Das hier ist ja kein Großstadtrummel, wo es nur ums Saufen geht. Das hat eher einen geselligen Charakter. Gemütlichkeit. Mit der Clique am Glühweinstand stehen, Kinkerlitzchen kaufen, vielleicht eine Fahrt mit dem Wellenflug. Ärger haben wir nur sehr selten."

„Friedliche Vorweihnachtsstimmung also“, bemerkte Wilke mit einem so neutralen Ton, dass er fast ironisch klang.

„Ja, friedlich. Das kann man so sagen“, antwortete der Kollege ebenso neutral.

Wilke wurde ernst. Es war schon eine verdammt widerliche Sache, sich am ersten Advent so ein erfrorenes Geschöpf anschauen zu müssen, das eigentlich noch das ganze Leben hätte vor sich haben sollen. „Was war sie für ein Mädchen?“

„Ein Kollege ist sofort zu den Eltern gefahren. Ich habe bereits einen kurzen Bericht. Claudia Prick arbeitete in einem Reisebüro. Vor drei Monaten hat sie die Ausbildung abgeschlossen. Sie bewohnte eine eigene, kleine Wohnung in der Gartenstraße. Keine Vorstrafen, nie auffällig geworden.“

„Vielleicht hat sie einfach mal über die Stränge geschlagen, und das ist ihr zum Verhängnis geworden“, überlegte Rothmanns. „Oder deutet irgendetwas auf einen Missbrauch hin?“

„Nein, weder das eine noch das andere. Sie war vollständig bekleidet, die Kleidung ordentlich zugeknöpft und nicht verrutscht. Fast zu ordentlich für eine Betrunkene. Sogar ihr Haar war glatt, als habe sie es vorm Hinlegen noch gekämmt. Raub kommt auch nicht in Frage. Ihr Handtäschchen lag neben ihr, mitsamt einem Portemonnaie, in dem sich neben ihrem Ausweis auch ihre EC-Card sowie etwa fünfzig Euro in bar befanden.“

„Hm“, machte der Kommissar, der befürchtete, dass er an dem Fall zu knabbern haben würde. Und seine Ahnungen gingen meist in die richtige Richtung.

6.

Zwei Tage, nachdem sie Detmold verlassen hatten, fiel Albert Stahl in einem Bielefelder Imbiss durch Zufall eine verknitterte Tageszeitung vom Vortag in die Hände. Er verzehrte gerade Kartoffelsalat und Frikadellen, als ihm auf der ersten Seite die Schlagzeile entgegensprang: ‚Tod auf der Andreasmesse'. Auf einem grobpixeligen Schwarzweißbild war ein weißer Hügel auf einer Parkbank zu sehen. ‚Eingeschneit: Die tote Claudia Prick', verkündete die wenig sensible Bildunterschrift.

Stahl sah Sterne vor den Augen. Er bekam keinen Bissen mehr runter. Ihm wurde übel. Er schob den Teller beiseite und las den Absatz wieder und wieder: ‚In der Nacht zum Sonntag starb in Detmold die Reisekauffrau Claudia Prick, 20, nach einem Besuch der Andreasmesse. Die genauen Umstände, die zum Tod der jungen Frau führten, sind noch ungeklärt. Claudia Prick, die mit Freundinnen einen Kirmesbummel unternommen hatte, wurde am frühen Sonntagmorgen tot auf einer Bank im Detmolder Schlosspark aufgefunden. Möglicherweise war sie eingeschlafen, als sie von den stark fallenden Temperaturen überrascht wurde. Als Spaziergänger die Tote am Morgen entdeckten, war der Körper eingeschneit. Ob Alkohol- oder Drogenmissbrauch bei dem Unglück eine Rolle spielen, ist noch nicht geklärt.'

Er bestellte ein Bier. Dann noch eines, schnell hinterher. Die Zeitung lag vor ihm auf dem Tisch, aber wenn die Bedienung kam, tat er so, als würde er nicht hineinschauen. Sie sollte keinen Verdacht schöpfen. Er aß noch ein bisschen Kartoffelsalat, denn er konnte nicht die ganze Portion zurückgehen lassen. Man würde ihn fragen, ob es nicht geschmeckt hätte. Die Bedienung hätte vermuten können, dass die Zeitungsmeldung ihm auf den Magen geschlagen war. Es war besser, den Teller wenigstens halbleer zu essen, auch wenn ihm jeder Bissen zuwider war.

Als Stahl den Imbiss verließ, steckte die gefaltete Zeitung in seiner Jackentasche. Er ging mit gesenktem Kopf und hochgeschlagenem Kragen. Er lief durch die Stadt, ohne etwas zu sehen. Seine Gedanken zogen Kreise. Das konnte doch nicht wahr sein. Das hatte er nicht gewollt. Sein Wagen stand am Niederwall. Er wollte nur noch nach Hause. Nach Hause zu Mutter. In die schützende, dunkle Höhle.

Advent

1.

Seit zwei Wochen hingen die Temperaturen um den Gefrierpunkt fest. Der Schnee war in einen dicken Matsch übergegangen, der sich hartnäckig weigerte, wegzutauen. Auf Wilkes Schreibtisch stand ein kleines Adventsgesteck, an dem er soeben die dritte Kerze entzündet hatte. Der Kommissar, den größten Teil des Jahres als Raubein verschrien, war durchaus zu Sentimentalitäten fähig, eine Eigenschaft, die sich im Winter mit der langen Phase knappen Tageslichts verstärkte. In einer seiner Schreibtischschubladen bewahrte er Lebkuchenherzen auf. An der Schreibtischlampe, einem dieser altmodischen, mit einem Gelenkarm ausgestatteten Ungetüme aus den Siebzigern, baumelte eine Weihnachtskugel in Form eines kleinen Polizeiautos.

Rothmanns betrat das Büro, sein Notizheft in den Händen.

„Setz dich, Ingo“, sagte der Kommissar, der zurzeit neben den Lebkuchen auch Spekulatius und Dominosteine vorrätig zu haben schien. Ein mit Tannenzapfen dekorierter Weihnachtsteller kam zum Vorschein. Rothmanns konnte sich ein Lächeln nicht verkneifen. Sein Chef war einer dieser glücklichen Menschen, die nie gelernt hatten, ihre Vorlieben für ungesundes Zeug zu beherrschen.

Sie plauderten eine Weile. Weihnachten stand vor der Tür. Der Kommissar pflegte über die Feiertage an die Costa Brava zu verduften, wo er immer in der gleichen kleinen Stammpension abstieg. Rothmanns würde bei den Eltern seiner Freundin unterm Weihnachtsbaum sitzen, worüber Wilke leicht die Lippen verzog. Aber das Kerzenlicht stimmte ihn milde, und er verkniff sich Sticheleien. Dann gingen sie zum Tagesgeschäft über. Ingo Rothmanns war zwei Wochen lang fast täglich nach Detmold gefahren, um Befragungen bezüglich des Todesfalles Claudia Prick durchzuführen.

„Claudia Prick war trotz ihres jugendlichen Alters so bieder, dass sie glatt ihre eigene Mutter hätte sein können", begann Rothmanns und blätterte in seinen gesammelten Werken. Überall in seiner Arbeitsmappe klebten gelbe Zettelchen.

„Ich habe ihre Eltern befragt, ihre drei älteren Schwestern sowie Freunde und Bekannte. Demnach scheint es vollkommen ausgeschlossen zu sein, dass Claudia sich sinnlos hat vollllaufen lassen. Dieser Art von Ausschweifungen pflegte sie nicht nachzugehen. Überhaupt keinen Ausschweifungen, hatte ich den Eindruck."

„Und was heißt das genau?", fragte der Kommissar. Die untere Hälfte seines Spekulatius war in der Kaffeetasse untergegangen, was er mit einem leisen Fluch kommentierte.

Rothmanns hob die Schultern. „Wie gesagt, ein braves Mädchen. Sie ging kaum alleine aus. Immer in Begleitung ihrer Freundinnen. Auch am Samstag auf der Andreasmesse, dem Abend ihres Todes. Weibliche Geselligkeit, sozusagen. Fünf Freundinnen, ein Trupp fröhlicher Gackerhühner. Ich habe einige davon kennen gelernt."

„Gackerhühner klingt nicht besonders freundlich, Ingo", tadelte der Kommissar.

„Es waren durchaus nette Gackerhühner. Sie machen sich alle schwere Vorwürfe, Claudia an dem Abend nicht gesucht zu haben, als sie sie vermissten."

„Wann und wo vermissten sie sie?"

„Etwa eine Stunde bevor auf dem Jahrmarkt die Lichter ausgingen. Sie standen zusammen in einer Cocktailbar, so ein kleines Zelt mit Stehtischen. Sie zwitscherten sich noch einen Glühwein zum Abschluss, und Claudia verschwand. Sie wollte zur Toilette gehen. Der Toilettenwagen stand nur zwanzig Meter weiter. Dann tauchte sie aber nicht wieder auf. Das war zwar ungewöhnlich, aber alle dachten, sie hätte direkt den Heimweg angetreten, ohne sich zu verabschieden. Sie machten sich keine großen Sorgen."

„Auf weitere Ungereimtheiten bist du nicht gestoßen? Irgendeine Ursache muss es doch gehabt haben, dass Claudia Prick sich auf eine Parkbank legte und einschneien ließ."

„Es gibt noch eine Ungereimtheit, und damit wird es interessant für uns: Da ist nämlich der rosa Lippenstift, den wir an der Toten gesehen haben. Claudia Prick hatte gar keinen Lippenstift benutzt. Nicht an dem Abend. Sie schminkte sich überhaupt sehr wenig. Ich habe diesbezüglich übereinstimmende Aussagen. Auch ihre Mutter bestätigt es. Sie hat ihre Tochter niemals stark geschminkt gesehen. Und wenn sie Lippenstift benutzt hätte, dann etwas Dezentes, fast Unsichtbares. Aber auf keinen Fall dieses furchtbare Kleinmädchenrosa. Diese Aussage bestätigte sich insofern, als die Kollegen bei der Durchsuchung von Pricks Wohnung auch keinen rosa Lippenstift gefunden haben. Ich hatte ihnen extra nahe gelegt, darauf zu achten. Und da sich in der Handtasche der Toten ebenfalls kein solcher Lippenstift befand ..."

„... kann das nur eines bedeuten: Nämlich dass wir Ärger am Hals haben!", beendete der Kommissar den Satz. „Hat denn sonst niemand an dem Abend etwas bemerkt? Einen Mann, der sich an Fräulein Prick herangemacht hätte? Hat niemand sie angesprochen, angestarrt, belästigt oder verfolgt?“

„Jedenfalls kann sich niemand daran erinnern. Es war ein ganz normaler Kirmesbummel unter Mädels. Weiter nichts. Bis zu dem stillschweigenden Abgang der späteren Leiche.“

„Keine Exfreunde, die ihr Rache geschworen hatten? Keine aufdringlichen Verehrer?“

„Nichts von alledem, Chef. Claudia Prick war zwar ein nettes Mädchen, aber bezüglich ihrer Lebensweise wohl eher ein graues Mäuschen. Zurückhaltend, fast schüchtern. Niemand weiß, wer ihr etwas hätte antun sollen.“

„Wäre da nicht die Sache mit dem Lippenstift, würde ich dahin tendieren, ihren Tod als einen etwas merkwürdigen Unfall einzustufen. Vielleicht hatte der Glühwein so zugeschlagen, dass sie sich auf der Bank hinlegen musste.“

„Aber der Lippenstift ist eine Tatsache“, sagte Rothmanns. „Außerdem wäre Claudia auf dem Heimweg nicht durch den Park gegangen. Der Cocktailstand befand sich in der Langen Straße. Ihre Wohnung lag aber in der Gartenstraße. Das ist die entgegengesetzte Richtung.“

„Das kommt erschwerend dazu“, sagte Wilke. „Sie muss also jemanden getroffen haben, mit dem sie in Richtung Schlosspark ging.“

„Oder jemand, der sie gewaltsam in den Schlosspark brachte und sie zwang, sich die Lippen anzumalen“, nickte Rothmanns.

„Kann man jemanden zwingen, sich die Lippen anzumalen?“, fragte Wilke zweifelnd. „Schade, ich hätte die Sache gerne vor den Feiertagen abgehakt. So werden wir sie also mit ins neue Jahr schleppen. Der Bericht des

Rechtsmediziners ist auch nicht wirklich aufschlussreich. Claudia Prick ist eindeutig erfroren. Und allem Anschein nach muss sie sich freiwillig auf die Bank gelegt haben. Keine Hämatome oder Kratzer am Körper, die auf irgendeine Art von Gewalteinwirkung und Gegenwehr würden schließen lassen."

„Wer bleibt denn freiwillig bei diesen Temperaturen auf einer Parkbank liegen und wartet auf den Erfrierungstod? Da fehlt ein Glied in der Kette, Chef."

„Ja, ganz offensichtlich", sagte Wilke ungnädig. „Der große Unbekannte, für den sie den Lippenstift trug, und der sie – auf welche Weise auch immer – veranlasste, sich einschneien zu lassen."

„Woran denken Sie?", fragte Rothmanns gespannt. „KO-Tropfen?"

„Würde Sinn machen. Jemand hat ihr was in den Glühwein getan und sie willig gemacht."

„Bleibt die Frage nach dem Motiv: Warum sollte jemand das getan haben? Sie ist nicht missbraucht worden. Und sie wurde nicht beraubt."

„Vielleicht, um ihr die Lippen anzumalen", murmelte Wilke. „Viele verrückte Typen haben viele verrückte Phantasien. Es gibt eine Menge Abgründe, in die ich gar nicht sehen möchte."

„Sonst hat das Gutachten nichts ergeben?"

„Nein. Eine Blutuntersuchung hat außer einem Alkoholwert von 0,6 Promille keine bedenklichen Fremdsubstanzen ergeben. Da war also mindestens noch ein zweiter Glühwein, oder sonst irgendein Drink. Aber insgesamt nicht viel. Körperlich war sie völlig intakt. Auf ihrer Winterjacke fanden sich allerdings ein paar schwarze Plüschflusen. Wahrscheinlich von einem anderen Kleidungsstück."

„Dann werde ich noch mal nachforschen, ob in Claudia Pricks Kleiderschrank irgendein schwarzer Plüschfummel hängt. Wenn nicht, müssen die Fasern von einer dritten Person stammen."

„Und ich werde unseren Doktor befragen, welche Art von KO-Tropfen üblicherweise verwendet werden, wenn jemand ein Mädchen außer Gefecht setzen will. Irgendein Zeug, das sich schnell wieder abbaut, denn sonst hätte man es bei der Untersuchung ja finden müssen."

Rothmanns nahm den letzten Keks und begab sich in die winterliche Matschlandschaft hinaus, um ein weiteres Mal nach Detmold zu fahren, um die Kleiderschränke Fräulein Pricks zu inspizieren.

2.

Zwei Tage vor Weihnachten wartete eine junge Frau auf der Besucherbank vor Kommissar Wilkes Büro. Sie trug einen dicken Wollschal um den Hals. Die Temperaturen waren weiterhin winterlich. Sie habe eine Aussage bezüglich des Falles der Toten in Detmold zu machen, sagte sie. Rothmanns, der mit einem Ordner unterm Arm aus dem Erdgeschoss kam, hielt ihr die Tür auf.

„Wie ist Ihr Name?", begann er, nachdem er auf seinem Bildschirm das Aussageformular aufgerufen hatte.

„Jessica Blum."

„Wohnhaft?"

„In Oerlinghausen im Lönsweg."

„Gut. Und Sie möchten eine Aussage machen bezüglich des Falles Prick?"

Der Kommissar, der an seinem Schreibtisch etwas zerstreut in Unterlagen wühlte und sich heimlich nach dem

Moment sehnte, in dem sein Flieger in Richtung Spanien abhob, spitzte die Ohren.

„Indirekt jedenfalls“, sagte die junge Frau. „Mir ist da im Oktober nämlich etwas Merkwürdiges passiert. Die Meldung aus Detmold habe ich erst gestern durch Zufall entdeckt. Ich wollte bei meinen Eltern den Kamin anzünden und riss ein paar alte Zeitungen auseinander. Da sah ich die Überschrift ‚Tote auf Parkbank‘. Nachdem ich den Artikel gelesen hatte, dachte ich, dass ich zu Ihnen kommen sollte.“

„Warum haben Sie nicht früher von der Sache gehört?“, mischte der Kommissar sich ein, der sich erhoben hatte und seinen Stuhl näher heranrückte.

„Ich studiere in Bamberg. Die ostwestfälische Presse bekomme ich nur in die Hände, wenn ich bei meinen Eltern bin. Es war reiner Zufall, dass ich die alten Zeitungen auffaltete.“

„Besuchen Sie ihre Eltern regelmäßig?“

„Zu gegebenen Anlässen“, lächelte sie. „Bamberg ist ja nicht gerade um die Ecke. Zu Ostern. Zu Weihnachten. Oder auch zum Pollhans. Den versäume ich nie. Nennen Sie es ruhig Lokalpatriotismus. Aber mit dem Pollhans kann nichts mithalten!“

Sie machte einen offenen und sympathischen Eindruck, und der Kommissar war geneigt, ihr einen Glaubwürdigkeitsvorschuss zu gewähren.

„Pollhans war Mitte Oktober. Ich war für ein paar Tage bei meinen Eltern. Am Pollhanssamstag und am Sonntag bin ich in Schloß Holte gewesen. Am Samstag fuhr ich mit einer Freundin im Wagen mit. Am Sonntag nutzte ich den Buspendelverkehr für die Hinfahrt. Am Abend wollte mein Bruder mich dann aufsammeln und mit zurücknehmen.“

„Schön, Frau Blum. Sie waren also auf der Kirmes. Und wo gibt es nun einen Zusammenhang mit dem Detmolder Todesfall?“, hakte der Kommissar nach.

Die Hände der Studentin verschränkten sich ineinander. „Das war am Sonntag. Ich dachte, ich würde sicher ein paar Bekannte treffen, auch ohne feste Verabredungen. Tja, und irgendwann am späteren Abend muss ich dann wohl einen Filmriss gehabt haben ...“

Rothmanns sah sie gespannt an. „Filmriss? Können Sie das näher erklären?“

Die junge Frau schüttelte den Kopf. „Nicht wirklich. Ab einem bestimmten Punkt ist alles nur noch schwarz. Ich wachte mitten in der Nacht hinter einem Gebüsch auf. Auf einem Privatgrundstück. Mir war furchtbar schlecht. Ich musste mich mindestens fünfmal übergeben, ehe ich auf die Beine kam. Ich war völlig orientierungslos, was mir sonst nie passiert. Dabei war ich gar nicht weit weg vom Festplatz. Als ich die Straße erreichte, stolperte ich in die nächstbeste Kneipe, wo noch Licht brannte. Auf dem Klo musste ich mich abermals übergeben. Als ich in den Spiegel schaute, sah ich, dass meine Lippen mit rosa Lippenstift bemalt waren. Er war vom vielen Brechen schon ziemlich verschmiert. Aber Reste waren noch da. Das konnte ich mir absolut nicht erklären. Ich benutze nie Lippenstift. Ich habe ihn dann mit dem Taschentuch abgewischt.“

„Teufel noch mal!“ Der Kommissar stand auf und begann auf und ab zu gehen. „Sie veralbern uns nicht, Frau Blum?“

„Warum sollte ich das tun?“

„Ingo, du protokollierst jedes Wort! Möchten Sie einen Kaffee, Frau Blum? Ja? Kommt sofort. Und dann erzählen Sie uns die Sache noch mal in allen Einzelheiten.“

Sie nickte und plötzlich wurden ihre Augen wässrig. Die junge Frau schien erst jetzt zu begreifen, dass sie verdammtes Glück gehabt hatte.

„Sie sind also mit dem Bus zum Pollhans gefahren. Am Pollhanssonntag. Richtig?“, fragte Rothmanns, vor die Tastatur geklemmt.

„Richtig. Gegen 16 Uhr war ich auf dem Festplatz. Es war schönes Wetter. Ich bin rumgebummelt, habe Falafel gegessen und ein Alster getrunken.“

„Haben Sie niemanden getroffen?“

Sie hob die Schultern. „Gesehen habe ich mehrere Leute. Bekannte meiner Eltern beispielsweise. Aber wir haben nur im Vorbeigehen Hallo gesagt. Dann war da ein Mädchen, das ich noch von der Schule kannte. Wir haben uns ein paar Minuten unterhalten. Aber sie war mit ihrem Freund da, und ich wollte mich nicht aufdrängen.“

„Und dann?“

„Es war abgemacht, dass gegen einundzwanzig Uhr mein Bruder kommt. Wir wollten noch gemeinsam eine Runde drehen, und dann wollte er mich zurück nach Hause bringen.“

„Wohnt Ihr Bruder auch in Oerlinghausen?“

„Nein, in Bielefeld. Da er an dem Wochenende viel zu tun hatte, konnte er sich erst zu späterer Stunde freimachen.“

„Was machten Sie so lange?“

„In Müllers Festzelt spielte eine Liveband, und die waren nicht so schlecht. Man konnte sogar tanzen. Da bin ich sicher zwei Stunden geblieben.“

„Waren Sie im Laufe des Abends vielleicht in einer Cocktailbar, wo es Caipirinhas und Glühwein gibt?“, fragte Wilke.

„Beim Pollhans ist noch keine Glühweinsaison“, bemerkte Rothmanns.

Sie schüttelte den Kopf. „Nein. Ich mag keine Cocktails. Und auch keinen Glühwein. Ein vernünftiges Bier ist mir lieber. Gegen zwanzig Uhr bin ich raus aus dem Zelt. Ich wollte noch ein bisschen rumgucken, bevor mein Bruder kam. Ich habe Zuckerwatte gegessen und bin einmal im ‚Gurgler‘ gefahren.“

„Gurgler? Was ist das?“, fragte Wilke misstrauisch.

„Ein Fahrgeschäft, Chef“, sagte Rothmanns und lächelte der Studentin zu. „Das ist doch dieses Ding, das wie ein Krake aussieht und wo die Gondeln kopfüber fliegen, ja?“

„Ja, genau.“ Ihr Lächeln war dünn. „Manchmal muss ich so was Albernes machen. Dann ging ich zurück zum Festzelt. Es war schon ziemlich kühl geworden, und im Zelt war es wenigstens warm. Ich schickte meinem Bruder eine SMS, dass er mich im Festzelt finden würde. Und dann ...“

Sie stockte. Der Kommissar blickte sie mit gerunzelter Stirn an.

Ihre Stimme klang nun unsicher. „Dann weiß ich eigentlich nichts mehr.“

„Aber Sie sind wieder im Festzelt angekommen?“

„Ja. Das heißt, ich denke schon. Ich glaube, dass ich noch mal getanzt habe. Die Musik war laut. Und ich glaube auch, dass ich noch etwas getrunken habe. Noch ein Bier. Aber das ist alles so verschwommen. Und von da an kann ich mich an nichts mehr erinnern.“

„Hat Ihr Bruder Sie nicht gefunden?“

„Wohl kaum. Er hätte mich ja sonst mit nach Hause genommen. Er hätte mich ja nicht völlig benebelt irgendwo stehen lassen.“

„Wissen Sie denn, ob er pünktlich im Festzelt gewesen ist?“

„Ja. Das heißt, kurz nach einundzwanzig Uhr war er da. Das hat er mir später gesagt. Als er mich nicht fand, dachte er, ich hätte es mir anders überlegt und wäre schon alleine nach Hause gefahren. Er hat mir noch eine SMS geschickt. Die habe ich aber erst viel später gesehen. Er hat dann alleine eine Runde auf dem Pollhans gedreht und ist wieder zurück nach Bielefeld gefahren.“

„Hat er sich keine Sorgen gemacht, als er Sie nicht fand?“

„Nein.“ Die junge Frau sah traurig aus. „Und später hat er sich fürchterliche Vorwürfe gemacht, als ich ihm erzählte, dass ich in einem Gebüsch aufgewacht bin.“

„Wo war dieses Gebüsch? Können Sie sich erinnern?“

„Nicht genau. Es muss ein großer Privatgarten gewesen sein, denn um zurück zur Straße zu kommen, durchschritt ich ein schmiedeeisernes Tor, das offen stand. Ich fühlte mich furchtbar elend.“

„Hatten Sie noch andere Beschwerden?“, fragte Rothmanns mit einem Räuspern. „Unterleibsschmerzen etwa?“

„Nein“, sagte Frau Blum rasch. „Ich weiß, worauf sie hinauswollen. Aber was das betrifft, war alles in Ordnung. Das hätte ich ja sonst gemerkt.“

„Gott sei Dank!“, sagte Wilke. „Der Typ, mit dem wir es zu tun haben, scheint auf andere Dinge aus zu sein.“

„Mein Geld war auch noch da, falls Sie das meinen. Meine Handtasche lag neben mir, mit allen Sachen. Eigentlich war überhaupt nichts passiert. Außer, dass ich die halbe Nacht brechen musste und dieser widerliche Lippenstift an meinem Mund klebte.“

„Was haben Sie dann gemacht?“

„Ich wollte einen Kaffee trinken. Aber als er vor mir stand, bekam ich ihn nicht hinunter. Ich trank nur ein paar Schluck Wasser. Der Betrieb auf dem Festplatz ging zu Ende. Die meisten Läden hatten schon dichtgemacht. Ich habe dann tatsächlich noch den letzten Bus zurück nach Oerlinghausen erwischt."

„Ist Ihnen während des ganzen Abends niemand aufgefallen, der sie beobachtet hat? Hat niemand es darauf angelegt, mit Ihnen ins Gespräch zu kommen?"

Sie legte den Kopf schräg und überlegte einen Moment. „Nein", sagte sie. „Ein Typ wollte mit mir tanzen. So einer mit Schlips. Aber als ich ablehnte, ist er auch verschwunden. Der Mann am Zuckerwattestand hat mir eine extra große Zuckerwatte gemacht. Weil ich so ein nettes Lächeln hätte, sagte er. Und im Zelt hat mich ein Kellner angerempelt. Er hat sich gleich entschuldigt. Seine Ungeschicklichkeit war ihm peinlich. Er fragte, ob ich einen Ohrring verloren hätte. Eigentlich hat er mich gar nicht angesehen ... Und das war alles."

„Haben Sie sich am nächsten Tag untersuchen lassen?"

„Nein." Sie blickte beschämt zu Boden. „Ich fand das alles furchtbar unangenehm. Ich dachte, ich hätte vielleicht doch zuviel getrunken. Und durch die Gegend zu torkeln und mich auf offener Straße zu übergeben war auch nichts, was ich unbedingt breittreten wollte. Und eigentlich war ja auch nichts passiert. Nur gestern, als ich die alte Zeitung aufschlug, und die Sache mit der Toten las, die nach der Kirmes in einem Park gelegen hat ... Da wurde mir ganz kalt."

3.

„Schöne Scheiße“, sagte der Kommissar, als Frau Blum gegangen war. „Der Typ scheint regelmäßig auf Jahrmärkten sein Schindluder zu treiben. Wenn er Gefallen daran gefunden hat, müssen wir uns beeilen, bevor ein neues Unglück geschieht.“

„Sie glauben nicht an einen Zufall?“

„Die Sache mit dem Lippenstift wurde nirgendwo erwähnt. Das ist gar nicht an die Presse weitergegeben worden. Und das macht Frau Blum glaubwürdig. Die Übereinstimmung ist zu dick für einen Zufall.“

„Vielleicht arbeitet er auf dem Jahrmarkt“, mutmaßte Rothmanns.

Der Kommissar war wieder aufgestanden. „Und er verabreicht den Mädchen irgendein Dreckszeug. Gerade gestern habe ich noch mal mit Pohl gesprochen. Er meint, es könnte GHB sein. Gamma-Hydroxy-Butirat. Auch bekannt als Liquid Extasy. Das Zeug ist in den letzten Jahren zu einer regelrechten Plage geworden. In manchen Stadtteilen bekommt man es an den Straßenecken. Vor den Diskos. In Hannover am Bahnhof. Jeder kann es sich besorgen. Und es kostet fast nicht.“

„Das Zeug hat sich in den letzten Jahren einen zweifelhaften Ruhm als Vergewaltigungsdroge erworben“, nickte Rothmanns. „Macht die Opfer nicht nur willenlos, sondern angeblich auch willig. Und hinterher können sie sich an nichts erinnern. Eine klare Flüssigkeit. In einem alkoholischen Getränk fällt das überhaupt nicht auf.“

Wilke schlug eine englischsprachige Werbebroschüre auf, die Doktor Pohl in seiner Schublade gefunden hatte, in der er ein ganzes Sammelsurium merkwürdiger Traktate verwahrte. „Anfang der Achtziger Jahre wurde GHB in den USA von Bodybuildern benutzt, da es angeblich den Muskelaufbau forciert und die Fettverbrennung beschleunigt. Hier, alte Werbeanzeigen. Bis 1990 war es dort frei verkäuflich."

Rothmanns warf einen flüchtigen Blick auf das Heftchen. „Ich weiß. Außerdem wurde es als Abmagerungs- und Schlafmittel beworben. Und es galt als Aphrodisiakum."

„Seit Mitte der Neunziger Jahren hielt es verstärkt auch in Deutschland Einzug. 2002 wurde es ins BtMG eingestellt. Die Missbrauchsfälle hatten sich gehäuft. Das Zeug wirkt schnell, schon nach fünf bis zehn Minuten. Die Wirkung hängt maßgeblich von der Dosierung und der körperlichen Verfassung des Konsumenten ab."

„Und was sagte Pohl zur Wirkung?"

„Was soll er sagen? Kommt auf die Dosierung an. Bei niedriger Dosierung stellen sich meist so genannte positive Stimmungsveränderungen ein. Entspannung. Ausgeglichenheit. Aber auch Albernheit, Ausgelassenheit, erhöhtes Kontaktbedürfnis und eine Beeinträchtigung der motorischen Fähigkeiten. Ähnlich wie bei einem Alkoholrausch eben. Als weitere Wirkung kommt eine intensivierte Wahrnehmung von Sinneseindrücken hinzu."

„Frau Blum erwähnte die laute Musik", erinnerte sich Rothmanns. „Sie tanzte. Die bunten Lichter im Festzelt tanzten wahrscheinlich auch."

„Möglich", sagte der Kommissar. „Dem Rausch folgt allerdings recht schnell die Schläfrigkeit, einhergehend mit Kopfschmerzen, Übelkeit und Erbrechen. Alles wie ebenfalls von Frau Blum gehört. Desorientierung kommt auch noch dazu. Die Mädchen wissen weder, wo sie sind, noch wie sie dorthin gelangten, oder was in der Zwischenzeit passiert ist. Das, was als ‚vermehrte Kontaktfreudigkeit‘ bezeichnet wird, macht die Opfer zur leichten Beute für skrupellose Typen aller Art.“

„Dieser Typ ist ein Schwein!“, rief Rothmanns, der sich ernsthaft aufzuregen begann. „Und ich kann es einfach nicht fassen, dass man das Blut von Claudia Prick zwar auf Alkohol untersucht hat, aber nicht auf GHB. Das hätte sofort passieren müssen!“

Wilke nickte betrübt. „Ja. Ein nicht wiedergutzumachendes Versäumnis. Das Zeug wird im Körper so schnell wieder abgebaut, dass ein chemischer Nachweis nur mit einer gezielten Analyse und nur innerhalb eines kurzen Zeitfensters möglich ist. So können wir zwar vermuten, was mit Claudia Prick passierte, beweisen können wir es aber nicht mehr.“

„Trotzdem müssen wir davon ausgehen, dass wir es mit einem Typen zu tun haben, der eine Droge, wahrscheinlich Liquid Extasy, verwendet, um junge Frauen gefügig zu machen.“

„Genau. Jemand, der möglicherweise auf der Kirmes arbeitet und der eigentlich nichts weiter will, als die Mädchen mit rosa Lippenstift anzumalen.“

„Das klingt ziemlich schwachsinnig“, murmelte Rothmanns.

„Ich weiß. Aber es wäre auch nicht das erste Mal, dass wir es mit jemandem zu tun haben, der mit normalen Maßstäben nicht zu messen ist.

„Demnach wäre der Tod von Claudia Prick nicht beabsichtigt gewesen?“

Der Kommissar schüttelte den Kopf. „Sieht eher nach einem Unfall aus – soweit man in diesem Zusammenhang von Unfall sprechen kann. Vielleicht dachte der Mann, sie würde in Kürze wieder aufwachen, oder dass jemand sie finden würde. Die Parkbank im Schlosspark befand sich schließlich nicht am Ende der Welt. Wie wir jetzt erfahren, hat er so etwas schon öfter gemacht. Und immer ist alles glatt gegangen. Reines Pech für Claudia Prick, dass niemand sie entdeckte, bevor es zu schneien anfing."

„Haben wir einen Plan, Chef?", fragte Rothmanns, der um seinen Weihnachtsurlaub fürchtete.

„Ja, haben wir", sagte Wilke. „Wir werden die Feiertage genießen. Die letzte Kirmes des Jahres ist gelaufen. Nun ist Winterpause, und ich bin mir ziemlich sicher, dass auch unser Täter pausieren wird. Nach dem Todesfall in Detmold wird er sich verkrochen haben. Das wird eine akribische Fummelarbeit, ihn ausfindig zu machen!"

„Wir machen also nichts?"

„Doch. Natürlich wird an dem Fall gearbeitet. Ich werde ein paar Aufgaben verteilen. Wenn ich wiederkomme, möchte ich auf meinem Schreibtisch eine säuberliche Liste aller Fahrgeschäfte sowie aller Betriebe haben, die auf den Jahrmärkten der Region unterwegs sind und Speis und Trank feilbieten. Dazu Listen sämtlicher Angestellter, Teilzeitbeschäftigter, Tellerwäscher, Fußbodenfeger und Karusselldreher. Dann können wir mit den Überprüfungen beginnen. Daran werden wir eine Weile zu kauen haben."

„Gut, Chef. Dann bin ich ab morgen weg." Rothmanns stand auf und klickte seine Aktentasche zu. „Wir müssen noch Geschenke besorgen, den Tannenbaum bei Birgits Eltern schmücken, den Weihnachtskarpfen meucheln und solche Sachen."

„Ich beneide dich nicht, Ingo", sagte der Kommissar nachsichtig, der für Familienenge nicht geschaffen war.

Winter

1.

Albert Stahl zog die Zimmertür hinter sich ins Schloss. Stille umfing ihn. Die Spielzeugautos in den Regalen standen immer noch in Reih und Glied, so als wären die letzten fünfundzwanzig Jahre eine reine Illusion gewesen.

Er setzte sich auf den Stuhl seines alten Schülerschreibtisches und schloss die Augen. Mehr wollte er ja gar nicht. Stundenlang konnte er so sitzen und einfach nur dem Ticken der Wanduhr zuhören oder die Muster auf der Übergardine zählen. Die Zeitung aus dem Bielefelder Imbiss hatte er in die unterste Schublade des Schrankes gestopft, wo er früher gelegentlich die Bravo versteckt hatte, und wo er heute alte Wäsche aufbewahrte, die nur noch als Putzlappen taugte. Als er sicher war, dass Mutter in der Küche hantierte, öffnete er die Schublade leise. Er steckte sich ein Himbeerbonbon in den Mund und las die Geschichte immer wieder. Mit dem Finger strich er vorsichtig über das Schwarzweißbild. Claudia. Schade, dass es nicht deutlicher war. Der weiße Hügel auf der Bank, die sich im Schlossteich spiegelte, wirkte friedlich und still. Von einem Unglück war die Rede. Er nickte. Ja. Es war ein Unglück gewesen, denn er hatte das ja nicht gewollt. Er hatte nicht wissen können, dass es schneien würde.

Unten klapperte Mutter mit Geschirr. Sie machte Pfannkuchen. Er nahm eine Papierschere und schnitt den Artikel sorgfältig aus. Den Ausschnitt steckte er ins Seitenfach seiner Brieftasche, wo sich in einer altersgelben Plastikhülle bereits ein anderer Zeitungsausschnitt befand, die Todesanzeige eines Mädchens namens Gabriele, das er selber gar nicht gekannt hatte. Aber die schwarze Rose hatte es ihm angetan. Ob sich in einer schwarzen Rose wohl eine weiße Raupe befinden würde? Er lachte über seine eigene Dummheit.

Abends saß er mit Mutter in der Stube vorm Fernseher und sah sich dumme Quizshows an. Er starrte einfach nur auf den flimmernden Bildschirm. Niemand verlangte etwas von ihm. In den Werbepausen schaltete Mutter den Ton ab und murmelte schnell eine Handvoll Aves. Auch das gehörte dazu. Dann schloss er für einen Moment die Augen und ließ sich von ihrem Gemurmel einhüllen wie von einem warmen Strom. Nach der Tagesschau verschwand sie meist noch einmal in die Küche und machte in der Mikrowelle Popcorn warm oder bereitete noch einen Hawaii-Toast zu, zu dem sie gelbe Limonade servierte, die gleiche, die er als Junge getrunken hatte. Am liebsten wäre er nie wieder fortgegangen. Manchmal hoffte er, dass sein Wohnwagen von dem Platz, auf dem er überwinterte, gestohlen würde, mitsamt all seinen Sachen, mitsamt den weißen Sandalen und der roten Tasche und der Pappschachtel, in der sich immer noch eine Handvoll bräunlicher Fläschchen befand. Manchmal fühlte er einen Druck hinter der Stirn, als würde sein Schädel zerplatzen.

2.

Niemand sprach über Bettina. Als habe es sie nie gegeben. Vater hatte ihr Fahrrad unter eine dicke Folie gehüllt und in eine Ecke gestellt. Die Folie begann schon zu verstauben. Bettinas Zimmer wurde abgeschlossen. Den Schlüssel verwahrte Mutter in der Metallschatulle im Wohnzimmer auf, in der gleichen Schatulle, in der auch die Schande lag.

Vater und Mutter sprachen kein Wort mehr miteinander. So musste er sich für einen von beiden entscheiden. Es war unmöglich, in der Mitte zu stehen. Er entschied sich für Mutter. Vater konnte er leichter aus dem Wege gehen. Der arbeitete und war fast den ganzen Tag weg. Mutter hingegen war immer da, machte ihm sein Frühstück und die Stulle für die Schule. Sie wartete auf ihn mit dem dampfenden Mittagessen. Sie bezog sein Bett, wusch seine Wäsche und flickte seine Hosen. Es wäre unmöglich gewesen, Mutter aus dem Weg zu gehen.

Die Worte, die Mutter mit ihm wechselte, ließen sich zwar an den Fingern einer Hand abzählen. Aber es war auch nicht nötig, viel zu reden. Die schweigende Opposition gegen Vater schweißte sie zusammen. Mit den gleichen, halbgeschlossenen Augen schauten sie an ihm vorbei, wenn er durch die Dielentür trat. Er war an allem schuld. An der Dunkelheit im Haus. Daran, dass die Leute im Dorf hinter vorgehaltener Hand tratschten. Daran, dass Bettina nicht mehr da war. Weil sie es nicht mehr ertragen hatte. Alles war Vaters Schuld. Irgendjemand musste schließlich schuld sein.

3.

Noch lange Zeit glaubte er, manchmal in der Nacht die Schritte seiner Schwester zu hören, so wie damals, wenn sie nicht schlafen konnte und stundenlang in ihrem Zimmer auf und ab gegangen war. Manchmal glaubte er zu hören, wie der Schlüssel in ihrem Schloss sich drehte, mit einem leicht knirschenden Geräusch, denn das Schloss war nie geölt worden. Ein- oder zweimal meinte er sogar, nachts ihre Hand in seinem Haar zu fühlen. Aber er behielt es für sich.

Bettina war wie ein Seufzer, der verging. Das einzige, was blieb, war sein schlechtes Gewissen. Er hatte ihr ganz allein die Bürde gelassen. Und die Schande lag noch immer in der Metallschatulle, verborgen in einem grauen Dokumentenordner.

4.

„Was hast du heute in der Schule gelernt, Albert?“

„Ich weiß nicht.“ Das war von allen möglichen Antworten zweifellos die Dümmste.

Mutter seufzte. „Was für Fächer hattet ihr denn?“

Fast hätte er wieder ‚ich weiß nicht‘ gesagt. Stattdessen hob er die Schultern und blieb stumm.

„Was soll nur aus dir werden?“, fragte Mutter gramvoll, während er da stand wie ein Stockfisch und den Mund nicht aufbekam. „Warum müsst ihr mich so plagen?“

Sie sagte immer noch ‚ihr‘, obwohl Bettina seit fast zwei Jahren tot war.

„Fräulein Schmidt hat gesagt, ich hätte keinen Kopf zum Lernen“, sagte er, vollkommen aufrichtig und mit einem solchen Grad an Fatalismus, wie ihn normalerweise nur wesentlich ältere Personen an den Tag legten.

„Keinen Kopf zum Lernen“, murmelte Mutter. „Und du glaubst, damit wäre alles in Ordnung?“

„Ich weiß nicht.“

„Kannst du dir nicht ein bisschen Mühe geben? Deine Schwester ist mit zwölf Jahren aufs Gymnasium gekommen“, erinnerte Mutter ihn.

„Meine Schwester ist gestorben."

Er sagte ‚gestorben'. Alle sagten einfach nur ‚gestorben', wenn die Rede darauf kam.

Mutter wurde blass. „Du bist nicht nur faul und träge, sondern gibst auch freche Antworten."

Sie fasste ihn am Arm und schob ihn vor sich her, der Besenkammer zu. Die Besenkammer war klein und eng. Und sie war dunkel. Mutter drehte die Glühbirne los, an die er nicht herankam. Damit er das Licht nicht einschalten konnte.

„Denk über deine Frechheit nach! Und wage nicht herauszukommen, bevor ich es dir sage!"

Die Tür schnappte zu. Er hatte einen Schluckauf. Den bekam er immer, wenn er in der Besenkammer saß. In seinem Gesicht glaubte er Spinnweben zu fühlen. Er wusste, dass in den Ecken Spinnen waren. Er fürchtete immer, dass sie ihm im Dunkeln auf den Kopf fallen oder über seine Beine heraufkriechen könnten. Er hockte sich hin und schluchzte leise. Er war selber Schuld. Und das war die Strafe. Er wusste ganz genau, dass er nicht von Bettina reden durfte. Selbst wenn er nicht sagte, dass sie sich umgebracht hatte.

Er weinte eine Weile. Als ihm die Augen wehtaten, begann er zu überlegen. Es war kurz nach Mittag gewesen, als Mutter ihn eingesperrt hatte. Vater kam um fünf nach Hause. Mutter würde ihn vorher aus der Besenkammer holen und in sein Zimmer schicken. Vater wollte nicht, dass sie ihn einsperrte. Obwohl ihm sonst so ziemlich alles egal war. Bis fünf Uhr waren es aber noch mindestens drei Stunden. Mindestens.

Sein Schluchzen ging in leises Summen über und er wiegte sich hin und her. Einmal hatte er einen Tierfilm gesehen, in dem ein kleiner Elefant auch immer den Kopf gewiegt hatte. Die Elefantenmutter war gestorben und er war ganz allein.

„Das arme Tier“, hatte Mutter gesagt.

Ganz leise sang er ein Lied. Eigentlich flüsterte er mehr, als dass er sang, damit Mutter es nicht hörte: „Hänsel und Gretel verirrten sich im Wald. Es war so finster und auch so bitterkalt ...“

Es war wie ein Zauber. Wenn er sang, konnte ihm nichts passieren. Bettina stand sicher hinter dem nächsten Baum. Gleich würde sie kommen und ihn erschrecken und dann seine Hand nehmen.

„Hänsel und Gretel verirrten sich im Wald ...“, flüsterte er wieder.

Etwas Weiches fiel auf seinen Kopf. Er war sicher, dass es eine Spinne war. Schreiend fuhr er sich durchs Haar. Er hörte auch nicht auf zu schreien, als die Tür sich öffnete.

5.

„Albert!“

Er antwortete nicht. Wenn er sich klein machte, verschwand er ganz hinter dem Polstersessel.

Er war zwölf Jahre alt und versteckte sich vor Mutter.

„Albert! Wo steckst du?“

Mutters Stimme verhieß nichts Gutes. Er hatte ja gewusst, dass es so kommen würde. Es war seine eigene Schuld. Mutter hatte in seine Schultasche geschaut, und genau das hätte sie nicht tun sollen.

„Komm hinter dem Sessel hervor, du Taugenichts!“

Wie ein begossener Pudel kroch er ans Tageslicht. Den Kopf gesenkt, mit einem leichten Tick im linken Auge.

Dagegen konnte er nichts tun. Das Augenlid begann immer zu flattern, wenn sein Herz schneller schlug.

„Was ist das für ein Schweinkram?"

Sie haute ihm die Bravo um die Ohren, die er an diesem Morgen am Dorfkiosk gekauft hatte. Er machte die Augen zu und steckte die Schläge ein.

„Liest du dieses Zeug öfter?" Mutters Stimme klang angewidert, als wäre das bunte Heftchen mit Krankheitsbazillen übersät.

„Nein, Mutter", sagte er leise und schaute auf seine Fußspitzen.

„Schaust du dir diese dreckigen Bilder an, ja?"

Sie hatte das zerfledderte Heft an einer Seite geöffnet, auf der ein Mädchen in Unterwäsche abgebildet war. Der BH war ein wenig durchsichtig. Das war alles. Ihre Haare waren glatt und lang. Sie hatte ein hübsches, rundliches Gesicht und geschminkte Lippen.

„Nein, ich schaue sie nicht an."

„Lüge nicht, Albert! Meinst du, ich weiß nicht, was du tust? Wie lange kaufst du diesen Schund schon?"

„Es war das erste Mal, Mutter." Seine Stimme war zaghaft wie ein Spatz, der sich vor der Katze fürchtet.

„Und das soll ich glauben?"

„Es war ja nur ...", begann er zaghaft, und wünschte bereits, den Mund nicht aufgemacht zu haben.

„Was war nur?"

Er war schon immer unfähig gewesen, zu lügen, wenn Mutter vor ihm stand.

„Es war nur, weil das Mädchen wie Bettina aussieht ...", hauchte er und wünschte sich im Boden zu versinken.

Da schlug Mutter mit dem Heft solange auf ihn ein, bis die einzelnen Seiten zu Boden fielen.

6.

Weihnachten verbrachten er und Mutter alleine. Am Heiligabend saßen sie vor dem Fernseher und schauten ‚Warten aufs Christkind', und am Abend einen Spielfilm über das Leben Jesu. Albert Stahl hatte auf dem Stubentisch eine Kerze angezündet und Lametta an einen Tannenzweig gehängt. Mutter hatte noch nie den rechten Sinn für Gemütlichkeit gehabt. Spät abends besuchten sie die Christmette. Am zweiten Weihnachtstag tat er ihr den Gefallen, zum Hochamt mit ihr nach Osnabrück in den Dom zu fahren. Sie liebte große Kirchen und laute Orgeln. Danach aßen sie in einem gutbürgerlichen Restaurant Rehbraten mit Rotkohl.

Als Silvester sich näherte, wurde er unruhig. Zwei Tage lang überlegte er, ob er Mutter um Mitternacht ein gutes neues Jahr wünschen sollte. Es würde nicht sehr glaubwürdig klingen. Vielleicht könnte er es so einrichten, dass er um Mitternacht in den Keller ging, um eine Flasche Limonade heraufzuholen. Oder auf die Toilette.

Am Nachmittag des 31. Dezember machte er einen längeren Spaziergang. Er ging zum Friedhof in Hiddenhausen. Als Junge hatte er das regelmäßig getan, auch wenn Mutter es nicht gerne gesehen hatte. Man muss die Toten ruhen lassen, hatte sie gesagt, mit der ihr eigenen Kälte. Darin war sie Meisterin.

Nun kam er nur noch zweimal im Jahr. Zu Bettinas Geburtstag im Juni, und zu Silvester. Im Juni pflanzte er Vergissmeinnicht und Margeriten, die er durch die Friedhofsgärtnerei pflegen ließ. Einmal hatte er es mit einer Rose versucht, aber die war auf dem mageren Boden nicht gediehen. Die Totenerde sei ihr zu bitter, hatte der Gärtner gesagt. Im Winter brachte er ein haltbares Gesteck, damit bis zum Frühjahr alles in Ordnung war. Es gab eine kleine Laterne mit rotem Glas, in die er zweimal jährlich ein Wachslicht stellte. Bettina war schweigsam geworden mit den Jahren. Vielleicht stimmte es, dass jede Wunde sich irgendwann schloss, früher oder später.

Mutter wusste nicht, dass er schon vor langer Zeit Geld eingezahlt hatte, damit das Grab seiner Schwester nach Ablauf der Frist nicht eingeebnet und neu belegt wurde. Sie hatte sich nicht darum gekümmert. Wahrscheinlich hätte sie es für eine Geldverschwendung gehalten. Bettina und Vater lagen nicht in der gleichen Grabstätte. Es waren zwei Einzelgräber, die durch einen schmalen Weg voneinander getrennt waren. Irgendwie hatte es sich so ergeben. Vaters Grab war streng und schmucklos. Es wurde ebenfalls durch den Friedhofsgärtner versorgt, so war der Pflicht genüge getan. Es war windstill. Er nahm seine Brieftasche heraus und faltete den Ausschnitt aus der Detmolder Tageszeitung auseinander. Flüsternd las er ihn vor.

„Suchen wir uns das alles selber aus?“, fragte er in die Luft hinein. Die Kerze auf Bettinas Grab flackerte. Vielleicht ergab das alles einen Sinn, den er nur noch nicht durchschaute. Gottes Weisheit war unergründlich. Und die Menschen waren wie kleine Ameisen, die auf vielen wirren Wegen liefen, und nicht wussten, woher sie kamen und wohin sie gingen. Die Kerze flackerte wieder.

„Das suchen wir uns doch nicht selber aus!“ Aber Bettina antwortete nicht mehr.

Albert Stahl zuckte die Schultern und drehte sich um, denn der Rückweg war lang. Auf halber Strecke überschwemmte ihn eine Welle von Depressionen, die bewirkte, dass er sich am Liebsten in Luft aufgelöst hätte. Vielleicht hatte Bettina es richtig gemacht, und sich dieses gotterbärmliche Leben erspart. Vielleicht war sie viel glücklicher dort, wo sie jetzt war. Vielleicht wartete sie auf ihn. Oder hatte sie ihren kleinen Bruder längst vergessen?

Er wünschte, zu Boden zu fallen und zu erfrieren, so wie Claudia. Ein kalter, weißer Hügel wollte er werden. In seiner Kehle war ein Schluchzen. Aber seine Füße liefen einfach weiter.

7.

Als er sein Elternhaus erreichte, ging er gleich die Treppe nach oben und verbrachte den Rest des Nachmittags in seinem Zimmer. Er lag auf dem alten Klappbett und barg das Gesicht in den Kissen. In seiner Nachttischschublade hatte er Schokolade gebunkert. Er öffnete das Silberpapier und schob sich einen Riegel nach dem anderen in den Mund. Danach fühlte er sich etwas besser. Noch einmal holte er den Zeitungsausschnitt heraus und las ihn unter Schniefen. Im Grunde war doch alles in Ordnung. Claudia war ein einsames Mädchen gewesen. Warum sonst wäre sie mit ihm mitgegangen? Das hatte nicht nur an den Tropfen aus dem Fläschchen gelegen. Da steckte mehr dahinter. Sie hatte auf ihn gewartet. Sie hatte sich von ihren Freundinnen abgewandt und war stattdessen mit ihm, dem Fremden, gegangen. Und vielleicht war auch sie glücklicher dort, wo sie jetzt war.

Am Abend saß er wieder mit Mutter vorm Fernseher. Sie schauten eine Schlagersendung zum Jahresausklang. Mutter hatte Erdnussflips und Salzstangen bereitgestellt. Mehrmals gab sie der Überzeugung Ausdruck, dass es ihr letztes Silvester sei, und dass sie zufrieden wäre, wenn sie den nächsten Winter nicht mehr erleben müsste. Stahl dachte, dass Gott ihr vielleicht den Wunsch erfüllen sollte.

„Dann hast du das Haus für dich und kannst tun und lassen was du willst", sagte sie. „Dann kannst du meine Sachen rausschmeißen und oben das Zimmer öffnen."

Sie sagte immer solche Dinge, besonders an den Feiertagen.

„Ist gut, Mutter", sagte er lahm. „Ich werde das Zimmer oben nicht öffnen."

„Ich weiß, dass du es tun wirst! Aber es ist mir egal."

Er antwortete nicht mehr. Vor seinen Augen verschwamm das Fernsehbild. Er wünschte sich, in seinen Wohnwagen zu steigen und weit weg zu fahren. Von einer Kirmes zur nächsten, und niemals mehr zurückzukommen.

Auf dem Fernsehschirm erschien die große Uhr. Eine Minute vor Mitternacht erhob Mutter sich und ging in den Keller, um neue Limonade zu holen. Dann ging im Fernsehen das Geballer los, und auch durchs Stubenfenster waren ganz in der Ferne vereinzelte Leuchtpunkte am Himmel zu sehen.

„Gutes neues Jahr, Mutter", flüsterte Albert Stahl, und biss sich dabei auf die Lippe, die zu bluten begann.

8.

Die ersten Wochen des neuen Jahres verliefen so, wie der Kommissar es vorausgesagt hatte, mit viel Fleißarbeit und Recherchen. Rothmanns hatte sich nicht träumen lassen, wie viele Fahrgeschäfte, Kirmesbuden und Getränkezelte es in Ostwestfalen gab. Am interessantesten waren diejenigen Betriebe, die sowohl im vergangenen Oktober auf dem Pollhans wie auch Ende November auf der Andreasmesse in Detmold gewesen waren. Das Hauptproblem bildeten die vielen wechselnden Arbeitskräfte, die mit den Geschäften durch die Gegend zogen und zum Teil nicht mal angemeldet wurden.

Es war eine Sisyphusarbeit. Rothmanns' Kopf rauchte. Sein Chef, der immer gereizt war, wenn er mehr als zwei Stunden vorm PC hocken musste, hatte den Routinekram delegiert. Als Rothmanns wagte zu maulen, hatte der Kommissar nur die Schultern gezuckt. Es war eben das natürliche Schicksal eines Kriminalassistenten, sich auch mal mit den faden Sachen herumschlagen zu müssen. Rothmanns verkniff sich eine pampige Antwort, die ohnehin zu nichts geführt hätte. Zu wesentlich neuen Erkenntnissen kam er bei seinem ganzen Gewühle nicht, was die Sache frustrierend machte.

9.

Albert Stahl verbrachte den Januar damit, seinen Wohnwagen zu putzen, neue Reifen aufzuziehen und ein paar Roststellen zu übermalen. Manchmal dachte er noch an Claudia, in einer ähnlichen Weise, wie er an seine Schwester dachte. Der Tod hatte sie gleichgemacht. Es war gut, Schwestern zu haben, die den kalten Luftzug abfingen, der von Mutter ausströmte. Sie war wie ein offenes Fenster, durch das ein ungastlicher Wind fegte, trocken und harsch, als käme er aus der Mongolei.

Stahl war nicht besonders mutig, und so war er fünfzehn Jahre alt geworden, ehe er sich getraut hatte, die Schatulle anzurühren. Dann jedoch nutzte er einen Tag, an dem beide Eltern außer Hause waren, und er eigentlich in der Schule hätte sein sollen. Er schlich ins elterliche Schlafzimmer, denn er wusste, dass Vater den Schlüssel für die Schatulle nun in seinem Nachtschrank verwahrte. Er öffnete die Schublade, wühlte unter den gebügelten und gefalteten Taschentüchern. Aber nichts. Der Schlüssel war nicht da. Vater musste ihn woanders versteckt haben.

Also ging er in die Werkstatt und nahm einen Schraubenzieher, einen Draht und einen Hammer. Irgendwie würde sich das Ding schon öffnen lassen. Nachdem es ihm nicht gelang, das Schloss mit dem Draht zu entriegeln, setzt er den Schraubenzieher an. Mit zwei kräftigen Hammerschlägen trieb er ihn unter den Deckel. Das Schloss sprang auf.

Oben in der Schatulle lag Bettinas Zimmerschlüssel. Niemand hatte das Zimmer betreten seit jenem Herbst vor über fünf Jahren. Da waren die Sparbücher, die Ausweise, das Grundbuch, das Stammbuch. Und die graue Mappe. Das Geheimnis musste in der Mappe sein. Oder im Stammbuch. Hastig begann er, die Seiten durchzublättern.

Das Stammbuch war dünn. Elfriede Jaschek, geb. am 8. August 1931. Das war Mutter. Sie war drei Jahre älter als Vater, Hans Stahl, geb. am 1. Dezember 1934. Mutters Eltern stammten aus Jöllenbeck: Otto Jaschek und Anna Jaschek, geb. Klinge. Vater hingegen war bei Pflegeeltern aufgewachsen, die ihn aus einem Kinderheim geholt hatten. Das Ehepaar Stahl. Auf einem beigehefteten Zettel stand der Name von Vaters leiblicher Mutter: Gertrud Posch, wohnhaft in Borgholzhausen.

Er blinzelte in die Luft mit seinen blassblauen Augen.

Hatte er eigentlich gewusst, dass Vater keinen richtigen Vater hatte? Von den Großeltern war nie die Rede gewesen. Bettina und er hatten niemals eine Oma oder einen Opa gehabt. Als wären Vater und Mutter wie Pflanzen aus der Erde gewachsen, ohne sich ihrer eigenen Eltern zu erinnern. Es musste damals doch ein ziemlicher Aufstand gewesen sein, als Gertrud Posch ein uneheliches Kind bekam. Vielleicht hatte man sie gezwungen, es wegzugeben.

Er blätterte weiter. Am 10. Februar 1964 hatten Vater und Mutter geheiratet. Trauzeugen waren ein Franz Kaufmann und eine Meta Köster. Beide Namen hatte er nie gehört. Vater und Mutter besaßen beide keine Geschwister, die sie hätten bitten können, und auch sonst keine Verwandten. Ebenso schienen alle früheren Freunde mit ihrer Heirat verschwunden zu sein. Stattdessen hatten zwei Fremde im Stammbuch unterschrieben.

Er blätterte weiter. Bettina, geb. am 8. Juni 1964. Er rechnete nach. Er war ja nicht dumm. Drei und drei konnte er durchaus zusammenzählen, und so ging ihm zum ersten Mal wirklich auf, dass Bettina bereits auf dem Weg gewesen war, als seine Eltern geheiratet hatten. Es war beschämend, dies Detail zu durchschauen. Das wollte er gar nicht wissen. Immerhin hatten sie geheiratet. Dann entdeckte er seine eigene Geburtsurkunde. Albert Stahl, geb. am 1. Oktober 1970. Und danach kam nichts mehr.

Er hob den Kopf, weil er glaubte, ein Geräusch zu hören. Er musste sich täuschen. Er war ja allein im Haus. Vater würde erst am Abend nach Hause kommen. Mutter hatte einen Termin beim Arzt, der sie mindestens noch eine Stunde fernhalten würde. Einen Augenblick später hörte er das Geräusch jedoch wieder. Ein Rascheln und ein Schaben. Ein hölzernes Knarren, als würden sich leichte Schritte über seinem Kopf bewegen. Er zog den Kopf ein. Über ihm befand sich Bettinas Zimmer, und dort war nichts, nur Staub und Moder. Vielleicht hatten sich Ratten eingenistet. Er schüttelte sich.

Er klappte das Stammbuch zu und öffnete die graue Mappe. Da musste noch etwas anderes sein. Er blätterte in Mutters Unterlagen aus dem Krankenhaus. Impfnachweise, Belege der Rentenkassen, eine Hypothekenverschreibung. Briefe eines Notars bezüglich einer Erbschaftsangelegenheit. Wer hatte denn etwas geerbt? Da stand der Name. Erblasser war Otto Jaschek. Mutters Vater. Gestorben im Herbst 1964, kurz nach Bettinas Geburt. Anna Jaschek war bereits einige Jahre früher gestorben. Otto Jaschek hinterließ seiner einzigen Tochter alles, was er hatte. Oder doch nicht? Nein, sie bekam nicht alles. Es gab noch einen anderen Erben.

Seine Hände begannen zu zittern. Er verglich Namen, Daten und Aktenzeichen. Nun ergab alles einen Sinn. Das Geflüster. Das Getuschel hinter vorgehaltener Hand. Das abgelegene Haus. Ihr Einsiedlerleben. Darum wurden sie gemieden. Darum luden die Schulkameraden ihn nicht ein. Darum waren die Eltern der anderen Kinder immer darauf bedacht gewesen, ihn und Bettina von ihren Sprösslingen fern zu halten, als hätten sie einen Aussatz, eine ansteckende Krankheit, vor der man sich ekeln musste.

Mutters Strenge erklärte sich. Ihr scharfer Ton, damit sie ihre Zimmer ordentlich hielten und fleißig beteten. Damit das Schlechte, das in ihren Kindern zweifellos nistete, nicht zum Vorschein drängte. Mutters furchtsame Blicke, wenn er oder Bettina krank gewesen waren. Oder einen Ausschlag bekamen. Oder in der Schule gehänselt wurden. Oder wenn sie nächtliche Alpträume hatten. Als müsse alles Schlechte seine Ursache in diesem einen Grunde haben. Es war furchtbar. Widerlich. Und krank, jawohl, krank war das!

Er warf die graue Mappe zurück in die Schatulle, deren zerstörtes Schloss sich nicht mehr schließen ließ. Er rannte aus dem Haus, um niemals wiederzukommen.

10.

Mutter stand in der Küche und machte Rührei in der Pfanne.

„Wo bist du gewesen?“, fragte sie, als er vor Kälte schlotternd in der Tür auftauchte.

„Im Wald“, murmelte er, während er auf den Boden starrte, als wolle er die Fliesen zählen.

Mutter schaute auf. Ihre Augen waren wie ein Skalpell, das seine Stirn aufschnitt und direkt in seine Gedanken drang.

„Was hast du getan?“, fragte sie, denn es war offensichtlich, dass er etwas getan hatte.

„Nichts, was schlimmer wäre als das, was ihr getan habt!“, sagte er mit einem aufbrausenden Ton, der sogar seine farblosen Augen zum Sprühen brachte.

Mutter fragte kein weiteres Mal. Sie hatte gewusst, dass es eines Tages so kommen würde. Sie ließ das Rührei stehen und ging an ihm vorbei ins Wohnzimmer, öffnete den Schrank und warf einen Blick auf die Schatulle. Das zerbrochene Schloss schrie sein Geheimnis heraus.

„Wenn Vater das sieht, wird es dir schlecht gehen“, sagte sie in einem Ton, der zugleich drohend und furchtsam klang. Das Ende ihres Familienlebens, so kalt und unbefriedigend es auch sein mochte, war gekommen. Nun galt es, Entscheidungen zu treffen.

„Hat er dir das angetan?", fragte der Junge.

„Ja!", sagte Mutter so rasch, dass ihm keine Zeit blieb, zu überlegen, was seine Frage eigentlich bezweckte. „Ich erfuhr es erst, als wir schon verheiratet waren. Als deine Schwester schon unterwegs war. Da war es zu spät, noch etwas zu ändern."

„Aber Vater wusste es vorher?"

„Er wusste es die ganze Zeit."

11.

Mehr brauchten sie nicht zu reden. Das Rührei brannte in der Pfanne an, und Mutter eilte zum Herd, um es zu wenden. Dann stellte sie die Teller auf den Tisch, und die Tür der Werkstatt öffnete sich. Vater schien immer zu riechen, wann das Essen fertig war. Ohne ein Wort setzte er sich an den Tisch und begann das Brot zu schneiden. Und dann fiel das entscheidende Wort.

„Ich muss morgen zur Bank wegen der Verlängerung der Hypothekenraten", sagte Vater, während er auf sein Brot und die Eier schaute. „Ich gehe gleich die Papiere durch, und du musst auch unterschreiben."

Mutter nickte stumm und warf einen Blick zu ihrem Sohn, der sich wie von einer Nadel gestochen aufgerichtet hatte. Vater würde an den Aktenschrank gehen. Er würde das zerbrochene Schloss entdecken.

„Albert, gehe doch in den Keller und hole mir ein Bier", sagte er mit vollem Mund.

Aber noch ehe der Sohn antworten konnte, sagte Mutter: „Lass den Jungen essen! Du kannst ebenso gut selbst in den Keller gehen und dein Bier holen. Und nimm die leeren Flaschen mit runter. Und die beiden Einmachgläser."

Vater erhob sich. Mit der einen Hand griff er drei leere Flaschen, die auf dem Topfschrank standen, und mit der anderen die beiden Einmachgläser, die Mutter mit heißem Essigwasser ausgespült hatte. Mit dem Ellenbogen drückte er den Lichtschalter im Flur. Aber die Kellertreppe würde er im Dunkeln gehen, wie so oft, denn um den Drehschalter dort zu betätigen, müsste er erst wieder die Gläser abstellen.

Mutter nickte. „Geh schnell hinterher und schalte Vater das Licht ein, bevor ein Unglück geschieht", flüsterte sie.

Wie im Traum stand er auf. Seine Füße schienen zu schweben, sie machten keinen Laut. Er erreichte die Kellertür, drückte den Lichtschalter, Vater drehte sich um, mit einem überraschten Gesicht, und dann ... irgendwie ... verlor er das Gleichgewicht, als die Hand seines Sohnes ihn berührte, der ihn ... der ihm die Flaschen hatte abnehmen wollen ...

Das Poltern des schweren Körpers auf der Treppe war lauter als Donner. Mit aufgerissenen Augen hielt er sich die Hände vor den Mund. Mutter kam aus der Küche, schob ihn zur Seite und warf einen Blick nach unten. Sie schaltete das Kellerlicht wieder aus und schob ihn zurück in die Küche. Dort wählte sie die Nummer des Polizeinotrufs, und während sie warteten, spülte sie Vaters Teller ab, den er ja nicht mehr brauchte. Sie stellte sein leeres Bierglas ins Wohnzimmer und schaltete den Fernseher ein.

„Hast du deine Hausaufgaben schon gemacht?", fragte sie. „Iss auf und dann hol deine Hefte."

Gehorsam schob er sich eine Gabel nach der anderen in den Mund. Das Leben ging ja weiter. Dann hörten sie Sirenen sich in der Dunkelheit nähern.

12.

Irgendwie brachte er das Schuljahr hinter sich. Dann verließ er die Schule und nahm einen Aushilfsjob beim Rummel an. „Junger Mann zum Mitreisen gesucht“, stand auf dem handgeschriebenen Pappschild, das während der Bielefelder Osterkirmes in der Kasse des Autoskooters klebte. Mutter gab ihm die Erlaubnis. Sie unterschrieb die Einwilligung, ohne den Versuch zu machen, es ihm auszureden. Es war das Beste. Sie blieb in dem alten Haus am Waldrand alleine, wo nun niemand mehr ihr Verlangen nach Ruhe und Stille störte, und er bekam einen Schlafplatz in einem Wohnwagen zugewiesen, den er mit drei anderen jungen Männern teilte, die bei verschiedenen Fahrgeschäften arbeiteten.

Als er neunzehn war, machte er den Führerschein und kaufte sich einen gebrauchten Wagen, was ihn unabhängig machte. Nun konnte er Mutter zwischen den einzelnen Kirmessen besuchen, ohne auf die umständlichen Bahnverbindungen Ostwestfalens zurückgreifen zu müssen. Er blieb nie lange in dem alten Haus, das mit schlechten Erinnerungen vollgestopft war bis unters Dach. Bettinas Zimmer war immer noch abgeschlossen und würde es auch bleiben bis zum jüngsten Tag. Manchmal, besonders in den Herbstnächten, wenn ihr Todestag sich näherte, glaubte er wieder, leise Schritte oder ein Rascheln von dort zu hören.

13.

Ein paar Jahre später kaufte er einen alten Wohnwagen, den er hinter seinen verbeulten Opel hängte. Nun hatte er alles, was er brauchte. Er hatte seinen ultimativen Lebensstandard erreicht und strebte nicht nach Höherem.

Mutter begann alt zu werden, und wenn er sie besuchte, führte er im Haus kleine Reparaturen aus, brachte eine stärkere Lampe an der Kellertreppe an, die durch einen Mechanismus von selbst ansprang, wenn die Kellertür geöffnet wurde. Mutter hatte die Gewohnheit entwickelt, ohne Licht die Treppen zu steigen, was sie früher nie getan hatte. Manchmal hatte er den Eindruck, sie wolle das Schicksal herausfordern. Als suche sie nach einer Möglichkeit, dem Schöpfer ihre Bestrafung möglich zu machen und es wie einen Unfall aussehen zu lassen. Sie wurde eigen mit den Jahren. Insofern beruhigte ihn der neue Mechanismus, denn da sie von Technik nichts verstand, würde sie die Lampe nicht daran hindern können, ihren Dienst zu tun.

Nachts lag er in seinem alten Zimmer und lauschte auf das Pfeifen des Windes. Die Bäume des Waldes, der dem Haus Stück für Stück näher zu rücken schien, ächzten. Die alten Fensterläden klapperten. Das Rascheln im Nebenzimmer war leiser geworden. Vielleicht lag es auch an seinen Ohren. Die Zeit machte schwerhörig. Er lauschte mit aller Kraft und Andacht, doch da war nichts mehr. Er weinte eine ganze Nacht.

14.

Er wischte den Linoleumboden und lüftete das muffige Bettzeug. Er reinigte die Sitzpolster der beiden Stühle mit einem speziellen Schaum. Er nahm sogar die gelblichen Gardinen von den beiden Bullaugenfenstern ab und steckte sie in Mutters Waschmaschine. Er glättete die Kleider im Schrankfach, legte ein neues Stück Lavendelseife zwischen die Rüschenblusen, und machte alles bereit für eine neue Saison. Er füllte den kleinen Kühlschrank mit Milch, Butter und neuer Himbeermarmelade. Ins Küchenschränkchen stellte er ein Paket Würfelzucker und ein Glas löslichen Kaffee. Das war alles. Für den Rest wurde gesorgt.

Die Ohrringe, die sich in dem roten Lacktäschchen befanden, wanderten in seine Hosentasche. Es war gut, sie dort zu wissen. Er zählte seine Fläschchen. Fünf Stück waren es noch. Wenn sie aufgebraucht waren, würde er neue besorgen. Inzwischen wusste er, dass man nur nach Hannover zum Hauptbahnhof fahren und dort ein wenig herumstehen musste, bis man das Zeug angeboten bekam. Er schnappte viele Dinge auf, und einige davon waren nützlich.

Über das Unglück mit Vater hatten er und Mutter nie gesprochen. Mutter hatte nie eine Frage gestellt. Als er nach Vaters Begräbnis hatte erklären wollen, wie es zu dem Sturz gekommen war, hatte sie den Kopf geschüttelt. Sie wollte das gar nicht so genau wissen. Als glaube sie, dass es etwas gäbe, das Schweigen verlangte.

Seitdem hatte sie ihn nicht mehr angerührt. Nie wieder hatte er eine Ohrfeige bekommen. Von einem Tag auf den anderen war er so etwas wie der Mann im Haus geworden. Mutter hatte ihm nach wie vor die Schulbrote geschmiert und die neue Wäsche für ihn rausgelegt. Aber sie tat es auf eine andere Weise. Seine Frühstücksbrote waren dicker belegt als früher. Nach ein paar Wochen hatte sie, ohne dass er darum gebeten hätte, sein Taschengeld erhöht, mit den Worten: „Du bist ja jetzt ein großer Junge, der bald sein eigenes Leben führen kann."

Er hatte das so verstanden, dass die Zeit für ihn reif sei zu gehen. Das hatte sie gemeint. Das Haus war nicht mehr groß genug für sie beide, obwohl nach Vaters Tod doch mehr Platz hätte da sein müssen. Aber Mutter brauchte ihn nicht mehr. Sie wollte nun ihre Ruhe haben und ihre Tage mit Gebeten oder kontemplativer Selbstgeißelung verbringen, und dafür brauchte sie niemanden. Sie hatte viel zu sühnen, und vielleicht war Einsamkeit ein Teil der Strafe, die sie sich selbst auferlegte. Vielleicht war es ganz gut, wenn sie ein paar Zweifel bewahrte. Warum sollte ihr Leben leichter sein als seines?

Sünne Peider

1.

Mitte Februar setzte Tauwetter ein. Albert Stahl hängte den Wohnwagen an seinen Opel, ließ sich von Mutter noch ein paar Salamistullen schmieren, und startete Richtung Versmold, wo Sünne Peider, der St.-Petri-Markt vor der Tür stand. Gutgelaunt half er beim Aufbau von Müllers Festzelt, putzte am Abend seine Schuhe und legte ein gebügeltes Hemd bereit, für den Fall, dass er nicht nur spülen und fegen, sondern auch kellnern sollte.

In unmittelbarer Nähe des Festzelts befanden sich mehrere große Fahrgeschäfte. Am Nachmittag des ersten Tages reichten die Schlangen der Leute, die am ‚Todeswurm' anstanden, bis fast zum Haupteingang.

„Albert!", rief der alte Müller aus der Küche. Wenn Not am Mann war, kochte er auch selber.

Stahl schaute auf.

„Du machst um achtzehn Uhr Pause. Dann ziehst du dich um und hilfst beim Kellnern bis zum Schluss."

Stahl nickte. Heinz, der Oberkellner, der auch in dieser Saison wieder dabei war, grinste. Er war ein widerwärtiger Typ. Es war unbegreiflich, was die Frauen an ihm fanden. Er war immer schlecht rasiert, seine Haare waren zu lang, seine dunklen Augen unangenehm durchdringend. Vielleicht gefiel es den Frauen, wie Dreck behandelt zu werden. Wer wusste schon, was in ihnen vorging? Stahl dachte an das Fläschchen, das er sich in die Westentasche stecken würde, wenn er sich umzog. Die Mädchen, die ihm gefielen, waren viel mehr wert als die ganzen widerlichen Weiber, die sich mit Typen wie dem Oberkellner abgaben.

Kurz vor achtzehn Uhr wurde es voll im Festzelt. Draußen hatte es angefangen zu nieseln. Ein böiger Wind fegte durch die noch kahlen Bäume. Inmitten einer Horde junger Leute stand ein Mädchen mit so vielen feinen Regentröpfchen im Haar, dass es wie eine Diamantenkrone funkelte. So fing das Jahr also an. Mit einer Prinzessin. Am liebsten wäre Stahl hingegangen und hätte ihr jeden einzelnen Tropfen aus dem Haar gepustet. Stattdessen sandte er ein vages Lächeln in ihre Richtung, das sie natürlich nicht bemerkte. Sie hatte ein helles Gesicht mit großen, dunklen Augen, unter denen bläuliche Schatten lagen. Ihre Zähne waren schön, wenn sie lachte. Eines von diesen Geschöpfen, die keines besonderen Schmuckes bedurften, weil es selbst ein Schmuckstück war. Sie war bezaubernd, perfekt, und Stahl atmete schneller hinter dem Tresen, mit den Händen im Spülwasser und den Schuhen in einer Bierpfütze. Prinzessin, dachte er.

Als er sich umzog, strich er noch einmal die Bettdecke glatt. Sein Wagen stand nur wenige Meter vom Festzelt entfernt. Er würde es tun. Welchen Sinn hatte das alles denn sonst noch?

„Albert, wo bleibst du?“

Er konnte es nicht leiden, wenn jemand an sein Fenster klopfte. Er konnte es überhaupt nicht leiden, wenn sich jemand ungefragt seinem Wagen näherte.

„Was ist?“, fragte er mürrisch.

„Beeil dich gefälligst. Was trödelst du rum? Ich will auch Pause machen!“

Er zog die Krawatte gerade, nahm seine Weste und ging zurück ins Zelt. Das Mädchen war noch da. Der Regen war hilfreich. Solange es regnete, würde sie nicht gehen. Die Betreiber der Fahrgeschäfte machten lange

Gesichter, aber im Festzelt brummte es. Heinrich Müller hatte sich Mühe gegeben, zum Auftakt eine gute Band zu engagieren. Nicht die abgewrackten Schlagerfuzzys vom letzten Jahr. Die Tautropfen im Haar des Mädchens waren inzwischen getrocknet. Sie hatte sich mit ihrem Grüppchen einen Tisch erobert. Sie bestellten Bier, Cola und Brezeln.

Als die Band ihr erstes Set beendet hatte, folgte als Einlage eine Karaoke-Show. Johlender Applaus. Die Leute schienen darauf aus zu sein, sich lächerlich zu machen. Stahl hörte weg und nahm weiter Bestellungen auf. Dann sah er plötzlich, dass das Mädchen sich erhob. Ihre Kumpel applaudierten. Mit einem Lächeln flüsterte sie dem Mann, der die Show leitete, etwas ins Ohr.

„Applaus für die nächste Künstlerin. Sie heißt Blanka und singt für uns ..."

„Xanadu", hauchte Blanka ins Mikrofon.

Wie elektrisiert blieb Stahl stehen. Pfiffe und Johlen aus der Menge, und ein besoffener Typ rief, dass Blanka sich ausziehen solle. Stahl schaute sich um, mit brennenden Augen. Wenn er das Schwein erwischte, würde er ihn eigenhändig rauswerfen! Er stellte sein Tablett auf dem Tresen ab und streichelte mit einer Fingerspitze die Ohrringe in seiner Hosentasche. Sie würde sehr hübsch damit aussehen. Xanadu. Es gab solche Dinge. Verwandte Seelen. In den Zeitschriften, die er manchmal aus dem Altpapier fischte, hatte er darüber gelesen. Sie hätte ja auch jedes andere Lied singen können.

Als die Musik verstummte, lief Blanka lachend zurück zu ihrem Platz. Ihre Freunde bestellten noch ein Bier für sie. Albert Stahl, der in der Nähe des Tisches stand, nickte.

„Sofort", sagte er. „Ein Bier für die Künstlerin."

Sie schenkte ihm ein etwas abwesendes Lächeln. Er holte das Bier, tat so, als wolle er den übergequollenen Schaum wegwischen. Dabei zog er das Fläschchen aus der Westentasche. In diesem Moment erhielt er einen Stoß in den Rücken. Ein Zechbruder hatte ihn angerempelt.

„Vollidiot!“, zischte Stahl. Es kostete ihn Mühe, den Mann nicht zu ohrfeigen. Ein Teil der Tropfen war neben dem Glas gelandet. Aber er konnte jetzt kein neues Fläschchen holen. Mit seinem Lappen wischte er die verschütteten Tropfen weg und brachte das Bier an den Tisch.

2.

Kommissar Wilke war schlechtgelaunt und sehnte sich zurück an die Costa Brava. Rothmanns argwöhnte, dass sein Chef bei irgendeinem Strandspaziergang sein Herz verloren hatte, aber er hütete sich, das auszusprechen. Nach dem Valentinstag fand sich ein Blumentopf mit Krokussen auf Wilkes Schreibtisch ein, Zeichen, dass der Frühling anbrach. Die Züge des alten Brummbären belebten sich ein wenig und er wurde wieder umgänglicher. Wahrscheinlich dachte er insgeheim schon an seinen Osterurlaub.

Am zweiundzwanzigsten Februar gab es dann ein Ärgernis, das sie wie ein Peitschenhieb auffahren ließ. Am frühen Vormittag rief ein Kollege aus Versmold im Bielefelder Präsidium an. Auf dem St.-Petri-Markt hatte es eine Vermisstenmeldung gegeben, die sich im Nachhinein als bedenklich zu erweisen schien. Ein siebzehnjähriges Mädchen war nicht nach Hause gekommen. Zunächst nichts Ungewöhnliches, denn Siebzehnjährige hatten die

Eigenschaft, manchmal zu verschwinden und ebenso plötzlich wieder aufzutauchen. Am nächsten Morgen hatte man das Mädchen auch tatsächlich gefunden, allerdings nicht im Lotterbett eines Freundes, sondern unterkühlt und nicht ansprechbar auf einer kleinen Grünfläche nahe der Kirmes. Ihr Atem war flach, ihre Augen geschlossen. Sie reagierte nicht. Ihr Mund war mit rosafarbenem Lippenstift verschmiert, der auf dem bleichen Gesicht grell wie eine Farbbombe wirkte. Einer der Beamten, die gerufen wurden, erinnerte sich, in den internen Bekanntmachungen von ähnlichen Fällen in Detmold und Schloß Holte gelesen zu haben.

Kommissar Wilke sprang auf wie von einer Tarantel gestochen. „Lassen sie ihr Blut auf GHB untersuchen!“, bellte er ins Telefon.

Rothmanns verstand zunächst nur Bahnhof.

„Während wir hier rumtrödeln und Daten wälzen, hat der Typ wieder zugeschlagen!“, rief Wilke und griff nach seinem Schal.

Als sie das Krankenhaus in Versmold erreichten, war das Mädchen wieder bei Bewusstsein. Mit ein bisschen Einfühlungsvermögen würde eventuell schon eine kurze Einvernahme möglich sein, sagte der Arzt, der sich des Falles angenommen hatte

„Einfühlungsvermögen bringen wir mit“, versprach Wilke und drängte darauf, sie zu sehen.

Sein Einfühlungsvermögen reichte jedoch nicht. Das junge Mädchen, Blanka Bozan, war zwar wach, aber auch mit der größten Behutsamkeit nicht in der Lage, verwertbare Angaben zu machen. Mit dunkel umrandeten Augen lag sie im Krankenbett. Sie war blass, ihre Ohren waren gerötet, und sie war erschöpft von langen Brechanfällen. Sie zitterte am ganzen Körper. Wahrscheinlich stand sie unter Schock. Sie glaubte, im Land Xanadu gewesen zu sein. Dort hatte jemand ihr etwas Rotes gezeigt. Aber vielleicht war das auch nur ein Traum gewesen. Sonst erinnerte sie sich an nichts.

„Wir lassen sie besser in Ruhe", murmelte der Kommissar, der nach drei Sätzen merkte, dass eine Befragung nichts bringen würde.

Der Chefarzt bat Wilke und Rothmanns in sein Büro.

„Ich bin ihnen sehr dankbar für den Hinweis bezüglich GHB", sagte er. „Wir haben daraufhin auch den Urin des Mädchens untersucht. Die Ergebnisse sind mir gerade vor zwei Minuten reingereicht worden. Positiv. Wir haben tatsächlich Restmengen von Gamma-Hydroxy-Butirat feststellen können. Ein paar Stunden später wäre nichts mehr nachweisbar gewesen."

„Ich wusste es!", rief Wilke und hieb mit der Faust auf den Tisch. „Es ist das gleiche Schwein, dass Claudia Prick auf dem Gewissen hat!"

„Glauben sie etwa, er wollte das GHB als Mordwaffe benutzen?", fragte der Doktor, der mit seinem sorgfältig getrimmten Kinnbart und den schmalen, gepflegten Händen den Eindruck eines Narziss erweckte. „Um einen Mord zu begehen, hätte er dem Mädchen eine viel höhere Dosis verabreichen müssen. So hat sie sich nur die Seele aus dem Leib gekotzt. Das ist zwar nicht schön, wird aber keine bleibenden Schäden hinterlassen. Ich denke, dass wir sie morgen bereits wieder entlassen können."

„Sie haben Recht", sagte Wilke. „Juristisch gesehen kann man es wohl nicht als Mordversuch bezeichnen. Er verabreicht den Mädchen das Zeug nicht mit dem Ziel, sie umzubringen. Aber er nimmt ihren Tod billigend in Kauf, was faktisch auf das Gleiche hinausläuft."

„Ungefährlich ist es natürlich nie, jemandem Drogen

ins Glas zu kippen“, sagte der Doktor, der noch einmal in den Befunden blätterte. „Besonders in Verbindung mit Alkohol ist die Wirkung schwer einschätzbar. Verwirrtheit, Gedächtnisstörungen bis hin zur Amnesie, Bewusstlosigkeit, Lähmung des Atemzentrums. Das kann alles passieren. Letzteres endet oft in einem komatösen Zustand. So gesehen ist es reine Glückssache, wenn ein Mädchen mit einem blauen Auge davonkommt.“

„Die junge Frau in Detmold letzten November ist erfroren“, sagte der Kommissar. „Ich weiß nicht, ob Sie davon gehört haben. Sie ist nicht aufgewacht, als es zu schneien anfing.“

Der Mann im weißen Kittel nickte. „Ich habe davon in der Zeitung gelesen. Vielleicht ist der Täter sich über die möglichen Konsequenzen nicht im Klaren.“

„Ich glaube eher, dass ihm die Konsequenzen scheißegal sind“, sagte Wilke grob. „Es geht ihm nur um seine eigene Befriedigung – worin diese auch immer bestehen mag.“

„Das Mädchen ist nicht missbraucht worden. Jedenfalls nicht im klassischen Sinne. Das haben wir natürlich überprüft“, sagte der Arzt, „Überhaupt keine Zeichen von Gewalteinwirkung. Was auch immer er mit ihnen macht, das GHB bringt jede Gegenwehr zum Erlöschen.“

„Ist noch etwas von dem Lippenstift vorhanden, mit dem sie geschminkt war? Wir müssen nach allen Indizien fischen, derer wir habhaft werden können.“

„Ja“, sagte der Doktor, der ein umsichtiger Mensch war. Aus seiner Schublade zog er ein Plastiktütchen. „Einer der Beamten, die sie herbrachten, meinte, dass der Lippenstift ein Indiz sein könnte. Ich habe ihn ihr mit einer Papierserviette abgewischt.“

In der Tüte befand sich eine rosabefleckte Serviette.

Wilke nickte. „Gut. Das geht sofort in unser Labor. Wir werden überprüfen, ob es sich um den gleichen Lippenstift wie bei Claudia Prick handelt. Ich habe dem Mädchen gerade zwei oder drei Fragen gestellt. Aber es ist witzlos. Sie kriegt kaum einen Satz zusammen."

„Das sind die Nachwirkungen. Leicht unterkühlt war sie auch. Zum Glück war die letzte Nacht ziemlich mild für Februar."

„Ja, zum Glück." Wilke stand auf. „Aber ich kann da nicht nachsichtig sein. Der Mann hat sich den Vorfall in Detmold keine Warnung sein lassen. Vielleicht findet er inzwischen Vergnügen daran, mit dem Leben der Mädchen zu spielen. Könnte man das erste Opfer juristisch noch als fahrlässige Tötung oder Körperverletzung mit Todesfolge werten, ändert sich dieser Tatbestand mit Blanka Bozan: Wieder lässt er ein betäubtes Mädchen die ganze Nacht draußen liegen. Der Gedanke an ihren möglichen Tod könnte zu einem Teil des Spiels geworden sein. Aus Erfahrung wissen wir, dass die meisten Triebtäter im Laufe der Zeit immer stärkere Reize brauchen und immer mehr Hemmschwellen überschreiten."

3.

„Du weißt, was du zu tun hast", sagte der Kommissar zu seinem Assistenten, nachdem sie das Krankenhaus verlassen hatten. Sie gingen in Richtung Innenstadt, wo die ersten Fahrgeschäfte schon wieder geöffnet hatten. „Welche der Betriebe, die in Detmold und auf dem Pollhans waren, befinden sich nun in Versmold? Die fahren doch nicht einfach auf gut Glück durch die Gegend. Das wird doch Monate im Voraus angemeldet. Wenn wir den Verdacht auf eine kleine Zahl von Betrieben reduzieren können, lässt sich vielleicht absehen, wo der Kerl das nächste Mal auftauchen wird."

„Was glauben Sie? War es der Zuckerwattemann? Oder der gruselige Typ von der Geisterbahn?", fragte Rothmanns mit unangebrachtem Sarkasmus.

„Weder noch", sagte der Kommissar mit ernstem Gesicht. „Logisch wäre es, wenn er dort arbeitet, wo Getränke serviert werden. Das Liquid Extasy heißt nicht umsonst Liquid Extasy. Man kippt es dem Opfer ins Glas. Und wem würde das leichter fallen als einem Barmann oder einem Kellner?"

„Das klingt fast zu simpel", bemerkte Rothmanns, der dem stärker werdenden Trubel einen positiven Genuss abzuringen versuchte.

„Zu simpel gibt es gar nicht! Man soll niemals verwickelte Fäden spinnen, wenn es auch einfach geht", dozierte der Kommissar. „Eine meiner ersten Lektionen: Bloß nichts unnötig verkomplizieren. Die meisten Gewaltverbrecher sind eher schlichte Gemüter. Sonst würden sie nämlich eine andere Form der Problembewältigung finden. Ich denke auch in diesem Fall nicht, dass wir es mit einem Genie zu tun haben. Er malt den Mädchen die Lippen an. Vielleicht tut er auch noch andere Dinge mit ihnen, die keine Spuren hinterlassen. Die Mädchen sind ohnmächtig, hilflos, ausgeliefert. Das gibt ihm eine Art von Befriedigung. Er macht sie zu einem Phantasieprodukt. Er verwandelt sie in ein Idealbild, richtet sie so her, dass sie ihn an jemanden erinnern. Darum der Lippenstift. Vielleicht hat er seiner ersten Freundin gehört."

„Oder seiner Mutter", sagte Rothmanns.

„Oder seiner Mutter", wiederholte der Kommissar. „Oder einer anderen Bezugsperson. Unsere Erinnerung ist ein ganz eigenes Reich. Manchmal genügen Kleinigkeiten, um sie wieder zum Leben zu erwecken. Möglicherweise verwendet er auch noch weitere Requisiten."

„Kann es sein, dass er sie verkleidet? Denken Sie an die schwarzen Fasern, die auf der Jacke von Claudia Prick gefunden wurden."

„Zum Beispiel. In ihrem Kleiderschrank hast du ja nichts dergleichen gefunden."

Rothmanns schüttelte den Kopf. „Nein, sie besaß nichts mit Plüsch. Außerdem sind auf Pricks Kleidung auch fremde Haare gefunden worden. Hautschüppchen verschiedener Personen, was natürlich kein Wunder ist, wenn man sich auf der Kirmes ins Gedränge stürzt. Aber natürlich ist nicht ausgeschlossen, dass sich auch Spuren des Täters darunter befinden."

„Das wird uns wenig helfen." Der Kommissar verlangsamte seinen Schritt. „Strafrechtlich gesehen halte ich den Täter für einen Anfänger. Ich glaube nicht, dass wir ihn schon in unseren Akten haben."

Er trat an einen Stand, wo gebrannte Mandeln und Türkischer Honig verkauft wurden.

„Kommt da die alte Naschkatze zum Vorschein?", grinste Rothmanns.

„Ich gebe zu, dass ich ein Genussmensch bin", sagte Wilke und ließ sich eine Tüte Türkischen Honig abfüllen. „In gewissen Momenten würde ich mich sogar als Hedonisten bezeichnen."

„Sie überraschen mich immer wieder, Chef", sagte Rothmanns, der seinerseits eine Portion Schmalzkuchen bestellte.

Send

1.

Von Donnerstag vor Laetare, dem vierten Sonntag nach Beginn der Fastenzeit, bis zum folgenden Montag, fand in Münster der Frühjahrssend statt. Der Festplatz lag nahe der Innenstadt vor dem Münsteraner Schloss. Die Münsteraner Kollegen erwiesen sich allerdings als Sturköpfe, die sich den Rechercheergebnissen gegenüber zwar interessiert zeigten, aber Wilkes Befürchtungen nicht teilten und in Münster keinen konkreten Handlungsbedarf sahen.

„Es kann ja ebenso gut sein, dass ihr Täter auf der Frühjahrskirmes in Brackwede auftaucht, gleich vor Ihrer Haustür", sagte Wilkes Amtskollege Gerber in gemütlichem Ton. „Oder auf der Osterkirmes in Herford. Haben Sie daran gedacht? Warum setzen Sie nicht dort mit Ihren Ermittlungen an?"

„Weil wir Grund zu der Annahme haben, dass er in Münster zuschlagen wird", erklärte Wilke mit engelsgleicher Ruhe zum fünften Mal. „Von den Fahrgeschäften und Schankbetrieben, die sich in Detmold, Schloß Holte und Versmold aufhielten, ist kein einziger für Brackwede oder Herford angemeldet. Mehrere hingegen für Münster. Das ist für uns Grund genug, ein wachsames Auge auf den Send zu haben."

„Sollte es auf dem Send zu außergewöhnlichen Vorfällen kommen, werden wir Sie unverzüglich in Kenntnis setzen", sagte der Amtskollege lahm.

„Das genügt nicht!", antwortete Wilke, der allmählich die Ruhe verlor. „Wenn Sie erst warten, dass etwas passiert, ist es zu spät. Es geht darum, Präventivmaßnahmen zu ergreifen."

„Wenn Sie wollen, dann kommen Sie. Wir geben Ihnen beschränkte Handlungsvollmacht. Führen Sie die Befragungen durch, die Sie für nötig halten. Wenn sich dann Ihre Verdachtsmomente erhärten, können Sie mit unserer vollen Unterstützung rechnen."

„Danke", knirschte Wilke und warf den Hörer auf die Gabel.

So kam es, dass der Bielefelder Kommissar und sein Assistent das Sendwochenende in Münster verbrachten, einquartiert in einer kleinen Familienpension, wo die Schlüsselanhänger mit handgemalten Blumen verziert waren. Man hatte ihnen zwei junge Kollegen zur Seite gestellt, die ihnen gegebenenfalls unterstützend unter die Arme greifen konnten – oder sie auch einfach nur im Auge behielten. Die Einvernahme von rund zwei Dutzend in Frage kommenden Jahrmarktsangestellten, die fast den ganzen Tag dauerte, verlief jedoch im Sande. Keiner wusste etwas, keiner hatte was gesehen. Und selbst wenn einer was gesehen hatte, würde er es wahrscheinlich nicht sagen. Am Ende hatten sie nichts als heiße Luft geerntet und Blasen an den Füßen, und die beiden Grünschnäbel, die ihnen auf der Pelle hingen, machten gelangweilte Mienen.

„Auf diese so genannte Amtshilfe hätten wir ebenso gut verzichten können", lästerte Rothmanns, nachdem die beiden sich verabschiedet hatten. „Die müssen uns für vollkommene Trottel halten."

„Möchtest du eine Currywurst?", fragte Wilke, der keine Lust hatte, sich aufzuregen. Der Tag war enervierend genug gewesen.

„Manchmal habe ich den Eindruck, dass wir auf verschiedenen Planeten leben. Aber in manchen Dingen verstehen wir uns", sagte Rothmanns und lächelte dünn.

„Wenn wir uns schon die Füße wund laufen, dann

wollen wir es wenigstens genießen." Wilke bestellte zur Currywurst noch zwei große Bier.

„Unsere Befragungen können wir uns in die Haare schmieren", sagte Rothmanns mit vollem Mund. „Zu allem Überfluss ist der Täter jetzt womöglich gewarnt."

Der Kommissar würzte seine Currywurst nach. „Zu lasch", sagte er.

Rothmanns nickte und mischte Senf unter seine rote Soße.

„Was die Befragungen betrifft, gebe ich dir Recht", sagte Wilke. „Immerhin haben wir getan, was wir konnten. Und das beruhigt zumindest mein Gewissen."

„Hauptsache, Sie haben ein ruhiges Gewissen und einen vollen Magen, ja?", grinste Rothmanns mit einem Unterton, der ihm vom Dienstgrad her nicht zustand.

„Genau", sagte Wilke, der über solchen Bemerkungen stand, mit Seelenruhe. „Proletarier denken immer nur an ihren Magen!"

„Sie und Ihre proletarische Herkunft", erwiderte Rothmanns, den das Bier übermütig machte. „Wenn Sie die nicht hätten, würde Ihnen wirklich etwas fehlen!"

Der Kommissar hob nur die Schultern. Er ließ sich die Currywurst schmecken und spendierte grüne Götterspeise als Nachtisch, die in kleinen Plastikschälchen verkauft wurde. Danach bummelten sie weiter. Rothmanns war in Geberlaune und machte spitze Bemerkungen über viele Dinge, und Wilke nickte und lächelte die ganze Zeit gemütlich. Aus den Augenwinkeln hielt er Ausschau nach etwas wirklich Gefährlichem, und sein Lächeln wurde breiter, als er es entdeckt hatte.

„Das ist doch der ‚Gurgler', nicht wahr?" Er wies in Richtung eines krakenartigen Fahrgeschäfts, das mit roten und gelben Lämpchen übersät war.

„Schon möglich“, sagte Rothmanns, von plötzlichem Misstrauen erfasst.

„Das ist doch das Karussell, das das Mädchen aus Schloß Holte erwähnte. Bei dem die Gondeln kopfüber gehen, nicht wahr?“

„Kann schon sein.“ Rothmanns, dem etwas schwante, wurde argwöhnisch.

„Das müssen wir überprüfen!“

„Was wollen Sie überprüfen, Chef? Sie wollen doch nicht etwa da mitfahren?“

„Wir werden beide mitfahren!“, sagte Wilke streng. „Das wird uns helfen, uns in das Mädchen hineinzuversetzen.“

Rothmanns verdrehte die Augen. „Aber das ist doch Blödsinn! Uns wird beiden kotzübel werden!“

„Mir nicht, mein Junge. Ich bin proletarische Vergnügungen gewöhnt.“

„Das ist Nötigung“, versuchte Rothmanns noch einmal sein Glück. „Sie können mich nicht dazu zwingen!“

„Sei keine Memme! Es bildet einen Teil unserer Ermittlungen. Das wird uns völlig neue Blickwinkel eröffnen.“

„Chef, ich würde lieber auf die Fahrt verzichten. Ich glaube, der Wackelpudding eben war zuviel des Guten.“

„Ingo, mein Junge. Wir müssen lernen, uns selbst zu überwinden. Das ist eine dienstliche Anordnung, der du dich nicht widersetzen kannst!“

Rothmanns wurde blass. Er dachte an das Bier und die Currywurst in seinem Magen.

„Nun wird nicht gejammert. Männer müssen da durch!“, bekräftigte der Kommissar, während er sich zu dem Kartenverkaufshäuschen vordrängte.

Nach Ende der Fahrt fühlte Wilke sich regelrecht erhoben, und geleitete seinen Assistenten, der blass geworden war, zurück in den Trubel.

„Noch ein Bier, Ingo?"

Rothmanns verneinte. Daraufhin zwang sein Chef ihn auch noch, mit in die ‚Heiße Maus' und den ‚Todeswurm' zu steigen.

2.

Albert Stahl blickte auf sein Brötchen nieder, das ihm nicht schmeckte. Er hatte die ewige Himbeermarmelade satt. Der Tisch klebte bereits wieder von dem Zeug, und der widerwärtige Geruch stieg ihm in die Nase. So schnell gewöhnte man sich die Dinge ab. Man konnte sich an allem überfressen. Dann musste etwas Neues her. Etwas, das noch süßer war und noch mehr klebte.

Das Mädchen aus Versmold war schnell verblasst, als wäre da eine Nebelwand in seinem Kopf. Er erinnerte sich kaum noch an ihr Gesicht. Manchmal dachte er noch an ihre Lippen. Oder an ihre Füße in den weißen Sandalen. Nur Details, losgelöst vom Rest. Auch ihren Namen hatte er schon vergessen. Das nächste Mal würde er eine höhere Dosis nehmen. Zwei Fläschchen wären besser. Sie hatte nicht richtig geschlafen. Ihre Augen waren offen gewesen. Als er ihr die Lippen anmalte, hatte sie ihn angestarrt, als würde sie in seinem Gesicht nach einem Zeichen suchen, an dem sie ihn später wiedererkannte.

Als er mit ihr fertig gewesen war, hatte er sie zu einer Bank in einem Grünstreifen gebracht. Sie hatte sofort versucht, aufzustehen. Dann war sie auf den Boden gefallen und liegen geblieben. Er war schnell davongegangen.

„Wozu das alles?“, murmelte er leise.

Die Saison hatte gerade erst begonnen, und schon wünschte er sich zurück in sein Kinderzimmer, wo niemand ihn störte, niemand etwas von ihm verlangte. Er hatte das alles satt. Die Mädchen verwandelten sich in Luft, sobald er sie fotografiert hatte. Und ihre Fotos glichen einander so sehr, dass er sie kaum noch voneinander unterscheiden konnte.

Stahl stand auf, ohne den Frühstückstisch abzuräumen. Er dachte daran, bei Müller zu kündigen und zu versuchen, mit einem anderen Zeltbetrieb nach Süddeutschland zu reisen. Oder vielleicht sollte er einfach den Inhalt der restlichen Fläschchen zusammenschütten und selber schlucken. So wie Bettina es gemacht hatte.

Er kämmte sich vor dem blinden Spiegel. Im Kamm blieben viele Haare hängen. Vielleicht wurde er krank. Auch Mutter hatte damals ihre Haare verloren. Er hatte keine sauberen Socken mehr, also suchte er aus dem Haufen Wäsche unterm Tisch das Paar hervor, das am wenigstens dreckig war. Nach dem Send würde er zu Mutter fahren. Er würde ihr sagen, dass er ihr ein ‚Gutes neues Jahr‘ gewünscht hatte, und dass sie es nur nicht hören konnte, weil sie gerade im Keller war. Dann wäre alles wieder gut. Vielleicht sollte er sie ins Vertrauen ziehen. Natürlich würde sie ärgerlich sein. Aber sie würde nicht zulassen, dass man ihn verhaftete. Was das betraf, hatte er sich immer auf sie verlassen können. Vielleicht sollte er ihr die restlichen Fläschchen geben, damit sie sie verwahrte. Dann könnte er der Versuchung nicht mehr erliegen.

In den letzten Tagen war Mutter aus einem unerfindlichen Grund am Telefon sehr kurz angebunden gewesen. Es war immer das gleiche Spiel. Er dachte wieder an die Stufen der Kellertreppe, die immer steiler zu werden schienen, je mehr Mutter den Heiland um Buße für ihre Sünden bat. Er lachte. Das würde niemals aufhören. Niemals.

Er steckte sich eines der Fläschchen in die Hosentasche. Dann hätte er es dabei, falls er es brauchte. Alles wurde zur Routine. Er dachte gar nicht mehr darüber nach, ob er ein Mädchen treffen wollte oder nicht. Es würde einfach geschehen, und er würde tun, was zu tun war. So wie er auch einem Regenschauer nicht auswich, der ihn überraschte. Er überlegte einen Moment. Dann nahm er ein zweites Fläschchen aus der Pappschachtel. Besser war besser. Sie sollte wirklich fest schlafen. Und je schneller er die Fläschchen verbrauchte, umso eher hatte die ganze Geschichte ein Ende. Danach würde er endlich wieder ruhig schlafen können.

3.

Der Oberkellner grinste dumm, als Stahl eine Bestellung falsch auslieferte.

„Albert!" Auch das Geschrei des alten Müller war wie immer.

„Da hinten hat jemand gekotzt. Mach das mal weg!"

Wie immer.

„Fünf Bier an die Bühne!" Ja, sofort. Das Bierfass war leer. Schnell ein neues heranholen. Ein Glas fiel um. Schnell die Scherben wegfegen, bevor sich jemand verletzte. Zwischendrin ein Mädchen mit schönen Haaren und niedlichen Ohren. Alles wie immer.

Albert Stahl trank einen Schluck Bier aus dem Glas, das er unter der Theke stehen hatte. Alle machten das.

Der alte Müller wollte das eigentlich nicht, aber er schaute auch nicht so genau hin. Es half, den Stress zu bewältigen. Wo war das Mädchen geblieben? Ah, dort hinten. Sie tanzte mit einer Freundin. Gut, gut. Vielleicht würde er es tun. Warum nicht. Dann wären die Fläschchen aus seiner Hosentasche verschwunden. Und die Restlichen würde er Mutter zur Verwahrung geben. Vielleicht könnte sie sie in die Metallschatulle schließen, in der auch die anderen Familiengeheimnisse ruhten.

Er nahm noch einen Schluck. Wo war das Mädchen? Sie tanzte noch. Nun mit einem jungen Mann. Ob das ihr Freund war? Nein, sicher nicht. Nach dem Tanz setzten sie sich wieder an den Tisch, aber nicht nebeneinander. Sie unterhielten sich auch nicht weiter. Gut. Er schaute zur Uhr. Eine halbe Stunde bis zu seiner Pause. Wenn sie dann noch da war, würde er es tun. Sonst eben nicht. Dann würde er auf eine andere warten. Im Grunde war es egal. Wenn er ihnen die Sandalen anzog und die Lippen anmalte, waren sie ohnehin alle gleich.

Kurz vor Beginn der Pause wurde an dem Tisch eine neue Runde bestellt. Er wollte gar nicht wissen, wie das Mädchen hieß. Sie brauchte keinen Namen. Sie war einfach nur das Mädchen aus Münster. Irgendein Mädchen. Er leerte den ganzen Inhalt der beiden Fläschchen in eines der Gläser. Dann stellte er es ihr direkt vor die Nase. Ohne freundliches Nicken. Einfach so. Ohne sie überhaupt anzusehen. Nun konnte er die beiden leeren Fläschchen wegwerfen. Sie hatten aufgehört, in seiner Tasche zu brennen.

Vom Tresen aus schaute er zu ihr rüber. Wenn sie nun einfach da sitzen blieb und am Tisch einschlief, konnte er es auch nicht ändern. Dann sollten ihre Freunde sich um sie kümmern. Vielleicht wäre es das Beste. Sie war blass. Vielleicht merkte sie schon, dass ihr langsam aber sicher übel wurde.

„Bleib doch sitzen und kotz auf den Boden. Ist doch egal“, murmelte er, den Spüllappen in seinen Händen wringend.

Aber sie stand auf. Sie vergaß sogar, ihre Handtasche mitzunehmen, die über der Stuhllehne hing. Nun musste er ihr nachgehen. Sie könnte auf dem Weg zur Toilette zusammenbrechen und in den Dreck fallen. Das konnte er nicht zulassen.

Er verließ das Zelt durch den Seitenausgang, fing das Mädchen auf dem Weg zur Toilette ab und führte sie durch die enge Gasse der Wohnwagen. Niemand sah ihn. Er legte sie auf sein Sofa, malte ihr die Lippen an, streifte ihr die Sandalen über, klippste die Ohrringe an ihre Ohren. Dann begann er zu fotografieren. Sie war völlig weggetreten. Unter ihren Lidern bewegten sich die Pupillen kaum. Manchmal zuckte sie mit den Händen, auf eine unkontrollierte Weise, die abstoßend war. Ihr rosafarbener Mund öffnete und schloss sich wie das Maul eines Fisches, der nach Luft schnappt. In ihrer Kehle war ein leichtes Gurgeln. Das fand er grässlich.

Nachdem er ein paar Fotos gemacht hatte, legte Stahl die Kamera beiseite und klopfte ihr auf die Wangen. Vielleicht war die Dosis doch zu hoch gewesen. Sie reagierte nicht, schnappte nur weiter nach Luft. Er musste sie loswerden. Sie durfte auf keinem Fall in seinem Wohnwagen aufhören zu atmen. Er zog ihr die Ohrringe ab, streifte ihr wieder ihre eigenen Schuhe über, und hob sie vom Sofa hoch. Weit konnte er sie in diesem Zustand nicht transportieren. Sie war nicht in der Lage, einen einzigen Schritt zu tun. Zum Glück war sie klein und zierlich. Kurzentschlossen nahm er sie auf den Arm und trug sie durch die Wohnwagengasse zurück. Er würde einfach einen kleinen Bogen machen und sie hinter den Toilettenwagen legen. So, als wäre ihr dort schlecht geworden. Es war ja nicht unglaubwürdig, dass sie das Zelt verlassen hatte, um sich irgendwo draußen zu übergeben. Das taten die Leute jeden Tag.

Hinter dem Toilettenwagen war es dunkel. Er ließ das Mädchen zu Boden gleiten. Da war nur hartes Straßenpflaster. Also richtete er sie in eine sitzende Position auf und lehnte sie mit dem Rücken gegen den Toilettenwagen. Ihre Augen waren immer noch geschlossen. Ihr Kopf neigte sich zur Seite, und aus ihrem Mundwinkel lief ein glänzender Speichelfaden. Albert Stahl dachte an etwas, das lange Zeit zurücklag. Er musste sich sehr zusammenreißen, um nicht zu schreien.

4.

Am Montagmorgen erhielt Kommissar Wilke bereits in aller Frühe einen Anruf, der ihn daran hinderte, den ersten Kaffee des Tages aufzustellen.

„Es ist passiert!“, fuhr er Rothmanns an, der verpennt ins Büro geschlendert kam.

Es war klar, was passiert war. Wilke murmelte Verwünschungen. So hatte es kommen müssen! Die Münsteraner hatten die Gefahr unterschätzt. Die laschen Sicherheitsvorkehrungen hatten nichts genützt. Die wenigen Polizisten in Zivil, die über den Send bummelten, hatten ein neues Unglück nicht verhindern können. Die anwesenden Cocktailbars, Bierbuden und die beiden Festzelte sollten zwar unter besonderer Beobachtung stehen, aber diese besondere Beobachtung war eine Lachnummer gewesen.

Rothmanns rannte, um als erster am Dienstwagen zu sein. Wenn sein Chef sich auf den Fahrersitz setzte, würde es ein Unglück geben.

„Ich könnte kotzen!“, rief der Kommissar, als er den Beifahrersitz nach hinten rückte, um seine Beine ausstrecken zu können.

Rothmanns manövrierte den Wagen vom Hof. Sie nahmen die Autobahn Richtung Dortmund bis Rheda-Wiedenbrück. Von dort fuhren sie über die Landstraße weiter. Beinahe zwei Stunden brauchten sie für die achtzig Kilometer. Hinter Warendorf staute sich der Verkehr vor einer Baustelle, und der Kommissar schimpfte auf dem Beifahrersitz wie ein Rohrspatz. Als sie Münster erreichten, befand sich das tote Mädchen längst in der Gerichtsmedizin. Kommissar Gerber, Wilkes Amtskollege, empfing sie mit Leichenbittermiene. Es fiel Wilke sichtlich schwer, nicht mit einer Dummheit wie ‚Ich habe es ja gleich gesagt‘ herauszuplatzen. Das wäre wenig konstruktiv gewesen.

Gerber gab sich freundlicher als noch vor drei Tagen. Er kredenzte ihnen sogar ein brauchbares Frühstück.

„Wer ist das Mädchen“, fragte Wilke ohne Umschweife, das Frühstück verschmähend wie eine indignierte Majestät.

Gerber zog das Plastiktütchen hervor, in dem sich der Ausweis der jungen Frau befand. „Sie heißt Marie Mindermann. Neunzehn Jahre alt.“

Wilke betrachtete das Foto. Marie Mindermann war hübsch, wenn auch nicht außergewöhnlich. Lange, glatte Haare. Sonst keine Auffälligkeiten.

„Können wir sie sehen?“

Rothmanns kaute langsamer. Er hätte lieber darauf verzichtet. Aber sein Chef schwor auf Anschauung aus nächster Nähe.

„Wenn Sie wollen, gerne“, sagte Gerber. „Ich werde Sie begleiten.“

„Wo hat man sie gefunden?“

Gerber schob einen Stadtplan auf die Mitte des Tisches.

„Hier. Direkt am Festplatz. Auf dieser Ecke steht ein Toilettenwagen. Da lag sie. Ein Straßenkehrer hat sie entdeckt.“

Der Kommissar ächzte. „War sie bereits vermisst gemeldet?“

„Nein. Wir haben bis jetzt auch noch keine Angehörigen erreicht. Das Mädchen ist im Haus der Eltern gemeldet, aber dort haben wir niemanden angetroffen. Die sind vielleicht in Osterurlaub.“

„Wenn Sie auf mich gehört hätten ...“ Wider besseren Wissens gab Wilke seine Zurückhaltung auf.

5.

Es war später Nachmittag, als Wilke und Rothmanns wieder das heimische Büro anliefen. Wilke schaltete den Computer an. Rothmanns war schweigsam. Der Anblick der jungen Toten war ihm auf den Magen geschlagen. Nachdem sie wieder an der frischen Luft gewesen waren, hatte er mit zittriger Stimme erwähnt, dass sie ihn an seine kleine Schwester erinnerte.

„Im Grunde alles wie gehabt“, sagte Wilke und öffnete die Datei, die die Kollegen aus Münster in der Zwischenzeit geschickt hatten. Er klickte ein Foto an. Das Gesicht der Toten, mit zurückgekämmten Haaren auf dem Tisch der Münsteraner Gerichtsmedizin liegend. Armes Mädchen. Atemstillstand aufgrund einer hohen Dosis GHB, lautete das erste Untersuchungsergebnis. Wilke war umsichtig genug, seinem Assistenten den Anblick der Toten nicht noch einmal zuzumuten. Er klickte das Bild wieder weg.

„Komm her, Ingo, dann brauche ich dir den ganzen Kram nicht vorlesen“, sagte er, und Rothmanns rollte mit seinem Stuhl um den Schreibtisch herum.

Ein Stellplan des Frühjahrssend flackerte auf. Alle Fahrgeschäfte ebenso wie alle gastronomischen Betriebe waren mit Bezeichnung und Angabe der Inhaber eingezeichnet. Die Wohnwagen waren zumeist direkt hinter den betreffenden Geschäften aufgestellt. Ferner gab es ein Stück entfernt einen weiteren Stellplatz. Bei ihrem Aufenthalt in Münster hatten Wilke und Rothmanns diesen Platz abgelaufen, sämtliche Kennzeichen der dort abgestellten Wagen notiert und die Halter ermitteln lassen. Die Namen hatte Rothmanns am Abend in der kleinen Pension auf seinem Laptop zu einer Liste zusammengestellt. Der Toilettenwagen, hinter dem die tote Marie Mindermann gefunden worden war, befand sich mit rund zweihundert Metern Entfernung allerdings recht weit weg von diesem Platz.

„Lass uns überlegen, wie der Mann vorgeht.“ Der Kommissar hatte sich zurückgelehnt, die Hände hinterm Nacken verschränkt. „Er arbeitet in einem Betrieb mit Getränkeausschank. Davon bin ich überzeugt. Er schüttet einem Mädchen das Zeug ins Glas. Dann muss er sie im Auge behalten.“

Rothmanns spann den Faden fort. „Nach etwa zehn Minuten beginnt sie herumzutanzen, sich seltsam zu benehmen oder was auch immer. Dann muss er zur Stelle sein und sie ans Händchen nehmen, um es mal so auszudrücken. Auf viel Gegenwehr stößt er dabei wahrscheinlich nicht. Das Dreckszeug macht ja kontaktfreudig."

„Wir wissen nicht genau, was er mit ihnen macht. Er schminkt ihnen die Lippen. Vielleicht behängt er sie auch mit Kleidern. Was macht er sonst noch? Fotografiert er sie? Oder reicht es ihm, sie einfach nur anzuschauen?"

„Die interessanteste Frage ist, wo er das tun kann, ohne beobachtet zu werden", warf Rothmanns ein.

„Richtig. Er hat nicht länger als eine halbe oder dreiviertel Stunde, würde ich sagen. Das Zeug wirkt nicht ewig. Vielleicht nutzt er seine Pausen. Er muss sein Opfer ja auch noch wieder loswerden. Das alles kann er eigentlich nur bewerkstelligen, wenn er kurze Wege hat. Darum bringt er sie vom Rummel direkt zu einem Wohnwagen. Dort ist er mitten im Trubel völlig ungestört."

„Klingt waghalsig, Chef", bemerkte Rothmanns, der dazu neigte, Täter für klüger zu halten, als sie waren.

Der Kommissar, der die meisten Verbrecher hingegen für ziemlich simpel gestrickte Gemüter hielt, zuckte die Achseln. „Vielleicht interessiert ihn das gar nicht. Er hat bis jetzt Glück gehabt. Vielleicht hat man ihn sogar mit einem der Mädchen gesehen. Aber niemand hat sich etwas dabei gedacht, weil er so ein unauffälliger und harmloser Kerl ist."

„Ein armes Würstchen, meinen Sie?"

„Eher ein armes Schwein, obwohl mir wirkliches Mitleid mit solchen Typen fehlt", sagte Wilke kühl. „Lass uns noch mal die Listen durchgehen. Bis jetzt haben wir vier Tatorte."

„Immer mit der Option, dass es Fälle gegeben hat, die nicht zur Anzeige gebracht wurden."

„Natürlich. Aber wir können nur von den Fällen ausgehen, die wir kennen. Da ist zunächst der Pollhansmarkt letzten Oktober. Dann die Andreasmesse Ende November, wo es eine Tote gab. Danach legte der Kerl eine Art Winterpause ein. Auf dem Kläschen in Lemgo hat er sich unseres Wissens nichts zuschulden kommen lassen, obwohl zwei der Getränkestände, die wir in Betracht gezogen haben, auch in Lemgo waren."

„Vielleicht waren die Umstände nicht günstig."

„Mag sein. Er kann nicht alles planen. Er braucht ein passendes Opfer zur rechten Zeit. Ein Mädchen, das alleine ist oder sich von der Gruppe entfernt hat. Das ergibt sich nicht immer."

Rothmanns verfolgte die Liste mit der Fingerspitze. „Das neue Jahr begann mit Sünne Peider in Versmold. Und gleich schlägt er wieder zu. Er schnappt sich Blanca Bozan. Am nächsten Morgen wird sie aufgefunden, neben einer Bank auf einer Rasenfläche liegend. Die Polizisten halten sie zunächst für betrunken, bis sie sehen, dass für das Mädchen bereits eine Vermisstenmeldung vorliegt. Blanka kann sich weder erinnern, wo auf der Kirmes sie zuletzt gewesen ist, noch, wie sie dorthin kam, wo sie aufwachte."

„Immerhin hat sie überlebt", sagte Wilke. „Marie Mindermann hatte weniger Glück. Der Mann war also auf dem Frühjahrssend. Das heißt gleichzeitig, dass er nicht auf den Jahrmärkten in Herford und Brackwede war."

„Bleibt die Frage, wo er als nächstes zuschlagen wird. Ende Mai finden zwei große Jahrmärkte statt: Das Eurocityfest in Münster, und zeitgleich unser Leinewebermarkt in Bielefeld."

„Ich tippe auf Bielefeld", sagte Wilke spontan. „Hier direkt vor unserer Nase! In Münster hat es gerade ein Todesopfer gegeben, da wird er sich nicht in ein paar Wochen in Münster das nächste Mädchen suchen. Ich halte ihn zwar für einen schlichten Menschen, aber für so dumm auch wieder nicht. Wie viele der Schankbetriebe, die an den vier bisherigen Tatorten anwesend waren, sind für den Leinewebermarkt angemeldet?"

„Das haben wir gleich!" Rothmanns Blick glitt die Listen hinunter. „Erstens das Schwabenzelt. Da haben wir in Münster alle Angestellten unter die Lupe genommen. Auf den ersten Blick keiner verdächtig. Aber man kann ja nie wissen. Dann die Copacabana-Bar. Inhaberin ist Frau Bruma, diese gesprächige Brasilianerin, die uns Caipirinhas spendiert hat. Und drittens das Zwitscherstübchen. Das ist die etwas altbackene Schenke, wo es Bier und Korn und diese zähen Speckbrötchen gab."

„Nur die drei?", fragte Wilke mit gerunzelter Stirn.

„Ja, Chef. Nur die drei."

Der Kommissar kratzte sich am Ohr. „Mir ist so, als ob das Mädchen vom Pollhans, diese Jessica, etwas von Müllers Festzelt erwähnte?"

Rothmanns zuckte die Schultern. „Das muss ein Zufall gewesen sein. Vielleicht war sie auch noch woanders. Müllers Festzelt war definitiv nicht auf der Andreasmesse in Detmold, sondern ... lassen Sie mich schauen ... die waren Anfang November auf der Allerheiligenkirmes in Soest und sind dann in die Winterpause gegangen!"

„Gut", sagte Wilke, obwohl die Dinge alles andere als gut standen. „Dann bereiten wir uns ab heute auf den Tag X vor. Die drei in Frage kommenden Betriebe werden ab sofort rund um die Uhr bewacht. Ich werde das veranlassen. Bei jeder Dorfkirmes und bei jedem Schützenfest, die auf ihrer Route liegen, werden ein paar von unseren Kollegen anwesend sein."

„Meinen Sie, dass das was bringt, Chef? So unauffällig, wie wir es gerne hätten, sind unsere Jungs meistens nicht. Der Typ wird wahrscheinlich merken, dass er überwacht wird."

„Soll er doch!", sagte Wilke barsch. „Früher oder später wird er einen Fehler machen."

Leinewebermarkt

1.

Albert Stahl stand am Tresen und machte den Abwasch, als er zwischen den Festzeltgästen den Kommissar wiedererkannte, der in Münster die Befragungen geleitet hatte. Wegen des Mädchens hinter dem Toilettenwagen. Sie war schon kalt gewesen, als man sie entdeckte. Der Kommissar, der kurz angebunden und unfreundlich war, schien jeden zu verdächtigen, der auf dem Rummel arbeitete. Er hatte seine Münsteraner Kollegen herumkommandiert, als ob sie dumme Schuljungs wären.

In Müllers Festzelt hatte sich keiner an das Mädchen erinnert. Der alte Müller schüttelte den Kopf. Er hatte sowieso nichts gesehen. Er hatte den ganzen Abend in der Küche gestanden.

„Albert, hast du das Mädchen nicht gesehen? Du hast doch auch serviert."

„Die meiste Zeit habe ich abgespült. Ich habe sie nicht gesehen."

Stahl hatte dem Kommissar ins Gesicht gesehen, ohne mit der Wimper zu zucken. Dann hatte er noch erwähnt, dass der Oberkellner ein Weiberheld sei, der den Mädchen immer hinterher glotze. Diese Bemerkung hätte er sich vielleicht verkneifen sollen. Dann hatte er sein Taschentuch aus der Hosentasche ziehen wollen, um sich die schweißige Stirn abzuwischen, und dabei war einer der Clips mit dem lila Steinen auf den Dielenboden gefallen. Rasch hatte er ihn aufgehoben und wieder eingesteckt. Der Kommissar hatte zum Glück nicht weiter darauf geachtet. Sein Assistent hatte sich seinen Ausweis zeigen lassen und Notizen gemacht. Aber das hatten sie bei allen anderen auch getan. Ihr Verdacht schien wohl in eine andere Richtung zu gehen. Mehrmals hielten sie sich an der Copacabana-Bar und dem Zwitscherstübchen auf.

Die Münsteraner Zeitungen waren am nächsten Tag voll fetter Schlagzeilen gewesen, doch er hatte sich darauf beschränkt, sie zu überfliegen. Er schnitt die Artikel auch nicht aus. Mord, stand da. Dabei war es gar kein Mord gewesen. Ein Unglücksfall. Ebenso, wie die Sache in Detmold ein Unglücksfall gewesen war. Man musste das alles vergessen. Das Mädchen in Münster war nicht von Bedeutung gewesen. Er hatte die Fotos nicht einmal auf den PC geladen.

Stahl ließ frisches Wasser in die Spüle laufen. In einer Ecke des Zeltes bemerkte er zwei Männer, die hier- und dahinschauten, als wüssten sie nicht, wonach sie suchten. Im Vorbeigehen nickten sie dem Kommissar zu. Das waren sicher auch Polizisten. Er spülte weiter, mit gesenktem Kopf. Draußen steppte der Bär. Er lächelte müde bei dem Gedanken, wie es wohl wäre, jetzt in diesem Moment, quasi unter den Augen der Polizei, ein Mädchen auf ein Getränk einzuladen.

„Verrückt wäre es“, murmelte er leise. „Verrückt.“

Das Wasser brauste. Er starrte auf seine Hände und versuchte sich aufs Spülen zu konzentrieren. Der Kommissar und sein Assistent waren verschwunden. Die beiden anderen Männer drehten eine Runde im Zelt. Er dachte an das Fläschchen in seiner Hosentasche. Warum zum Teufel hatte er es eingesteckt? Er hätte sich doch denken können, dass der Leinewebermarkt überwacht wurde.

„Ich werde es nicht tun“, flüsterte er, während er begann, den Tresen mit Fettlöser und einem Schwamm zu bearbeiten. Es wäre absolut schwachsinnig. Er würde ganz einfach seine Arbeit machen und im Stillen über die dummen Polizisten lachen, die tatsächlich glaubten, dass der Täter ihnen wie ein Trottel ins Netz ging.

Eine Minute später dachte er wieder an das Fläschchen. Er hätte es nicht einstecken sollen. Aber nun war es da und er fühlte es bei jeder Bewegung. Mit der Hand fuhr er in seine Tasche, um es zu berühren. Obwohl es besser gewesen wäre, das nicht zu tun. Seine Gedanken begannen den Kreis von vorne zu gehen.

Er hüstelte. Das Asthma der Kinderzeit suchte ihn nur noch selten heim. Er erinnerte sich an den Tag, als er auf den Dachboden gestiegen war und den Koffer geöffnet hatte. Pinkie war ganz vertrocknet gewesen, verdorrt wie eine Vogelscheuche, mit aufgerissenen, leeren Augenhöhlen. Der rote Gürtel um ihren Hals. Er hatte den Koffer ja unbedingt öffnen müssen. Dabei hatte er schon vorher geahnt, dass er etwas Schreckliches finden würde, und dass sein Leben danach nie wieder so sein würde wie vorher. Aber das Verbotene war immer stärker als die Vernunft. Das wusste sogar Mutter. Sie und Vater waren genauso schwach gewesen. Manchmal konnte man nicht umhin, nur der eigenen Lust zu folgen und allen Verstand beiseite zu lassen.

„Ich werde es nicht tun", knirschte er abermals. Er wünschte, dass der Oberkellner kommen und ihn zur Schnecke machen und zum Fegen verdonnern würde. Oder dass der alte Müller ihn abkommandieren würde, um Bierfässer zu rollen. Vor ein paar Minuten war ihm eine Frau aufgefallen, und er gab sich alle Mühe, nicht zu ihr hinzusehen. Sie gefiel ihm nicht einmal. Trotzdem konnte er den Blick nicht von ihr lassen. In diesem Moment wäre ihm wahrscheinlich auch ein Stück Dörrobst wie eine saftige Frucht vorgekommen.

2.

Der Kommissar starrte verbissen in die Menge. Der Leinewebermarkt fand jährlich am letzten Maiwochenende statt, und die Festaktivitäten erstrecken sich über die gesamte Bielefelder Innenstadt. Die drei verdächtigen Schankbetriebe standen seit Münster unter Beobachtung, ohne dass sich etwas Verdächtiges ereignet hätte. Keiner der Angestellten hatte seine Tarnung fallen lassen oder irgendwelche Dummheiten gemacht. So blöd war der Kerl nicht. Im Trubel des Leinewebers jedoch würde er sich sicher fühlen. Die Wochen seit Münster waren ihm wahrscheinlich schon lang geworden.

Der Kommissar fluchte leise. Er stand in der Nähe des Zwitscherstübchens, und musterte eindringlich die vorübergehenden Mädchen. Es war verdammt schwer zu sagen, welchen Geschmack der Täter eigentlich hatte. Die Opfer aus Detmold, Schloß Holte, Versmold und Münster waren sich nicht wirklich ähnlich. Sie alle hatten lange, glatte Haare. Aber das war auch schon die einzige augenfällige Ähnlichkeit. Man konnte also mit einer gewissen Wahrscheinlichkeit darauf schließen, dass auch das nächste Opfer lange Haare haben würde. Aber war das ein Kriterium? Es traf auf etwa fünfzig Prozent aller Mädchen zu. Mittelgroß waren seine Opfer gewesen. Und mittelhübsch. Vollkommen durchschnittlich eben. Vielleicht gab es gar keinen gemeinsamen Reiz. Vielleicht genügte die Tatsache, dass sie jung waren und sich einen Moment von ihrer Gruppe entfernten.

Rothmanns hatte sich verpieselt, um die Festzelte zu inspizieren und die Kellner zu zählen. Vielleicht benahm sich einer verdächtig. Vielleicht versuchte einer von ihnen, sich zu verdünnisieren. Der Kommissar erstand ein Tütchen karamellisierte Kürbiskerne und seufzte. Wenn der Fall abgeschlossen war, würde er für die nächsten Jahre alle Jahrmärkte meiden. Das wäre besser für seine Figur. Vor ihm ging ein kicherndes Grüppchen. Keines der Mädchen war älter als achtzehn, drei von ihnen waren langhaarig. Drei potentielle Opfer. Sie hatten einander eingehakt.

„Was glotzt der Typ so?", hörte er eine von ihnen sagen, und benötigte einen Moment, ehe er begriff, dass er gemeint war.

Er ließ sich ein paar Schritte zurückfallen. Die Mädchen waren zu fünft. Das gab ihnen immerhin einen gewissen Schutz, solange sie sich nicht trennten.

Es war warm, und er versuchte, sich im Schatten der Bühnen und Bäume zu halten. Die Kürbiskerne waren knusprig und süß wie zu seiner Kinderzeit. Als sein Handy piepte, war Rothmanns dran.

„Wo sind Sie, Chef?"

„Hagenbruchstraße Ecke Niedernstraße. Ich komme mir ein bisschen albern vor. Ich stehe hier und zähle langhaarige Mädchen. Es sind Hunderte!"

„Ich weiß", sagte Rothmanns. Er war kaum zu verstehen. Offenbar befand er sich noch immer in einem der Festzelte. Im Hintergrund begann Musik zu dröhnen. „Soll ich zu Ihnen stoßen?"

„Lass nur", brummte Wilke. „Behalte die Angestellten im Auge. Bist du alleine?"

„Nein", krähte Rothmanns ins Telefon. „Meyer und Herro sind auch hier. Überwachen die Eingänge."

„Gut."

Wilke schaute zur Uhr. Es war kurz nach zwanzig Uhr. Die Dächer erstrahlen in einem warmen Ockerton. Das Gedränge wurde immer noch dichter. Auf der Bühne am Altstädter Kirchplatz begann eine neue Band zu spielen. Folk-Rock. Zum Glück etwas Erträgliches. Am liebsten hätte Wilke sich noch ein Tütchen Kürbiskerne geholt und sich den Auftritt angesehen. Zu seiner Linken erkannte er einen Kollegen in Zivil, der im Vorbeigehen die Hand hob. Sie taten wirklich alles, was in ihrer Macht stand, und doch stand zu befürchten, dass es nicht genug sein könnte. All diese mittelhübschen Mädchen. Verdammt! Da musste doch noch etwas sein, das sie miteinander verband. Irgendeine Kleinigkeit, die für den Täter bedeutsam war.

Wilkes Augen glitten zu einem glänzenden Haarschopf, der sich drei Meter vor ihm zum Rhythmus der Musik bewegte. Was war sein Fetisch? Der Lippenstift natürlich, das einzige Detail, das sie kannten. Aber darüber hinaus? Vielleicht Schuhe. Oder dieses Ding, von dem die schwarzen Plüschfasern stammten. Irgendwelche Accessoires. Alle Opfer waren unauffällig gewesen. Keine Paradiesvögel. Eher die brave Sorte. Die, von denen man glaubte, dass sie als Hausmütterchen enden würden. Dezent geschminkt. Ordentlich gekämmt. Ungeschmückt. Stimmte das?

Wilke kratzte sich am Kinn, das etwas stachelig war. Die letzten Nächte waren spät geworden, und er war nicht zum Rasieren gekommen. Kein Schmuck, dachte er. Was war mit der Toten aus Detmold? Als sie auf der Parkbank lag, hatte er sie nur flüchtig gesehen. Und dann später noch mal, auf Pohls Untersuchungstisch. Ihre Hände waren dünn und bleich gewesen. Keine Ringe. Um den

Hals trug sie ein dünnes Silberkettchen mit einem Kreuz. Das war kaum als richtiger Schmuck zu bezeichnen. Sie trug auch keine Ohrringe. Waren ihre Ohrläppchen überhaupt durchstochen gewesen? Er konnte sich nicht erinnern. So genau hatte er sie nicht angeschaut. Wahrscheinlich hatte Pohl ihr den Schmuck abgenommen. War es üblich, Leichen den Schmuck abzunehmen, wenn sie in die Rechtsmedizin kamen? Merkwürdig, dass er das nicht wusste.

Keine Ohrringe, dachte Wilke misstrauisch. Das klang ziemlich absurd. Was war mit der Studentin aus Schloß Holte gewesen, dieser Jessica? Lange Haare, ein angenehmes, ungeschminktes Gesicht. Ein sehr nettes Mädchen. Als er ihr die Hand gab, war ihm aufgefallen, dass sie keine Ringe trug. Das dünne Lederbändchen um ihren Hals, an dem sich ein sternförmiger Anhänger befand, war erst sichtbar geworden, als sie ihren Schal abgewickelt und die Jacke geöffnet hatte. Ihre Natürlichkeit war ihr größtes Plus. Auf allen Firlefanz verzichtete sie. Auch Ohrringe trug sie nicht. Vielleicht benutzt sie manchmal Clips. Aber ihre Ohren hatten definitiv keine Löcher gehabt.

„Das ist doch Schwachsinn“, murmelte Wilke. Natürlich gab es Fetischisten für alles. Aber für jungfräuliche Ohrläppchen? Und warum? Es klang lächerlich. Möglicherweise war er viel zu krampfhaft bemüht, die Nadel im Heuhaufen zu finden, und sah sie nun überall aufblitzen, wo sie gar nicht war. Die tote Marie Mindermann hatte allerdings auch keine Ohrringe getragen. Ihre Ohrlöcher waren kaum noch zu sehen gewesen. Er erinnerte sich plötzlich, dieses Detail bemerkt zu haben, als er sich über sie beugte. Aus irgendeinem Grund hatte sie sie zuwachsen lassen.

Wilke wühlte sein Telefon heraus.

„Ingo?", schrie er, als sein Assistent sich meldete. Die Konservenklänge im Hintergrund waren einer Liveband gewichen.

„Chef?", schrie Rothmanns zurück, der kein Wort verstand. „Ich komme zu Ihnen raus, Chef!"

Vor Wilkes innerem Auge tauchte plötzlich eine vage Erinnerung auf. Ein flüchtiger Eindruck, den er in irgendeiner Rumpelkammer seines Gedächtnisses abgelegt hatte. Ein Ohrring, der zu Boden fiel. Und ein Mann, der sich danach bückte und ihn in seine Tasche steckte. Irgendwo in den letzten Wochen, auf der Kirmes. Vielleicht in Münster? Er glaubte sich zu erinnern, dass der Mann Kellnerkleidung trug.

„Hier bin ich, Chef!", rief Rothmanns mit Stentorstimme direkt hinter ihm, so dass der Kommissar zusammenfuhr.

„Gut, du kannst mir hoffentlich eine Frage beantworten!" Wilke packte seinen Assistenten am Ärmel und zog ihn unsanft in einen Geschäftseingang.

„Ingo, trug Claudia Prick Ohrringe, als sie gefunden wurde?"

„Nicht, dass ich wüsste", sagte Rothmanns und zuckte die Schultern. Vielleicht war sein Chef verrückt geworden. Er war soviel Trubel nicht gewohnt.

„Versuche dich zu erinnern. Es ist wichtig!" Der Kommissar hielt seinen Jackenärmel fest, als wolle er die Wahrheit aus ihm herauswringen.

„Sie tun mir weh!", sagte Rothmanns. „Lassen Sie mich los oder ich zeige Sie wegen Nötigung an, Chef."

Wilke landete wieder auf dem Boden der Tatsachen. „Was ist nun?"

„Keine Ohrringe. Ich habe keine gesehen. Sie haben mich ja gezwungen, mit zu Pohl zu gehen und die Tote anzuschauen. Und da ich nicht auf den entblößten Rest starren wollte, habe ich mir ihr Gesicht angesehen. Sie hatte keine Ohrringe und keine Ohrlöcher."

„Ich habe es gewusst!", rief Wilke und schlug sich mit der Faust in die hohle Hand. „Meinst du, dass sie vielleicht solche Clipsdinger trug und Pohl ihr die abgemacht hat?"

Rothmanns runzelte die Stirn. „Das ist vielleicht eine Frage! Keine Ahnung, ob Rechtsmediziner so etwas tun."

„Ich muss es wissen!"

„Wenn Sie es wissen müssen, lässt sich das ja leicht in Erfahrung bringen", sagte Rothmanns und suchte im Adressverzeichnis seines Handys nach Pohls Privatnummer.

Nach fünfmaligem Klingeln meldete sich der alte Doktor Pohl, missgestimmt, weil er die Nummer auf seinem Display erkannt hatte.

„Haben Sie Claudia Prick Ohrringe abgenommen?"

Pohl schwieg einen Moment verblüfft. „Nein. Sie trug keine Ohrringe, als sie zu mir kam."

„Sie trug keine Ohrringe, als sie zu Pohl auf den Tisch kam", wiederholte Rothmanns für seinen Chef. Der nahm ihm das Handy aus der Hand.

„Abend, Pohl. Bist du dir sicher?"

„Absolut sicher."

„Gut. Das war alles." Ohne Gruß drückte der Kommissar den Doktor weg. Wenn die Sache brenzlig wurde, ging seine gute Erziehung meist flöten.

„Was war mit dem Mädel vom Pollhans? Die hatte doch auch keine Ohrringe, oder?"

Rothmanns starrte seinen Chef mit zusammengekniffenen Augen an. Er war verrückt, das stand außer Frage.

„Oder?"

„Ich glaube nicht", sagte Rothmanns betont ruhig. Er konnte es nicht ausstehen, wenn sein Chef ihn an seinen Erkenntnissen nicht teilhaben ließ.

„Und was war mit der Kleinen in Versmold. Ich habe ihren Namen vergessen. Diese Blanka. Hatte sie Ohrringe?"

„Blanka Bozan", sagte Rothmanns. „Da lag die Sache etwas anders. Sie war bleich wie ein Laken, hatte aber stark gerötete Ohrläppchen. Ich fragte die Mutter noch, ob sie normalerweise Ohrringe trüge, und ob der Täter sie ihr gestohlen haben könnte."

„Und was sagte die Mutter?"

„Sie schüttelte den Kopf. Ihre Tochter würde nie Ohrringe tragen, sagte sie. Sie hat eine Metallallergie."

„Und warum waren ihre Ohrläppchen dann gerötet?"

„Worauf wollen Sie hinaus, Chef?", fragte Rothmanns, der sich allmählich unbehaglich fühlte.

„Könnte ihr nicht jemand einen Ohrring angeklippst und damit die Allergie ausgelöst haben?"

Rothmanns war hin- und hergerissen zwischen Genervtheit und dem Kribbeln, das er stets verspürte, wenn er in der Ferne ein Licht leuchten sah. „Sie meinen, ein zweiter Fetisch? Lippenstift und Ohrringe?"

„Genau! Ist dir schon mal aufgefallen, dass mindestens neunzig Prozent aller Mädchen und jungen Frauen Ohrringe tragen? Nein? Ich dachte, du hättest einen Blick für so was!", knurrte der Kommissar.

„Ich darf andere Frauen nicht so genau anschauen. Dann wird meine Holde sauer", sagte Rothmanns mit säuerlichem Lächeln.

„Gott sei Dank habe ich nicht solche Probleme am Hals!", rief Wilke. „Aber weiter: Was war mit Marie aus Münster?"

„Keine Ohrringe. Da bin ich sicher."

„Genau!", triumphierte Wilke. „Das meine ich!"

Eine Gruppe heiterer Senioren zog mit einem fröhlichen Liedchen auf den Lippen an ihnen vorbei. Um den Hals hatten sie an Bändern kleine Gläser hängen, die sie sich wahrscheinlich an jeder Bude einmal auffüllen ließen. Ihr Schwankungsfaktor war beachtlich.

„Ist es statistisch gesehen nicht ziemlich unwahrscheinlich, dass alle Opfer keine Ohrringe trugen, eingedenk der Tatsache, dass das Tragen von Ohrringen geradezu als Volksseuche zu bezeichnen ist und dir kaum ein Mädchen begegnet, das keine trägt?"

Rothmanns zögerte. Die Entdeckung seines Chefs konnte auch ein Zufall sein.

„Du bist ein Ignorant, Ingo!", schimpfte der Kommissar, als sein Assistent seinen Zweifeln Ausdruck verlieh. „In Anbetracht der Tatsache, dass wir vor fünf Minuten noch überhaupt keinen Anhaltspunkt hatten, ist diese Erkenntnis ein Riesengewinn!"

„Chef, entweder sagen Sie mir nun konkret, worum es geht, oder ich verkrümele mich wieder ins Bierzelt."

„Du bleibt gefälligst hier!" Er zog Rothmanns weiter in den Eingang hinein. Das Gegröle der Straße verklang zu einem dumpfen Echo.

„Ich habe da etwas vor Augen. Oder besser, im Hinterkopf. Ich kann es nur noch nicht einordnen. Haben wir in der letzten Zeit im Rahmen unserer Ermittlungen nicht mit einem Typen geredet, der Ohrringe in den Hosentaschen hatte?"

„Das kann nicht Ihr Ernst sein, oder? Ich zumindest habe in den vergangenen Wochen niemandem in die Hosentaschen geschaut."

„Doch, da war jemand. Und ich glaube, es war in einem Bierzelt. So ein unauffälliger Typ. Trug abgewetzte Kellnerkleidung. Als er ein Taschentuch aus der Tasche zog, fiel ein Ohrring zu Boden.“

„Wie sah der Typ aus?“, fragte Rothmanns, halb überzeugt.

„Mittelgroß, etwas plump. Gelichtetes Haar. Also ein männliches Mauerblümchen, wenn du so willst.“

„In Müllers Bierzelt arbeitet so ein Typ. Meist rollt er Bierfässer durch die Gegend oder macht den Abwasch.“

„Aber manchmal kellnert er auch, ja?“

„Ich glaube, ich habe ihn auch schon mit Kellnerkleidung gesehen“, sagte Rothmann. „Er scheint allerdings kein richtiger Kellner zu sein, sondern so eine Art Mädchen für alles.“

„Und er erledigt nicht nur im Festzelt die Dreckarbeit, sondern je nach Bedarf auch in anderen Schankbetrieben. Müllers Festzelt war nicht auf der Andreasmesse. Darum haben wir unser Augenmerk auf andere Betriebe gerichtet, die dort waren. Auf das Schwabenzelt und das Zwitscherstübchen ...

„... und auf die Copacabana-Bar, die unter dem Namen von Deolinda Bruma firmiert. Und besagte Deolinda heißt mit Nachnamen nicht nur Bruma, sondern Bruma-Müller und ist die Frau von Heinrich Müller, dem Festzelt-Müller.“

„Wir sind zwei Hornochsen, Ingo!“ Der Kommissar wurde hektisch. „Als sie uns in Versmold mit ihren Caipirinhas abgefüllt hat, kam doch so ein Snack-Lieferant vorbei, der sie mit Frau Müller anredete. Ich habe gar nicht weiter darüber nachgedacht.“

„Ich erinnere mich“, sagte Rothmanns mit leisem Stöhnen. „Und wir waren so blöde, nicht zu bedenken, dass die Kellner und Besenfeger zwischen den einzelnen Betrieben von Müller hin- und hergeschoben werden wie es gerade nötig ist, und dass derjenige, der im Festzelt den Dreck aus den Ecken wischt, in der Copacabana-Bar durchaus mit grüner Weste und gelbem Schlips den Barmann spielen kann."

„Ist der Typ hier in Bielefeld oder mit der Copacabana-Bar auf dem Eurocityfest in Münster?"

„Er ist hier!", rief Rothmanns. „Ich habe vorhin gesehen, wie er dreckiges Geschirr in die Spülküche des Festzelts brachte und an den Tischen herumwischte."

3.

Ihre Haare sind nicht schön, sagte er sich. Sie hat Pickel. Sie ist zu alt. Und sie hat durchstochene Ohren.

Sie hatte sich direkt vor seine Nase an die Theke gesetzt und ein Bier bestellt. Sollte er ihr sagen, dass er sie nicht bedienen konnte? Sollte er weglaufen und den Oberkellner das Bier zapfen lassen? Das ging nicht.

Das Leben ist eine Einbahnstraße, dachte er, und hielt ein Glas unter den Zapfhahn. Er hatte keine andere Wahl.

„Dauert das noch lange?", fragte die Frau.

Ihre Stimme war gewöhnlich, ihr Ton unfreundlich. Sie war eine blöde Kuh, an der er sich normalerweise nicht die Finger schmutzig machen würde. Er hatte gar keine Lust, sich mit ihr abzugeben. Ihre Lippen waren wulstig. Niemals würde er sie mit Bettinas Lippenstift berühren. Sie war eine Schlampe. Ja, eine Schlampe.

Während die schaumige Krone langsam über den Rand des Glases stieg, fuhr Stahl flink mit der Hand in seine Tasche, öffnete den Drehverschluss und kippte hinter dem Zapfhahn den ganzen Inhalt des Fläschchens in das Bier. Dann stellte er der Frau das Glas mit scheinheiligem Lächeln hin.

„Zum Wohle!“, sagte er.

„Wurde auch Zeit“, meckerte sie und nahm einen großen Schluck. Ein Teil des Schaums rann ihr das Kinn hinunter, den Hals entlang, bis in den Ausschnitt ihrer ordinären Bluse.

„Schlampe“, murmelte Stahl und wandte sich dem Spülbecken zu. Die Polizisten hatten das Zelt verlassen. Es gab kein Zurück. Und am Ende wäre es gut, es zu tun. Es war immer klar gewesen, dass es so kommen würde.

Die Frau trank schnell. Nach ein paar Minuten begann sie auf ihrem Hocker zu schwanken. Ihre Augen waren zu müden, kleinen Schlitzen geworden.

„Ich gebe dir noch was aus“, sagte Stahl.

Sie guckte dumm. Sie war schon völlig dicht. Er ging um den Tresen und stützte sie, damit sie nicht vom Hocker kippte. Rasch blickte er sich um. Niemand beachtete ihn. Das Zelt war noch halbleer. Das Wetter war zu gut, um drinnen zu sitzen. Die Polizisten waren verschwunden.

„Komm mit“, sagte er grob und zog sie vom Hocker. Sie kicherte. Ihre Hand tatschte über seine Hemdbrust. Das war abstoßend. Schlampe.

Er fasste sie fest am Arm und zog sie in Richtung Spülküche, wo sich der Hinterausgang befand. Der Oberkellner starrte zu ihm rüber. Egal. Er zog sie nach draußen. Sie mussten ein Stück gehen. Sein Wohnwagen stand etwa dreihundert Meter entfernt auf einem Parkplatz am Niederwall.

„Wo sind wir?“, fragte die Frau mit verwaschener Stimme. Sie würde gleich umkippen.

„Irgendwo“, murmelte er. Er wusste, dass der Oberkellner ihn angestarrt hatte. Der würde sich einen Reim auf das machen, was er gesehen hatte. Nun war alles zu spät. Er musste weg. Er würde sie einfach mitnehmen. Irgendwo unterwegs würde er sie dann rausschmeißen.

Sie erreichten den Wohnwagen. Er packte sie aufs Sofa, wo sie sich gleich zusammenrollte und eindöste. Er stieg wieder aus und schloss die Tür ab. Dann fiel ihm ein, dass er seine Jacke unterm Tresen hatte liegen lassen. Ohne die Jacke konnte er nicht weg. In der Innentasche befand sich seine Brieftasche mit allen Papieren, mit seiner EC-Card und dem Führerschein.

Mit gesenktem Kopf eilte er zurück in Richtung Festzelt. Der Oberkellner hatte ihn sicher schon angeschwärzt. Die Polizei würde kommen. Vielleicht war sie schon da. Er hob den Kopf. Nein, sie war noch nicht da. Er huschte hinter den Tresen zu und bückte sich nach der Jacke.

„Wo steckst du denn", nörgelte der Oberkellner, der den Zapfhahn bediente. „Und was war das für eine hässliche Alte, mit der ich dich da eben gesehen habe?"

Stahl schaute ihm gerade in die Augen. Das tat er sonst nie. Der Oberkellner hielt den Mund. Er war ein Dummkopf, wie alle anderen auch. Stahl nahm wortlos seine Jacke und drehte ihm den Rücken zu. Er senkte wieder den Kopf. Als er das Zelt durch den Hinterausgang verließ, sah er in der Ferne die beiden Polizisten. Er begann zu laufen.

4.

Sie rannten, soweit das Gedränge, das vor der Bühne seinen Höhepunkt erreichte, diese Fortbewegungsart zuließ. Rothmanns zog im Laufen sein Telefon heraus und funkte Meyer und Herro an, die sich im Festzelt aufhalten mussten. Als er sie erreichte, stellte sich heraus, dass sie das Zelt verlassen hatten und nun irgendwo zwischen den Freiluftbühnen waren.

„Verdammt!“, keuchte Rothmanns im Galopp. „Ich bin nun völlig sicher, dass der Kerl es ist. Erinnern Sie sich an die Aussage von Jessica Blum, Chef? Ein ungeschickter Kellner rempelte sie an und fragte, ob sie einen Ohrring verloren habe.“

„Wir sind blinde Idioten!“, schimpfte Wilke, der gelegentlich zur Selbstkasteiung neigte. „Sie hat es uns doch so deutlich gesagt, und wir haben nicht reagiert.“

Sie ereichten das Festzelt.

„Er ist nicht mehr da“, rief ihnen einer der Kollegen entgegen, die eine halbe Minute früher eingetroffen waren. „Als wir vor einer Viertelstunde das Zelt verließen, war er noch da. Er wischte verschüttetes Bier vom Boden auf.“

„Und wo ist er jetzt?“

Herro hob die Schultern. „Weg!“

„Alleine oder mit einem Mädchen?“

„Woher sollen wir das wissen?“

Der Kommissar raufte sich die Haare.

„Der Typ hat einen Wohnwagen!“, rief Rothmanns. „Am Niederwall sind ein paar abgestellt. Auf dem Parkplatz hinter der Einmündung Welle. Da wird er sein!“

Der Kommissar versuchte im Laufen, weitere Kollegen zu erreichen. Als eine Gruppe rabiater Hausfrauen ihn anrempelte, fiel sein Handy in den Dreck und zerschellte. Wilke fluchte. Ihm blieb keine Zeit, sich nach dem Ding zu bücken. Sie drängten sich in die Niedernstraße und liefen Richtung Niederwall. Sieben oder acht Wohnwagen waren hinter einer Schranke abgestellt, die den Parkplatz von der Straße trennte. Alle waren unbeleuchtet. Nur aus einem Fenster drang ein schwacher Lichtschein, von einem gelblichen Vorhangsstoff gedämpft.

„Das muss er sein!“, rief Wilke.

In diesem Moment schaltete der Opel, zu dem der Wohnwagen gehörte, die Scheinwerfer ein und startete mit röhrendem Motor. Rothmanns sprang zur Seite und landete in einem Blumenbeet. Der Kommissar zog seine Dienstwaffe, bereit, eine Flucht mit allen Mitteln zu verhindern. Mit einem Satz aber startete der Wagen durch, beschleunigte stärker, als man es dem alten Modell zutraute – und knallte mit einem ohrenbetäubenden Krachen vor die Schranke. Vielleicht hatte der Fahrer geglaubt, sie durchbrechen zu können. Die Bielefelder Schranken waren jedoch für die Ewigkeit gebaut. Sie widerstanden noch ganz anderen Anfechtungen.

Die Fahrertür öffnete sich und der Schatten Albert Stahls, der den Aufprall unverletzt überstanden hatte, glitt aus der Karosserie. Mit erstaunlicher Gewandtheit schlüpfte er unter der Schranke hindurch und begann auf die nächste Straßenmündung zuzulaufen, wo er in der Menge verschwinden würde.

Wilke verwünschte seine eigene Trägheit, die ihn in den letzten Jahren unsportlich hatte werden lassen. Er war aus der Übung. Rothmanns überholte ihn, flankte über die Schranke und spurtete dem Flüchtigen hinterher. Meyer und Herro taten es ihm gleich. Stahl, mit einer hellen Windjacke über der Kellnerkleidung, bog um eine Ecke. Er strebte dem Alten Markt zu, wo es fast unmöglich sein würde, ihn wiederzufinden. Rücksichtslos arbeitete er mit den Ellenbogen. Rothmanns blieb ihm hartnäckig auf den Fersen. Sie erreichten die große

Bühne, wo inzwischen eine Reggaeband spielte. Stahl, der nicht besonders groß war, verschwand hinter den weißen Planen der Bühne, tauchte einen Moment später in der Nähe des Mischpultes noch einmal auf, und schien sich in Richtung des Leineweberdenkmals zu bewegen.

Rothmanns gab seinen Kollegen ein Zeichen, den Flüchtenden einzukreisen, was in dem Gedränge ein beinahe aussichtsloses Unterfangen war. Wilke hatte inzwischen aufgeholt und umging die dichteste Menge. Er näherte sich der Nicolai-Kirche. Er erkannte Rothmanns' blonden Schopf in der wogenden Menge. Da Rothmanns sich auf ihn zu bewegte, war es wahrscheinlich, dass auch Albert Stahl sich in seine Richtung bewegte. Wilke stieg auf eine der Parkbänke am Rande der Rasenfläche. Rothmanns Haarschopf kam näher. Albert Stahl musste vor ihm herlaufen.

Plötzlich bemerkte Wilke eine kleine Irritation in der Menge, als ob sich ein Hase seinen Weg durch ein Haferfeld bahnt. Eine kleine Gasse öffnete sich und schloss sich sofort hinter dem Hasen wieder. Das musste er sein! Wilke sprang von der Bank und bewegte sich auf die Stelle zu, wo der Hase den Hafer verlassen und in freies Gelände laufen würde. Die Menge wogte. Dann spuckte sie Albert Stahl aus, der sich mit hektischen Armbewegungen freischwamm. Wilke lief auf ihn zu. Stahl jedoch war wendig und schlug einen Haken. Er beschrieb einen Bogen und rannte auf das Portal der Nicolai-Kirche zu. Inzwischen hatte auch Rothmanns die Menge verlassen. Von links und rechts näherten sich Herro und Meyer.

„Er will in die Kirche!“, rief Wilke.

„Ist die nicht geschlossen?“ Rothmanns fuhr sich mit den Händen durchs verschwitzte Haar.

Offensichtlich war die Kirche jedoch nicht geschlossen. Einer der dunklen Türflügel öffnete sich, und Albert Stahl huschte hinein wie eine Maus in ihr schützendes Loch.

„Er sitzt in der Falle!“, rief Wilke erleichtert. In der Menge wäre die Chance, ihn zu erwischen, weit geringer gewesen.

„Hinterher!“, brüllte er, und seine Männer überholten ihn wieder.

5.

In der Kirche war die Beleuchtung nur spärlich. Die Lichter des Festes schimmerten durch das bunte Glas der hohen Fenster. Ihre Schritte hallten im Foyer. Sonst war alles still. Vielleicht hatte sich der Flüchtige in eine der Bankreihen verkrochen. Oder in die Kanzel.

„Wo ist er?“, flüsterte Meyer, dessen Augen sich erst an das schummerige Halbdunkel gewöhnen mussten. Auch Rothmanns blinzelte. Polternd öffnete sich die Tür hinter ihnen, und der Kommissar schnaufte herein.

„Da vorne!“, flüsterte Rothmanns. „Hinterm Altar hat sich was bewegt!“

Herro zog seine Waffe, um einen Warnschuss abzugeben.

„Hier wird nicht rumgeballert!“, brummte Wilke und drückte seinen Arm nach unten. „Wir gehen jetzt einfach von beiden Seiten heran und schnappen ihn uns.“

„Und wenn er in die Sakristei verschwindet?“

„Da sitzt er dann auch in der Falle. Wenn wir eine Kugel in den Antwerpener Altar jagen, kommen wir in Teufels Küche!“

Langsam näherten sie sich dem Altarraum. Es blieb

still. Nachdem sie etwa zwei Drittel des Kirchenschiffs hinter sich gelassen hatten, blieben sie stehen.

„Kommen Sie raus!“, rief der Kommissar. „Sie haben doch keine Chance mehr!“

Nichts rührte sich. Sie warteten ein paar Sekunden.

„Wir kommen jetzt zu Ihnen. Bleiben sie ruhig und machen sie kein Theater. Sie kommen hier nicht mehr raus.“

Nichts. Nur Stille. Der Kommissar gab seinen Männern ein Zeichen. Sie setzten sich wieder in Bewegung. Ein leises Wimmern wurde hörbar. Fast so, als würde ein Kind weinen. Sie gingen die drei Stufen zum Altarraum hinauf. Hinter dem Altar sahen sie zuerst die Schuhe, dann die Beine des Flüchtigen auf dem Boden. Er hatte sich hingesetzt, mit dem Rücken gegen den Altar gelehnt, und hielt sich die Hände vors Gesicht. Er weinte.

„Schlagen Sie mich nicht!“, jammerte er zwischen seinen Fingern hindurch.

„Niemand wird Sie schlagen“, sagte der Kommissar mit gleichmütiger Stimme. „Hören Sie auf mit dem Spielchen. Stehen Sie auf.“

Stahl rührte sich nicht, er flennte weiter in seine Hände. „Ich habe das doch alles nicht gewollt!“

„Stehen Sie auf, oder wir helfen nach.“

Müde erhob sich der Mann mit dem gelichteten Haar und schaute den Kommissar mit flachen, farblosen Augen an. Sein Gesicht war bleich, von angestrengten Linien durchfurcht, die in dem Dämmerlicht stärker hervortraten.

„Ich will beichten“, murmelte er mit müder Stimme. „Das können Sie mir nicht verwehren!“

„Das ist Unsinn. Sie können hier nicht beichten“, sagte der Kommissar streng. „Dies ist eine evangelische Kirche!“

Verblüfft starrte Stahl ihn an, als würde er aus allen Wolken fallen. Die Zuflucht, die er suchte, war trügerisch gewesen. Das Paradies der Vergebung ferner denn je.

Die Handschellen klickten hinter seinem Rücken. Herro schob ihn in Richtung Ausgang. Mit gesenktem Kopf trottete Albert Stahl vor ihnen her, ein armer Sünder, fast mitleiderweckend. Er schluchzte immer noch. Und zwischen all den Schluchzern begann er zu beten:

Dich liebt, o Gott, mein ganzes Herz,
und dies ist mir der größte Schmerz,
dass ich erzürnt hab', Dich o höchstes Gut,
O wasch mich rein mit Deinem Blut!
Dass ich gesündigt, ist mir leid,
zu bessern mich, bin ich bereit.

6.

Sofort nach der Festnahme Albert Stahls eilten Kommissar Wilke und sein Assistent zurück zum Niederwall, wo der alte Opel immer noch mit eingeschaltetem Licht vor der Schranke klebte. Inzwischen war eine Streife angekommen, um den mutmaßlichen Verkehrsunfall aufzunehmen und nach dem verschwundenen Fahrer zu suchen.

„Wir müssen den Anhänger öffnen!", rief Wilke, der ahnte, dass Albert Stahl das Festzelt nicht allein verlassen hatte.

Die Kollegen von der Streife sahen sich fragend an.

„Brecht das Ding auf!", befahl Wilke knapp. „Rothmanns? Das ist doch deine Spezialität."

Rothmanns entnahm seiner Jackentasche ein umfangreiches Bund mit allen Arten von Schlüsseln und Schraubendrehern. In weniger als einer Minute hatte er das Schloss geknackt. Wilke schob ihn zur Seite und öffnete die Tür. Auf dem muffigen Klappbett regte sich etwas. Eine junge Frau, die nicht einmal durch den Aufprall aus ihrem ohnmachtsähnlichen Schlaf erwacht war. Nun allerdings begann sie sich zu bewegen.

Rothmanns kniete neben dem Sofa nieder und klopfte ihr die Wangen.

„Können Sie mich hören?“, fragte er. „Ist alles in Ordnung?“

Es dauerte einige Minuten, ehe sie reagierte. Wilke hatte inzwischen einen Krankenwagen gerufen. Die Frau musste untersucht werden, auch wenn ihr augenscheinlich nichts fehlte. Mit wackeligen Beinen stand sie auf, gestützt von Rothmanns, der sie raus an die frische Luft führte.

„Mir ist schlecht“, sagte sie, und übergab sich ins nächste Gebüsch.

Zu brauchbaren Aussagen war sie nicht in der Lage. Einzig ihren Namen brachte sie heraus, mit einem Gesicht, als müsse sie ihre Erinnerung erst mühsam zusammenkratzen.

„Was ist passiert?“, fragte sie.

„Das werden wir Ihnen später erklären“, sagte der Kommissar milde.

Sirenen dröhnten um die Ecke. Das Blaulicht des Krankenwagens näherte sich. Die Frau übergab sich noch einmal, dann reichte Rothmanns sie an die beiden Sanitäter weiter. Der Kommissar veranlasste indessen, dass der Opel sowie der Wohnwagen auf den Hof des Polizeipräsidiums geschleppt wurden, wo sie am nächsten Tag der kriminaltechnischen Untersuchung zugeführt werden sollten.

„Feierabend!“, rief Wilke, als Rothmanns wieder auftauchte. „Wie geht es der Frau?“

„Geht so. Sie beginnt schon wieder, in ganzen Sätzen zu reden. Morgen werden wir eine kleine Einvernehmung durchführen können.“

„Gut“, nickte der Kommissar.

Der Wind kam aus Richtung der Hauptbühne und brachte eine Welle sommerlicher Rhythmen wie auch den Geruch nach Grillwürstchen und Schaschlik mit sich.

„Auf ein Bier?“, fragte der Kommissar, der sich müde und erleichtert fühlte.

„Wenn das eine dienstliche Anweisung ist, kann ich mich ja schlecht widersetzen“, grinste Rothmanns, und sie trotteten nebeneinander her dem Feierabend zu.

Spurenlese

1.

„Ich glaube, es hat keinen Zweck“, sagt der Kommissar und zuckt die Schultern. „Ruf die Kollegen, damit sie ihn abholen.“

Ingo Rothmanns, der dem Schweigen Albert Stahls und der betonten Langmut seines Chefs über zwei Stunden lang mit schwindender Faszination zugesehen hat, greift zum Telefon. Er wartet noch zwei Sekunden, ehe er die Taste drückt. Ein Trick. Eine letzte Gelegenheit für den Mann, sich eines Besseren zu besinnen. Noch eine Sekunde. Aber er tut den Mund nicht auf. Vollkommen verstockt. Rothmanns lässt die Kollegen kommen. Albert Stahl erhebt sich, legt bereitwillig die Hände auf den Rücken, wartet auf das Klicken der Handschellen und lässt sich mit leise schlurfenden Schritten herausführen.

„Ein Selbstdarsteller ist er nicht gerade!“, knurrt der Kommissar, als die Tür sich geschlossen hat. Draußen regnet es noch immer. Er gießt sich den letzten Kaffee aus der Maschine ein, der bereits seit einer Ewigkeit auf der Wärmeplatte brodelt. Er ist zu stark und schmeckt bitter. Wilke zieht eine Grimasse. Die Dose mit den Süßstofftabletten ist nicht auffindbar; wahrscheinlich liegt sie irgendwo unter dem Wust von Papier und Fotoausdrucken, der sich auf seinem Schreibtisch häuft. Er kippt sich einen großen Schwapp Milch in die Tasse.

„Ich halte Albert Stahl nicht für so einen Trottel, wie er zu sein vorgibt“, sagt Rothmanns, der es vorzieht, sich einen Früchtetee aufzubrühen. „Ich glaube, seine Schweigsamkeit ist Berechnung.“

„Hast du seine Augen gesehen?“

„Seine Augen?“ Rothmanns schüttelt den Kopf. „Was ist mit seinen Augen.“

„Sie sind stumpf. Als ob man in einen leeren Spiegel schaut. Er lebt in seiner eigenen Welt, an der alles andere abperlt wie Regentropfen.“

„Meinen Sie?“, fragt Rothmanns missmutig. „Ich denke, dass er sehr genau weiß, was er getan hat.“

„Er weiß es, aber es berührt ihn nicht. Es lässt ihn kalt. Er lebt ganz woanders. In irgendeiner verworrenen, kleinen Welt, in der die Uhren anders gehen, und in die wir nur schwerlich vordringen werden. Dort fühlt er sich ganz wohl, und was sonst geschieht, ist nur Ambiente. Ein fernes Rauschen.“

Rothmanns löst einen Löffel Honig in seiner Tasse auf. „Sagen Sie das nicht zu laut, Chef. Sonst fühlt sich noch jemand berufen, Stahl mit der Tiara der Unzurechnungsfähigkeit zu krönen.“

„Das will ich doch sehr hoffen!“, murmelt Wilke, der sich keine Illusionen mehr über die Gerechtigkeit der Welt macht.

2.

Nach der Verhaftung Albert Stahls hat der Kommissar unverzüglich zwei Durchsuchungsbeschlüsse erwirkt: Einen für Stahls Wohnwagen, der sich auf dem Parkplatz des Präsidiums befindet, und den anderen für das Haus seiner Mutter, in dem er über ein Zimmer verfügt.

Als die Beamten den Wohnwagen betreten, schlägt ihnen eine miefige Wolke entgegen. Es riecht nach saurer Milch, nach dreckigem Geschirr und ungewaschener Wäsche. Bei Tageslicht besehen ist der ganze Wagen ein

Schweinestall. Auf dem Boden liegen Bonbonpapiere, Brotkrümel und alte Socken. An einigen Stellen weist der Bodenbelag klebrige, rötliche Flecken auf, dort wo irgendwann Marmelade hingetropft ist. Das alte Schlafsofa strömt einen widrigen Dunst aus. Auf der Fensterbank liegen tote Fliegen. Lebende Exemplare umschwirren den übervollen Abfalleimer, der unter der kleinen Spüle steht. Es gibt nur wenige saubere Stellen in dem Chaos. Eine davon ist das kleine Tischchen am Kopfende des Sofas. Dort steht Albert Stahls Laptop. Ein älteres Modell, aber peinlich sauber gehalten. Kein Stäubchen liegt auf dem metallfarbenen Gehäuse.

„Packt das Ding ein und bringt es zu mir ins Büro", sagt Wilke. „Der ganze Inhalt muss in Ruhe durchgeforstet werden."

Er dreht sich um. „Rothmanns, das kannst du doch?"

Rothmanns, der mit spitzen Fingern ein Handtuch vom Boden aufgehoben hat, schaut auf. „Die Dateien durchforsten? Ja, das kann ich."

„Gut. Dann wissen wir, wie wir den Abend verbringen."

„Ja, Chef. Und schauen Sie mal hier."

Wilke beugt sich über das Handtuch, mit dem sein Assistent wedelt.

„Sehen Sie das?", fragt Rothmanns, auf einen rosa Fleck deutend, der sich inmitten von Kaffee-, Marmeladen- und anderen Flecken befindet. „Das ist Lippenstift."

„Bist du sicher?"

„Ziemlich sicher. Und da wir wohl davon ausgehen können, dass keine Frau freiwillig diesen Dreckstall betreten hat, ist es ein weiteres Indiz dafür, dass er all die Dinge, die wir ihm vorwerfen, wirklich getan hat."

„Gut. Steck das Ding in eine Tüte."

Die Spurensicherung hat inzwischen begonnen, die Einbauschränke zu öffnen. In einigen stapeln sich unerwartet ordentlich gebügelte und gefaltete Hemden und Hosen. Stahls Arbeitskleidung. In einem anderen Fach befinden sich Geschirr und Küchengeräte, ebenfalls sauber, fast, als wären sie nie benutzt worden. Tassen, Teller und Gläser für eine ferne Zukunft. Vielleicht für ein anderes Leben. Der Kommissar beugt sich über eine Schublade, die ein buntes Sammelsurium enthält. Souvenirs eines einsamen Lebens. Ein Stofftier, dessen Fell vom vielen Gebrauch völlig abgenutzt ist. Ein altes Märchenbuch. Wilke streift sich Plastikhandschuhe über und fischt es heraus.

„Die Märchen der Gebrüder Grimm", stellt er fest und beginnt zu blättern. Ein Buch wie Kinder es lieben, mit vielen farbenfrohen Darstellungen. Einige Seiten sind lose, andere schmutzig und verklebt. Das Bild der Hexe bei Hänsel und Gretel ist mit schwarzem Filzstift zugekritzelt. Vom Gesicht ist kaum noch was zu sehen.

„Obsessionen", murmelt der Kommissar.

In der Schublade findet sich noch ein weiteres Buch. Ein Tierbuch, das vor über drei Jahrzehnten durch einen Buchclub vertrieben wurde. Es ist gut erhalten, wenn auch etwas angestoßen. In der Mitte befinden sich zwei Seiten, die sich nicht voneinander lösen lassen. Sie sind mit mehreren Heftklammern zusammengeklammert worden.

„Was soll das?", fragt Wilke und hebt die Augenbrauen.

Sein Assistent zückt sein kleines Taschenmesser und biegt die Heftklammern auseinander.

„Voilà!" Die Seiten öffnen sich. Ein Küken versteckt sich vor einer Schlange.

„Ein Trauma", erklärt der psychologisch beschlagene Rothmanns, der seit einiger Zeit jeden Donnerstag einen Fortbildungskurs mit dem Titel ‚Analyse von Täterpersönlichkeiten' besucht, nach einem kurzen Blick. „Kennen Sie das nicht, dass man in einem Bilderbuch eine bestimmte Seite meidet, weil man Angst vor dem hat, was man dort zu sehen bekommt? Meine Schwester beispielsweise hat bei den Tierbüchern immer darauf geachtet, nicht die Seiten mit den Mäusen aufzuschlagen."

„Bei mir war es eine Seite in Hauffs Märchen, auf der das Gespensterschiff abgebildet war", nickt Wilke und gruselt sich bei der Erinnerung. „Am Bug war ein Totenkopf befestigt."

„Dann müssten sie Albert Stahl doch verstehen", lächelt Rothmanns und gibt dem Kommissar das Buch zurück.

Die nächste Schublade ist voll mit Krimskrams. Verschiedene billige Sonnenbrillen, die Stahl vielleicht vor langer Zeit getragen hat. Weiße Sandalen. Sie sind alt, aber offenbar frisch geputzt. Sie riechen nach guter Schuhcreme. Eine kleine Porzellandose mit Rosen. Sogar zwei Barbiepuppen finden sich ein. Ob Stahl damit gespielt hatte?

„Das sind sicher Sachen seiner verstorbenen Schwester", sagt Rothmanns, und Wilke ärgert sich, nicht selbst darauf gekommen zu sein.

Ein Kollege der Spurensicherung hat inzwischen das verschlossene Schrankfach über dem Lotterbett geöffnet. In den Mief des Wohnwagens ergießt sich eine Welle von Rosen und Lavendel. Helle Blusen, ein selbstgenähter Rock, eine schwarze Jacke mit Plüschkragen. Zwischen der Kleidung liegen Seifenstücke. In die Cordjacke eingewickelt findet sich eine altmodische Lacktasche. Siebziger Jahre, denkt Wilke. In der Tasche befinden sich ein paar Kosmetiksachen.

„Das ist garantiert der gleiche Lippenstift wie auf dem Handtuch“, sagt Rothmanns und zieht mit zwei Fingern einen rosafarbenen Lippenstift in fleckiger Goldhülle hervor.

Der Kommissar schüttelt den Kopf. „Das ist also das Geheimnis von Herrn Stahl: Ein paar alte Kleider und eine Handtasche aus den Siebzigern!“

„Nicht nur ein paar alte Kleider. Das Andenken seiner Schwester“, berichtigt ihn sein Assistent. „Alles dreht sich um seine Schwester. So wie sich auch in Stahls Kindheit zweifellos alles um dieses Mädchen gedreht hat.“

Wilke nickt bedrückt. „Die Eltern haben ihre Kinder offensichtlich sich selbst überlassen. Vielleicht haben sie sie sogar in irgendeinen dunklen Wald getrieben. Hänsel und Gretel scheinen es Albert Stahl ja besonders angetan zu haben.“

„Und wer ist die Hexe mit dem geschwärzten Gesicht? Seine Mutter?“

„Weiß ich noch nicht“, sagt der Kommissar und nimmt das Buch noch einmal zur Hand. „Wir werden ja gleich das Vergnügen haben, Mutter Stahl persönlich kennen zu lernen.“

„Ich habe sie heute früh noch mal angerufen“, merkt Rothmanns an. „Sie war richtig garstig zu mir. Hätte ich den Telefonhörer nicht ein Stück vom Kopf weg gehalten, hätte sie mir glatt das Ohr abgebissen! Sie sagte, dass wir ihren Sohn in Ruhe lassen und nicht wagen sollen, uns ihrer Tür zu nähern. Sie würde uns ohnehin nicht reinlassen.“

„Das werden wir ja sehen“, brummt Wilke, dem zänkische Frauen auf die Nerven gehen. „Lass uns am besten gleich losfahren. Hier haben wir alles gesehen, und ich komme allmählich in Stimmung für den Kampf mit einem Drachen."

3.

Das abgelegene Haus am Waldrand könnte idyllisch sein, wenn nicht verschiedene Details diesen Eindruck stören würden. Der obere Teil der Auffahrt ist irgendwann mit grauen Steinen gepflastert worden und wirkt unansehnlich und trist. Die Blumenbeete sind vernachlässigt. Ackerwinden haben die Rosen längst stranguliert. Das Efeu, das die Wände des Hauses in fester Umarmung hält, ist von zahlreichen abgestorbenen Ästen durchsetzt. Die Scheiben des oberen Stockwerks sind beinahe zugewuchert. Albert Stahl ist in den letzten Monaten offensichtlich nicht mehr dazu gekommen, seiner Mutter das Haus instand zu halten. Vielleicht hatte er auch einfach die Lust verloren.

Sie fahren die Auffahrt hinauf.

„Hinter der Gardine bewegt sich was", sagt Rothmanns und deutet auf ein tüllberüschtes Fenster neben der Tür.

„Dann kann sie ja schon mal aufmachen", murmelt der Kommissar, der sich mit leisem Ächzen aus dem Sitz schält.

Frau Stahl – denn zweifellos handelt es sich bei der Silhouette hinter der Gardine um Albert Stahls Mutter – ist jedoch starrsinnig. Sie denkt nicht daran, klein beizugeben und fremde Leute ihre Zimmer durchwühlen zu lassen. Erst nach dem fünften Klingeln bequemt sie sich, überhaupt zur Tür zu kommen.

„Ich habe dem jungen Mann am Telefon schon gesagt,

dass ich nicht öffnen werde!“, schimpft sie durch den Briefschlitz, der sich in etwa einem Meter Höhe neben der Tür befindet.

„Seien Sie doch vernünftig, Frau Stahl“, ruft der Kommissar zurück, seinerseits vor dem Briefschlitz hängend. „Wir haben einen Durchsuchungsbeschluss!“

„Sie können mir ja viel erzählen!“

Wilkes Geduld wird dünner. „Öffnen Sie die Tür, dann können Sie ihn sehen.“

„Stecken Sie das Ding durch den Briefkasten!“

„Tun Sie ihr den Gefallen, Chef. Sonst stehen wir morgen noch hier“, flüstert Rothmanns.

Wilke gibt nach und steckt das Dokument durch den Briefschlitz. Auf der anderen Seite wird es ihm aus der Hand gezogen. Dann folgt Stille, bis Rothmanns wagt, erneut anzuklopfen.

„Machen Sie jetzt auf, Frau Stahl?“

„Nein!“ Durch den Briefschlitz kommt eine Handvoll kleingerissener Papierfetzen nach draußen geflattert. „Da müssen Sie sich wohl einen neuen besorgen!“

„Sie machen jetzt sofort auf, oder ich lasse die Tür aufbrechen!“, poltert der Kommissar und tritt mit dem Fuß gegen die Tür.

Stille. Dann dreht sich tatsächlich der Schlüssel im Schloss.

„Aber nur unter Protest!“, sagt die alte Frau biestig.

„Protestieren Sie ruhig“, brummt Wilke und schiebt sie zur Seite.

„Ich verbitte mir, dass Sie mich anfassen!“ Die Alte ist wirklich eine Giftspritze.

Von der kleinen Diele geht es nach rechts in die Küche. Alles blitzt. Frau Stahl legt Wert auf peinliche Sauberkeit. Es riecht nach Essigreiniger und kaltem Kaffee.

Die Türen der alten Einbauküche glänzen. Kein Fleck, kein Kratzer sind zu sehen. Auf dem Herd steht ein kalter Topf Bohnensuppe. Auf dem Topfschrank ein leeres Einmachglas, ausgespült und blankpoliert.

„Hier kann man ja vom Fußboden essen", lobt Rothmanns, der Spezialist für Deeskalation.

„Sauberkeit ist die höchste Zier!", sagt Frau Stahl streng, und fügt hinzu: „An der Sauberkeit einer Wohnung erkennt man den Charakter des Menschen."

„Da haben Sie sicher Recht", bemerkt der Kommissar zweideutig, während er an den verlotterten Wohnwagen ihres Sohnes denkt.

„Wo geht es in den Keller?"

„Da hinten links", sagt Frau Stahl. „Aber ich komme nicht mit! Das können Sie nicht von mir verlangen!"

„Das fehlte uns auch gerade noch", murmelt der Kommissar und öffnet die besagte Tür. Die Treppe, die hinunterführt, ist steil, aber gut gepflegt, die Beleuchtung ausreichend. Sie müssen die Köpfe etwas einziehen. Wie in vielen alten Häusern scheinen sich die Bewohner früherer Generationen mit einer mittleren Körpergröße begnügt zu haben.

Der Keller besteht aus zwei Räumen, die von einem Flur abgehen. In einem der Räume ist die Heizungsanlage untergebracht. Im anderen befindet sich ein Tiefkühlschrank. An den Wänden sind Regale, auf denen Vorräte stehen. Dosenfutter. Zucker und Mehl. Haushaltsrollen und Klopapier. Dahinter steht eine fast endlose Batterie von Einmachgläsern. Frau Stahl scheint eine sparsame Hausfrau zu sein, die keine Gartenfrüchte verkommen lässt. Alleine wird sie das ganze Zeug niemals essen können.

„Hier ist nichts. Alles sauber", sagt Rothmanns.

„Ich denke auch nicht, dass wir hier Spuren finden werden, die Albert Stahl als den Täter überführen. Seinen persönlichen Kram hat er im Wohnwagen aufgehoben. Hier finden wir höchstens ein paar Teile des Gesamtpuzzles. Fragmente seiner Persönlichkeit."

„Hier im Keller?"

„Ingo, du nervst!", ruft Wilke ungehalten. „Dein verdammter Rationalismus wird dir noch alle Freude an der Arbeit rauben!"

„Ich finde meine Freuden außerhalb der Arbeit", sagt Rothmanns spitz, der weiß, dass Wilkes Besessenheit, bis ins letzte Atom seiner Fälle vorzudringen, ihm gelegentlich die Freude an weltlichen Dingen verbaut. Zu einer eigenen Familie hat er es nie gebracht. Ohne die gelegentlichen Ellenbogenstöße seines fürsorglichen Assistenten würde der Kommissar tatsächlich Gefahr laufen, ein Eigenbrötler zu werden.

Sie gehen die Kellertreppe wieder hinauf. Frau Stahl steht mit verschränkten Armen in einer Ecke des Flurs und verfolgt jeden ihrer Schritte. Die Werkstatt, in der früher Vater Stahl gebastelt hat, ist ebenso sauber und aufgeräumt wie das Wohnzimmer. Jedes Flöckchen Sägespäne, das ehemals von Hans Stahls Arbeit gezeugt haben mochte, ist längst dem Putzteufel anheim gefallen. Unter einer dicken Plastikplane steht ein Fahrrad. Es ist pinkfarben und mit einem weißen Körbchen ausgerüstet. Die Reifen sind platt.

„Das Rad der Tochter." Ingo Rothmanns deckt das Relikt wieder zu. „Im ganzen Haus habe ich kein Foto des Mädchens gesehen. Warum hat Frau Stahl wohl ausgerechnet das Fahrrad als Andenken aufbewahrt?"

„Sie hat es sicher nicht als Andenken aufbewahrt. Vielleicht als Wertgegenstand. Es ist kaum gebraucht."

Es klingelt wieder an der Tür, und Frau Stahl zetert, dass sie nicht noch mehr Leute ins Haus lassen wird. Der Kommissar öffnet die Tür.

„Morgen, Jungs", sagt er und winkt vier Kollegen herein, die die Haussuchung durchführen sollen. Wilke schaut ihnen eine Weile zu. Er würde gerne rauchen, aber er fürchtet, dass die alte Stahl dann einen Tobsuchtsanfall bekommt. Sicher bringt sie jeden eigenhändig um, der es wagt, in ihren Gemächern zu qualmen. Dann geht er mit Rothmanns die Treppen ins Obergeschoss hinauf. Sie treffen auf eine verschlossene Tür.

„Geben Sie uns bitte den Schlüssel, Frau Stahl", sagt Rothmanns, denn die Alte ist ihnen misstrauisch gefolgt.

„Den Schlüssel habe ich verloren", sagt sie und verschränkt die Arme.

„Was ist das für ein Zimmer?", fragt der Kommissar.

Sie presst die Lippen aufeinander und sagt nichts.

„Ist es das Zimmer Ihrer Tochter?", fragt Rothmanns scharfsinnig.

„Ich habe keine Tochter", schnarrt Frau Stahl. „Und den Schlüssel habe ich auch nicht. In dem Zimmer ist seit dreißig Jahren niemand gewesen."

„Seit dreißig Jahren, welch ein Zufall", murmelt der Kommissar, der die Faxen dicke hat. Er zieht einen Dietrich aus der Tasche und beginnt, in dem alten Schloss herumzustochern.

„Das ist Einbruch!", keift Frau Stahl.

„Tu mir einen Gefallen, Ingo, und schaff sie mir vom Halse", raunt er. „Meine Geduld ist nur noch knapp bemessen."

Rothmanns nickt und komplimentiert die alte Dame wieder nach unten, ohne auf ihre lebhaften Widerworte zu achten. Er verbannt sie mit der freundlichen Bemerkung in die Küche, dass sie im Falle weiterer Widersetzung wegen Behinderung einer Polizeiaktion festgenommen werden wird.

Oben hat Wilke die verschlossene Tür inzwischen geöffnet. Der Geruch einer staubigen Höhle strömt ihnen entgegen. Der Raum liegt im Halbdunkel; nur wenige Sonnenstrahlen finden den Weg durch die geschlossenen Vorhänge. Wilke öffnet sie mit einem Ruck. Eine dicke Staubwolke wirbelt auf und bringt ihn zum Niesen. Das Zimmer ist trostlos und denkbar unspektakulär. Ein altes Jugendzimmer aus den Siebzigern, mit einer dicken Staubschicht bedeckt. Alle persönlichen Gegenstände, die einmal die Schränke und Regale bevölkert haben mögen, sind entsorgt worden. Einige davon hat Albert Stahl sich angeeignet. Die Reliquien seiner Schwester in der Schublade. Andere sind wahrscheinlich im Müll gelandet. Die Schränke sind leer. In einer Schublade finden sich ein paar vergessene Nylonstrumpfhosen, und in einem Schrankfach zwei mottenzerfressene Wolldecken. In den Ecken liegen Mäuseködel. Ein paar Schaumstoffflocken unter dem Klappbett deuten an, dass die kleinen Nager in der alten Matratze ein Nest bezogen haben.

„Nichts. Hier wohnt nicht mal ein Gespenst. Ein leeres Grab. Das Mädchen, das hier lebte und starb, ist längst zu Luft geworden“, sagte der Kommissar mit Betrübnis.

„Lassen Sie uns ins Nebenzimmer gehen, Chef!“

Albert Stahls altes Kinderzimmer, das immer noch wie ein Kinderzimmer aussieht, ist das genaue Gegenteil des versifften Wohnwagens, den sie ein paar Stunden zuvor gesehen haben. Unter Mutters Dach war Stahl hochgradig kontrolliert. Etwas anderes hätte Frau Stahl wohl nicht geduldet. Kein Stäubchen liegt auf der Fensterbank. Die Scheiben sind glasklar und streifenfrei gewischt, der blaue Veloursteppich frisch gesaugt. Die Spuren des Staubsaugers bilden ein gleichmäßiges Muster in dem kurzen Flor.

„Da hilft Mutter wohl regelmäßig nach", sagt der Kommissar. „Ein Wunder, dass sie nicht auch seinen Wohnwagen in Ordnung gehalten hat."

In den Regalen steht eine Reihe Spielzeugautos, die wohl ebenfalls einer regelmäßigen Behandlung mit dem Staubwedel unterzogen werden. In den Schrankfächern liegt frisch gebügelte Bettwäsche. In einem anderen Schrank hängt eine Winterjacke. Den größten Teil seiner Kleidung hat Albert Stahl bei sich im Wagen gehabt.

„Ein Mann ohne Eigenschaften", sagt Wilke. „Nichts hier trägt seine persönlichen Spuren. Der Ordnungswahn seiner Mutter hat allem den Stempel aufgedrückt. Wirklich gelebt hat er nur in seiner eigenen Welt. In seiner dreckigen Höhle auf dem Jahrmarkt."

Ein kurzer Blick ins elterliche Schlafzimmer, das Frau Stahl seit über zwanzig Jahren allein bewohnt, verstärkt den Eindruck von Trostlosigkeit. Die Tapeten sind vergilbt. Auf der Fensterbank stehen hinter den Gardinen zwei Töpfe mit künstlichen Geranien. Echte Blumen hätten wahrscheinlich zuviel Schmutz gemacht mit ihren Blättern und Blüten, die sie auf den Teppich fallen lassen. Die alten Ehebetten sind so weit wie möglich auseinandergerückt: Frau Stahls Bett, mit einer rosa Daunendecke verhüllt, steht in der Nähe des Fensters. Das zweite Bett, das mit einer Plastikhülle bedeckt ist, damit es nicht einstaubt, steht an der gegenüberliegenden Wand, durch zwei Nachtschränkchen und die Frisierkommode von dem ersten Bett getrennt.

Die alte Treppe knarrt unter den Schritten. Unten haben die Männer inzwischen alle Schränke und Schubladen geöffnet. Der einzig relevante Fund stammt aus einer Metallschatulle aus dem Wohnzimmer.

„Dokumente, Chef“, sagt einer der Männer und drückt Wilke ein Bündel Akten und Papiere in die Hand. „Stammbuch, Urkunden und so weiter. Sonst gibt es nicht viel Persönliches. Im ganzen Haus keine Fotos. Als ob die Menschen, die hier lebten, keine Gesichter hatten.“

„Oder sie haben den Anblick ihrer eigenen Gesichter nicht ertragen. Viele Spiegel habe ich übrigens auch nicht gesehen“, stellt Wilke fest.

Dann stopft er das Aktenbündel in eine Plastiktüte. Sie verlassen das Haus mit dem Gefühl, sich schütteln zu müssen, um all den Staub wieder loszuwerden. Kriminalassistent Rothmanns dreht den Schlüssel im Zündschloss und lässt den Motor aufheulen.

4.

Eine halbe Stunde später parkt Rothmanns den Dienstwagen am Ortsrand von Enger, um mit seinem Chef die paar hundert Meter zur örtlichen Polizeiwache zu Fuß zurückzulegen. Wilke legt einen flotten Schritt vor. Frische Luft lässt ihn immer aufblühen, und wenn die Sonne ihm im richtigen Winkel auf den Kopf brennt, beginnen sich manchmal dumme Gedanken vom Leben in einer Holzfällerhütte, fernab aller Schlechtigkeiten der Welt, zu regen. Mit der Fußspitze kickt er ein Steinchen weg, sodass es quer über die Straße schießt.

„Der alte Holzfällertraum, Chef?“, fragt Rothmanns keck, der seinen Chef schon ziemlich gut kennt.

„Unsinn!“, sagt Wilke fröhlich. „Die reine Freude am Leben!“

„Tun Sie sich keinen Zwang an“, grinst Rothmanns.

In der Polizeiwache in der Spenger Straße versieht Polizeihauptmeister Grumme seit einigen Jahren Stubendienst. Fortschreitendes Rheuma hat ihn frühzeitig vom Außendienst befreit. Er hat bereits auf die Bielefelder Kollegen gewartet, und eine Aktennotiz aus dem Jahr 1986 liegt bereit, glatt und ohne Eselsohren.

„Ich hatte Ihnen eine Kopie gefaxt“, sagt der Polizeihauptmeister. „Haben Sie sie nicht bekommen?“

„Doch“, nickt Wilke. „Haben wir auch gelesen. Ich würde nur noch mal gerne die einzelnen Punkte durchgehen. Die Sache liegt lange zurück. Trotzdem wäre ich Ihnen dankbar, wenn wir es versuchen könnten.“

„Ändert das etwas an den Tatsachen?“, fragt der Beamte. „Ich dachte, der Verdächtige wäre bereits überführt.“

Wilkes Lächeln ist von gewohnheitsmäßiger Glätte, als er nickt. „Wir sind eben gründlich.“

Die Besucherstühle in dem kleinen Büro sind bequem, sodass ein Beschuldigter, der hier verhört wird, sich leicht allzu behaglich fühlen könnte, denkt er, als er sich niedergelassen hat. Er beginnt mit dem Zuckerstreuer zu spielen, der zufällig vor ihm steht, in der Hoffnung, dass Polizeihauptmeister Grumme den Wink verstehen und ihnen einen Kaffee anbieten wird.

„Ich erinnere mich ziemlich gut an die Sache“, beginnt Grumme, während er die Aktennotiz zur Hand nimmt. „Hans Stahl, 53 Jahre. Es war später Abend, als wir gerufen wurden. Das war im März, und es war längst dunkel. Sturz von der Kellertreppe. Klang nach einem Unfall. Und es sah auch aus wie ein Unfall. Der Tote lag auf den unteren Stufen. Eine sehr steile Treppe war das, und nur mit einer Funzelbirne beleuchtet. Der Körper wies sturztypische Verletzungen auf. Todesursache war offensichtlich ein Genickbruch. Das hat der Arzt dann auch bestätigt. Man sah es auf den ersten Blick. Sogar mir als Laie war es klar. Der Kopf war so verdreht, dass der Mann beinahe nach hinten schaute."

„Wer hatte die Polizei verständigt?"

„Moment. Hier steht es. Der Anruf ging um 22.16 Uhr bei der Dienststelle ein. Eine Frau war am Telefon. Frau Stahl. Sie sagte, es habe einen Unfall gegeben."

„Sie nannte es selbst einen Unfall?", fragt Wilke, den Zuckerstreuer in seinen Händen drehend.

„So ist es hier vermerkt. Ich war natürlich nicht selbst am Telefon. Ich machte damals mit einem Kollegen Außendienst. Wir hatten gerade an einem Grillimbiss gehalten, als die Meldung kam. Wir ließen uns die Sachen einpacken und fuhren sofort los, aber bis wir das Haus gefunden hatten, verging fast eine halbe Stunde. Das Wetter war beschissen, es regnete, die Einfahrt war schlecht beleuchtet. Ein Feldweg war das, der zu dem Haus hinführte. Ich glaube, da hat sich bis heute nicht viel geändert."

„Waren Sie die ersten am Unglücksort?", fragt Rothmanns, der einen Kugelschreiber gezückt hat und sich Notizen macht.

„Ja." Grumme nickt. „Ich hatte gedacht, dass vielleicht der Arzt schon da wäre. Ich hätte es für selbstverständlich gehalten, wenn die Leute ihren Hausarzt verständigt hätten."

„Hatten sie aber nicht?"

„Nein, hatten sie nicht. Das fand ich etwas merkwürdig. Ich habe dann den Polizeiarzt kommen lassen. Das dauerte noch mal eine halbe Stunde, bis er da war. Die Frau und ihr Sohn saßen derweil am Küchentisch. Ein blasses Bürschchen war der Junge. Fünfzehn Jahre alt. Sie saßen einfach nur da und schwiegen. Völlig geschockt offenbar. Aber auch sehr ruhig. Manche Menschen sind eben nicht zu großen Emotionen fähig. Da werden Schicksalsschläge hingenommen wie ein Regenguss. Der Mann lag unten auf der Kellertreppe, genauso wie er gefallen war. Sie hatten ihn nicht angerührt. Sie wollten ihn auch nicht noch mal sehen."

„Und was haben Mutter und Sohn Stahl zum Unfallhergang gesagt?"

„Frau Stahl sagte, ihr Mann habe ein Bier aus dem Keller holen wollen und sei dabei gestolpert. Die Kellertreppe war eng und steil. Als wir hinuntergingen, lagen überall Glasscherben. Herr Stahl hatte offensichtlich mehrere leere Flaschen sowie ein paar Einmachgläser im Arm gehabt, als er nach unten ging. Eines der Einmachgläser war noch deutlich als solches zu erkennen."

Grumme wirft erneut einen Blick in die Akte: „Frau Stahl sagte, sie habe mit ihrem Sohn in der Küche zu Abend gegessen, und danach seine Hausaufgaben beaufsichtigt, die er am Küchentisch machte. Ihr Mann habe im Wohnzimmer ferngesehen."

„Der Mann hat nicht mit seiner Familie zu Abend gegessen?"

Grumme zuckt die Schultern. „Anscheinend hat er sich mit einem Bier vorm Fernseher begnügt. Das leere Glas stand noch auf dem Wohnzimmertisch."

„Merkwürdig", sagt der Kommissar. „Und Mutter und Sohn wollen nicht gemerkt haben, dass er das Wohnzimmer verließ, um in den Keller zu gehen?"

„Nein. Frau Stahl sagte aus, sie wären erst durch das

Poltern auf der Treppe aufgeschreckt worden. Und als sie nachschauten, sahen sie Herrn Stahl am unteren Ende der Treppe liegen, mit verkrümmten Gliedern, umgedrehtem Hals und einer blutenden Wunde am Kopf. Er war so offensichtlich tot, dass sie gar nicht erst zu ihm hinuntergegangen sind. Sie haben ihn einfach so liegengelassen."

„Und keinen Arzt gerufen?"

„Nein. Mit eben der Begründung der Offensichtlichkeit des Todes. Wäre Herr Stahl nicht nachweisbar durch den Genickbruch im Moment des Sturzes gestorben, hätte man der Frau ihr Verhalten als unterlassene Hilfeleistung ankreiden können. Sie hätte zumindest nachschauen müssen, ob ihr Mann noch lebte. Aber wie gesagt, die nachgewiesene Tatsache des Genickbruchs entlastete sie. Die Sache ist dann auch nicht weiter verfolgt worden. Ein Unfall eben. So wie es in den Akten steht."

Wilke blinzelt an die Decke. Irgendetwas an der Geschichte stört ihn. Eine kleine Unstimmigkeit. Rothmanns scheint es nicht gemerkt zu haben. Natürlich nicht. Er hat begonnen, mit Herrn Grumme über das Wetter und das Landleben im Allgemeinen zu plaudern.

„Was trug Herr Stahl genau bei sich, als er die Treppe hinunterstürzte?", fragt Wilke langsam.

Polizeihauptmeister Grumme wedelt mit dem Blatt. „Ein paar geleerte Bierflaschen und zwei Einmachgläser. So wie es hier steht."

Der Kommissar wendet sich seinem Assistenten zu. „Und das findest du nicht merkwürdig, Ingo?"

„Was?", fragt Rothmanns überrascht.

„Die Tatsache, dass Herr Stahl bei seinem Sturz nicht nur seine geleerten Bierflaschen im Arm hatte, sondern offensichtlich auch zwei leere Einmachgläser. Wir haben doch gerade gehört, dass er im Wohnzimmer vorm Fernseher saß und von dort aus direkt in den Keller ging. Mutter und Sohn Stahl wollen ihn nicht gesehen haben."

„Und?" Rothmanns versteht immer noch nicht, worauf sein Chef hinaus will.

Wilke seufzt leise. „Bierflaschen, ja. Aber die Einmachgläser wird er ja kaum auf dem Wohnzimmertisch griffbereit gehabt haben. Wo stehen leere Einmachgläser üblicherweise? Irgendwo in der Küche, solange bis jemand sie wegbringt. Aber doch nicht im Wohnzimmer."

„Meinen Sie, das hat was zu bedeuten?", fragt der Kriminalhauptmeister, dem es plötzlich so vorkommt, als habe er damals ebenfalls ein dummes Gefühl gehabt.

„Es ist zumindest eine Unstimmigkeit", sagt Wilke. „Herr Stahl muss in die Küche gegangen sein, um die Gläser zu holen. Und dann stellt sich mir als nächstes die Frage, warum Mutter und Sohn Stahl übereinstimmend behaupten, nicht gemerkt zu haben, dass er in den Keller wollte. Beide saßen am Küchentisch über den Schulheften, und die Küche ist nicht gerade geräumig. Wir sind vorhin da gewesen. Sie müssen mitbekommen haben, wenn Herr Stahl die Küche betrat und die Einmachgläser mitnahm."

„Das ist eine sehr vage Vermutung. Vielleicht standen die Gläser gar nicht in der Küche", wendet Rothmanns ein. „Sie können auch im Flur in der Nähe der Kellertür gestanden haben, damit der Nächste, der nach unten geht, sie mitnimmt."

„Glaube ich nicht. Wir haben Frau Stahl kennen gelernt. Sie ist die Ordnungsliebe in Person. Schon beinahe eine Fanatikerin. Ich glaube, du hattest den gleichen Eindruck. Würde sie leere Einmachgläser einfach auf dem Fußboden in einer Ecke des Flurs stehen haben? Da könnte sie ja nicht mal mit dem Besen hinter. Der Flur ist die

Visitenkarte des Hauses. Wenn Besuch kommt, stolpert der als erstes über leere Gläser. Frau Stahl ist nicht der Typ, der sich solche Blöße gibt. Die Gläser standen in der Küche. Erinnerst du dich nicht? Vorhin stand da auch so ein Glas auf dem Topfschrank. Wahrscheinlich waren Bohnen darin."

„Bohnen?", fragt Rothmanns verständnislos.

„Auf dem Herd stand ein Topf Bohnensuppe. Wahrscheinlich hat sie eingekochte Bohnen aus dem Glas verwendet."

Manchmal wundert Rothmanns sich, welche merkwürdigen Details im Hirn seines Chefs hängen bleiben.

Wilke fährt fort. „So wird sie es ihr ganzes Leben machen: Die leeren Gläser werden gleich ausgespült und abgetrocknet. Und dann stehen sie auf dem Topfschrank, bis sie wieder in den Keller wandern."

„Ist das nun ein Indiz?"

„Kein Indiz. Nur ein kleines Körnchen Zweifel. Und ein Zweifel zieht den anderen nach sich. Wenn sich jemand die Mühe macht, wegen einer völlig belanglosen Kleinigkeit zu lügen, muss er einen Grund haben. Dann will er etwas verschleiern. Und damit macht er sich viel verdächtiger, als er sonst je gewesen wäre."

„Vielleicht haben Sie Recht", nickt der Polizeihauptmeister. „Ich gebe zu, die Art, wie Mutter und Sohn am Küchentisch saßen, hatte etwas Beklemmendes. So unbeteiligt. Ungerührt. Der Junge hatte die Arme vor der Brust verschränkt und blickte zu Boden. Aber keine Träne um den Vater. Die Frau begann, Kartoffeln für den nächsten Tag zu schälen, als ginge sie das alles nichts an."

Wilke ächzt. Wie ist es möglich, dass diese Unstimmigkeiten zwanzig Jahre vor sich hindunsten konnten, ohne dass jemand sie zur Kenntnis nahm?

„War die Familie vorher schon mal in irgendeiner Weise auffällig geworden?“

„In passiver Form, wenn Sie so wollen“, nickt Grumme, nun ein wenig eifriger.

„Passive Auffälligkeiten?“

„Ja, sozusagen. Selber straffällig geworden sind die Stahls nie. Aber da ist natürlich die Sache mit der Tochter, die sich sechs Jahre vor dem Unfall von Herrn Stahl das Leben genommen hatte. Damals war auch Polizei im Haus. In den Jahren zuvor war das Mädchen mehrmals von den Kollegen aufgegriffen und nach Hause gebracht worden. Sie saß am Bahnhof herum. Oder vorm Rapid-Markt. Oder auf einem Kinderspielplatz in der Nähe der Kirche. Ich habe hier mehrere alte Notizen vorliegen. Sie scheint zumindest zeitweilig eine notorische Schulschwänzerin gewesen zu sein. Darüber hinaus haben Herr und Frau Stahl im Laufe der Jahre immer wieder Anzeigen gegen Unbekannt erstattet.“

„Was für Anzeigen waren das?“

Grumme blättert seine gelblichen Seiten durch. „Zum ersten Mal gab es 1966 Ärger. Das war im ersten Jahr, nachdem sie hergezogen waren. Da hatte jemand ihnen die Türklinken mit Kot eingestrichen. Und mit dem gleichen Dreck stand ‚Schweine‘ an die Wand geschmiert.“

„Aha. Und was weiter?“

„1967. Da wurde nachts eine ganze Ladung Unrat in ihren Garten gekippt. Vergammeltes Gemüse, Fischabfälle und Stinkzeug.“

Grumme sieht sich genötigt, die ganze Liste vorzulesen.

„1969. Herr Stahl erstattet Anzeige, weil jemand mit einem Stein das Küchenfenster zertrümmert hat. Die Scheibe war kaputt, aber niemand wurde verletzt. Im

Herbst des gleichen Jahres wurden bei Dunkelheit die Wäscheleinen im Garten durchgeschnitten. Frau Stahl hatte große Wäsche gemacht, und am Morgen lag alles im Dreck. Die nächste Anzeige kam zwei Jahre später. 1971. Im November verlor jemand eine halbe Fuhre Mist auf der Einfahrt der Stahls."

„Wie kann man eine halbe Fuhre Mist verlieren, ohne es zu merken?", fragt Rothmanns.

„Der Mistfahrer, ein Bauer, der sein Wegerecht über die Einfahrt der Stahls nutzte, um zu seinem Acker zu gelangen, gab später an, dass die Klappe seines Anhängers sich versehentlich geöffnet haben müsse. Er habe aber nichts davon bemerkt."

„Ist das glaubwürdig?"

„Ich weiß nicht", sagt Grumme. „Ich habe noch nie einen Misthänger gefahren."

„Und dann?"

„1973. Während Familie Stahl in der Genossenschaft einkauft, wird draußen ein Reifen ihres Wagens aufgeschlitzt. Es waren zwar mehrere Leute auf dem Parkplatz zugegen, aber angeblich hat niemand etwas bemerkt. Dann 1974. Als Frau Stahl in Hiddenhausen eine Bäckerei verlässt, wird sie aus dem Hinterhalt mit zwei Eiern beworfen."

„Das sind ja Bubenstreiche!", ruft Wilke ärgerlich.

„Mobbing heißt das heute, Chef", sagt Rothmanns. „Und man sollte die psychologische Wirkung solcher Dauerattacken nicht unterschätzen."

„Ich weiß", brummt Wilke. „Wie lang ist die Liste noch?"

„Das geht erst mal bis 1980 so weiter. Jedes Jahr ein oder zwei Kleinigkeiten, als ob die Dorfbevölkerung in regelmäßigen Abständen ihr Mütchen an den Stahls kühlen musste. Dann trat allerdings eine mehrjährige Pause ein."

„Vielleicht das schlechte Gewissen", sagt Wilke. „1980 hat Bettina Stahl sich das Leben genommen. Vielleicht hielt man sich aus Pietät eine Weile zurück."

„Möglich." Grumme blättert weiter. „Aber Ende 1983 erstatteten Stahls dann wieder eine Anzeige. Sie bekamen anonyme Anrufe. Ordinäres Zeug. Schweinereien."

„Schweinereien?" Der Kommissar wird hellhörig.

„Ja. Aber nicht näher spezifiziert. Stahls erstatteten zwar Anzeige, waren aber offenbar nicht bereit, den genauen Wortlaut der Anrufe zu Protokoll zu geben. 1984 kam es nochmals zu einer Serie von Anrufen. Als wir soweit waren, eine Fangschaltung zu installieren, hörten die Anrufe auf."

Der Polizeihauptmeister schaut hoch. „Das war dann auch die letzte Anzeige. Danach scheinen sich die Dinge beruhigt zu haben."

„Das muss nichts heißen. Vielleicht hatten die Stahls einfach aufgegeben, die Belästigungen anzuzeigen. Es kam ja ohnehin nichts dabei heraus", sagt Rothmanns.

„Auch das ist leider möglich." Grumme zuckt die Schultern. „Zwei Jahre später verunglückte Herr Stahl. Seitdem haben wir dienstlich nie wieder mit der Familie zu tun gehabt."

„Trotzdem. Das hat sich ganz schön geläppert mit den Anzeigen. Und im Grunde alles Kleinigkeiten, Kinderkram. Aber in der Häufung wird das sicher nicht ohne Wirkung auf das Seelenleben der Stahls geblieben sein", sagt Rothmanns.

„Von dieser ganzen Liste hätte ich gerne eine Kopie", sagt der Kommissar. „Die Familie Stahl scheint im Ort nicht sehr beliebt gewesen zu sein. Was könnte der Grund gewesen sein?"

Grumme seufzt. „Näheres kann ich Ihnen darüber nicht sagen. Ich lebe in Enger. Was die Leute in Hiddenhausen treiben, bekomme ich nur mit, wenn es straftatrelevante Formen annimmt."

Wilke klopft auf die Aktentasche, in welcher sich das Dokumentenbündel aus dem Besitz von Frau Stahl befindet. „Dann kann ich nur hoffen, dass wir den Grund für die Feindseligkeiten in diesen Unterlagen finden. Wir werden sie so schnell wie möglich prüfen."

Rothmanns, der eine Spätschicht auf sich zukommen sieht, wirkt leidend. Das Gespräch ist beendet. Kommissar Wilke, der es kaum abwarten kann, wieder an die frische Luft zu kommen, erhebt sich und stellt den Zuckerstreuer zurück auf die Tischplatte.

„Jetzt habe ich Ihnen gar keinen Kaffee angeboten!", ruft Grumme, als wäre er aufgewacht.

„Das wäre auch wirklich nicht nötig gewesen", murmelt Wilke mit so feiner Ironie, wie nur ein waschechter Proletarier sie aufbringen kann.

5.

Auf Wilkes Tastatur klebt ein gelbes Zettelchen. Der Kommissar hasst es, wenn überall diese Dinger kleben. Rothmanns hat manchmal die Manie, alles auf Zettel zu kritzeln und den Arbeitsplatz seines Chefs damit zu dekorieren, statt den Mund aufzumachen.

„Bernd Schröder, wer soll das sein?", knurrt Wilke und reißt das Zettelchen ab.

„Das ist ein ehemaliger Lehrer von Albert Stahl. Ich habe ihn in seinem Schrebergarten in Hiddenhausen aufgetrieben. Er ist längst pensioniert. Aber ich dachte, es könnte nicht schaden, ihn mal einzuladen. Vielleicht kann er ein paar Teilchen zu dem Puzzlespiel beitragen."

„Gute Idee", bemerkt der Kommissar. „Diese Lehrer haben manchmal ein phänomenales Gedächtnis. Meiner hat nie einen Streich vergessen, den ich ihm gespielt habe."

„Und ich dachte, dass Sie ein Musterschüler waren", grinst Rothmanns.

„Nicht wirklich", gibt der Kommissar zu. „In meiner Gegend hatten Musterschüler nichts zu lachen. Und Streber wurden regelmäßig ins Klo getaucht. Das war nicht so eine Bildungsanstalt für privilegierte Bürgerssöhnchen. Da musste man auch schon einstecken können!"

In der Stimme des Kommissars schwingt ein grimmiger Stolz auf seine unterprivilegierte Herkunft mit. Das ist wohl besser, als sie zu hassen, denkt Rothmanns nachsichtig, der selbst in ein weicheres Nest gefallen ist.

„Herr Schröder ist für vierzehn Uhr geladen. Das heißt, in drei Minuten. Und ich schätze, er wird pünktlich sein."

„Lehrer und Priester haben den Glockenschlag im Blut. Da hilft auch das Erreichen des Rentenalters nichts. Das bleibt bis zum Ende", philosophiert der Kommissar.

In diesem Moment klopft es. Ein jugendlich wirkender älterer Herr tritt ein. Er trägt Gesundheitsschuhe und eine goldrandige Intellektuellenbrille, Attribute, die beim Kommissar eine unwillkürliche Oppositionshaltung auslösen, einhergehend mit dem Reflex, sich gerade hinzusetzen. Er ärgert sich über sich selbst und steht auf.

„Herr Schröder. Danke, dass Sie gekommen sind." Er gibt dem Besucher die Hand und rückt ihm einen Stuhl zurecht.

„Keine Ursache. Ihr Kollege erklärte mir, worum es

geht. Ich weiß allerdings nicht, ob ich Ihnen wirklich helfen kann."

„Wir werden sehen", sagt Wilke und stellt ihm eine Tasse hin. „Kaffee?"

„Danke. Ich trinke nur Tee." Herr Schröders Stimme ist sanft und nachsichtig. Eine schöne, antiautoritäre Tonlage aus den Siebzigern.

Wilke seufzt unhörbar. Er hat es gewusst. Es ist immer wieder eine Offenbarung, zu sehen, wie sehr gewisse Menschen den Klischees entsprechen, die über sie existieren.

„Ingo, bist du vielleicht so nett ...?" Seine Stimme hat einen undefinierbaren Unterton.

Rothmanns erhebt sich. „Ich hole Ihnen einen Tee aus der Cafeteria."

„Darjeeling, bitte", sagt Herr Schröder, und der Kommissar grinst Rothmanns hinterher, der zur Tür hinausstrebt.

Wilke lässt sich auf seinen Thron nieder. „Wie lange war Albert Stahl in Ihrer Klasse?"

„Drei Jahre. Von der ersten bis zur dritten Klasse. Ein ganz ruhiger Junge. So ruhig, dass ich anfangs dachte, er wäre möglicherweise etwas zurückgeblieben. Man merkte kaum, dass er da war. Still und gehorsam, kein Raufbold."

„War er dumm?"

Der Lehrer lächelt. „Was heißt schon dumm? Ich pflege da in differenzierteren Kategorien zu denken. Er war sicher nicht dümmer als viele andere. Ein bisschen schwerfällig vielleicht. Und völlig verschlossen, verstockt."

„Bedingt wodurch?"

„Das Elternhaus, nehme ich an. Dass da etwas nicht stimmte, pfiffen die Spatzen von den Dächern, auch wenn ich nie wirklich durchschaut habe, worum es eigentlich ging. Ich war damals noch nicht lange in meinem Beruf und gerade erst neu in Hiddenhausen. Ich war aus Lemgo hergezogen, wo ich mein Referendariat gemacht hatte. Jeder wusste angeblich irgendetwas über die Stahls. Aber es wurde nie konkret. Immer nur Andeutungen. Was genau man ihnen eigentlich vorwarf, habe ich nie verstanden. Keiner sprach es aus. Das lief alles hinterrücks und hinter vorgehaltener Hand."

„Und Sie haben nie mitbekommen, worum es dabei ging?"

Herr Schröder zuckt die Schultern. „Ich habe den Kindern Lesen und Schreiben beigebracht, Albert Stahl genauso wie allen anderen. Und darum habe ich mich redlich bemüht. Ich konnte mich nicht auch noch um das Privatleben jedes einzelnen Schülers kümmern."

Rothmanns erscheint mit einem kleinen Tablett, auf dem eine Teetasse dampft.

„Darjeeling war leider aus", sagt er höflich und stellt das Tablett auf den Tisch. Aus der Tasse hängt der Faden eines Teebeutels.

„Du hättest Herrn Schröder aber wenigstens den braunen Rohrzucker mitbringen können, statt Zuckerwürfel", bemerkt Wilke fürsorglich, und wirft seinem Assistenten einen tadelnden Blick zu.

„Kein Problem", sagt Herr Schröder. „Ich trinke Tee immer ungesüßt. Zucker schadet dem Karma, wissen Sie." Er lässt ein dünnes Lächeln sehen.

Wilke wird misstrauisch.

„Was war Albert Stahl für ein Typ?", fragt Rothmanns, seinem Chef zu Hilfe kommend. „War er beliebt? Hatte er Freunde?"

Der Mann mit der Goldbrille schüttelt den Kopf. „Beides würde ich verneinen. Wirklich Freunde hatte er nicht, soweit ich das jetzt, nach über dreißig Jahren, noch beurteilen kann. Im Grunde wollte keiner was mit ihm zu tun haben. Und das beruhte auf Gegenseitigkeit. Er war ein Einzelgänger. Einmal hörte ich, wie ein älterer Schüler ihn beleidigte. Das war sicher nicht das einzige Mal."

„Wissen Sie noch, was der Junge sagte?"

Der Lehrer nickt. „Er nannte Stahl ein Inzuchtkind. Ich fragte mich damals, wo er diese Weisheit wohl aufgeschnappt hatte, und ob er überhaupt wusste, was er da sagte. Und dann fragte ich mich, ob vielleicht ein Körnchen Wahrheit daran sein könnte. Der Dorfklatsch schien um das gleiche Thema zu kreisen. Aber wie gesagt, ich war da nicht involviert."

„Inzuchtkind?", fragt Wilke mit gerunzelter Stirn. „Das Wort hat er benutzt?"

„Du blödes Inzuchtbalg, um genau zu sein", antwortet Herr Schröder. „Das habe ich nicht vergessen."

„Wir haben die Familienunterlagen hier. Aber vielleicht ist der Gedanke nicht völlig abwegig. Das lässt sich ja recherchieren", sagt Wilke mit einem Blick auf die Plastiktüte, die noch unberührt neben seinem Schreibtisch steht. „Wir sollten Frau Stahl für Morgen zu uns einladen."

Rothmanns nickt und macht sich eine Notiz.

„Können Sie sich an Bettina Stahl erinnern?", fragt Wilke, wieder dem Lehrer zugewandt. „Ich weiß, dass sie keine Ihrer Schülerinnen war. Aber über ihren Tod wird ja geredet worden sein."

„Ja, ich erinnere mich. Ich kannte sie vom Sehen. Albert Stahl war in der dritten Klasse, als sie starb."

Der Lehrer räuspert sich. „Es hieß ja, sie hätte sich das Leben genommen."

Der Kommissar nickt. „Daran gibt es keinen Zweifel."

„Mit dem Jungen war danach jedenfalls überhaupt nichts mehr anzufangen. Verständlicherweise, möchte ich meinen. Er hatte sehr an seiner Schwester gehangen. Sie holte ihn oft ab. Seit er in der ersten Klasse war. Setzte ihm die Mütze auf, nahm ihn an die Hand. Fast wie eine kleine Mutti. Als sie nicht mehr da war, verlor er völlig den Halt. Ein bemitleidenswertes Kind. Seine schulischen Leistungen sanken in den folgenden Monaten immer weiter ab. Es war unmöglich, ihn in der Klasse zu behalten. Er beteiligte sich an gar nichts mehr. Wir berieten uns im Kollegium dahingehend, dass es am besten wäre, ihn eine Klasse zurückzustufen."

„Haben Sie es getan?"

„Nein. Es kam nicht mehr dazu. Ich schrieb die Eltern mehrmals an, um die Sache mit ihnen zu besprechen. Aber sie reagierten nicht. Sie kamen auch nicht zum Elternsprechtag, worum ich ausdrücklich gebeten hatte. So dauerte es eine Weile, ehe wir handeln konnten. Der Junge schleppte sich noch zwei oder drei Monate lang in der Klasse mit. Dann war er plötzlich verschwunden. Ohne jede Vorwarnung. Die Eltern hatten ihn von einem Tag auf den anderen abgemeldet. Sie schickten ihn auf eine Sonderschule, wohin er jeden Morgen mit dem Schulbus fahren musste. Ohne weitere Diskussionen. Ich weiß natürlich, dass die Eltern nach dem Tod der Tochter in einer Ausnahmesituation steckten. Aber ein wenig mehr Interesse hätten sie für das Schicksal des Jungen wohl aufbringen sollen. Mit der Sonderschule verlor er jede Aussicht auf eine bessere Zukunft. Ich habe ihn dann noch manchmal am Straßenrand stehen sehen, wenn er auf den Schulbus wartete. Aber er winkte nicht einmal mehr, wenn ich hupte."

„Haben Sie damals noch andere Bemerkungen bezüglich der Familie Stahl aufgefangen?“

„Da mag es Anspielungen gegeben haben, die in eine bestimmte Richtung gingen“, überlegt Herr Schröder, seine feinen Finger an der Teetasse wärmend. „Unter diesem Gesichtspunkt betrachtet, passte einiges zusammen. Die anderen Kinder alberten oft herum, wenn sie Albert Stahl ärgern wollten. Zuckten mit den Armen, als ob sie behindert wären. Ahmten eine lallende Sprechweise nach, obwohl Albert Stahl niemals gelallt hat. ‚Spasti‘ war eine der beliebtesten Bezeichnungen, mit denen sie ihn traktierten.“

„Haben Sie nichts dagegen unternommen?“

„Nicht wirklich“, sagt Herr Schröder eine Spur zu gleichgültig. „Kinder sind nun mal nicht immer nett zueinander. Ich hatte nicht den Eindruck, dass die Hänseleien über ein normales Maß wesentlich hinausgehen würden.“

Er steht auf.

„Schweinepriester“, murmelt der Kommissar, als die Tür sich hinter ihm geschlossen hat.

6.

Doktor Pohl wühlt in seinen Regalen und pustet Staub von alten Akten. Irgendwo müssen die Unterlagen sein. Kurz vor Feierabend klopft er mit einem grünmarmorierten Ordner unter dem Arm an eine Tür im ersten Stock des Präsidiums.

„Komm rein, Pohl!“, ruft der Kommissar, der gelegentlich die Fähigkeit hat, durch geschlossene Türen zu sehen. Vielleicht erkennt er den Doktor auch am Klopfen.

Der Doktor platziert seine Akte auf einem freien Eckchen des Schreibtisches und lässt sich langsam auf den Besucherstuhl sinken. Bei feuchtem Wetter tun ihm immer die Gelenke weh. Wilke lässt am Waschbecken das Wasser brausen, um eine Kaffeetasse für den Gast abzuspülen.

„Ich erinnere mich an den Fall, auch wenn er fast dreißig Jahre zurückliegt", sagt der Doktor. „Einige Dinge vergisst man eben nicht."

„Hätte mich auch gewundert, wenn das damals nicht in deine Zuständigkeit gefallen wäre. Du bist schließlich unser ältestes Pferd im Stall."

Der Doktor schnaubt leise. Assistent Rothmanns ist beflissen. Er reicht ihm eine bunte Serviette, die vom letzten Osterfrühstück übrig geblieben ist, und schiebt einen Teller mit Schokoladenwaffeln in seine Richtung. Der Doktor, der gelegentlich an Wortkargheit leidet, soll sich wohl fühlen.

Der Kommissar tunkt eine Waffel in seinen Kaffee. „Was ist nun, August? Oder hast du die Papiere nur als Dekoration mitgebracht?"

Pohl rückt seine dünne Brille zurecht und öffnet die dünnen Seiten des Hefters. Aktenzeichen BS12091980 steht auf dem Deckel.

„Zu der Zeit wohnte ich noch in der Nähe von Bünde. Die Familie Stahl kannte ich allerdings nicht. Möglicherweise hatte ich sie mal beim Einkaufen gesehen, oder am Sonntag in der Messe. Das tote Mädchen kam mir irgendwie bekannt vor. Vielleicht war sie mir mal über den Weg gelaufen. Eine meiner jüngeren Cousinen besuchte damals die gleiche Schule wie die Tochter der Stahls. Das Gymnasium in Bünde. Vielleicht waren sie auch im gleichen Jahr zur Kommunion gekommen. Aber genau kann ich es nicht sagen. Tut wohl auch nichts zur Sache."

Wilke nickt. „Weißt du noch, welchen Eindruck du hattest, als du damals zum Haus der Stahls gerufen wurdest?"

Der alte Doktor lehnt sich zurück und verengt seine Augen zu Schlitzen, als würde er ein Objekt fixieren, das in weiter Ferne liegt.

„Es war ein kalter Morgen. Ungewöhnlich kalt für September. Diesig, regnerisch. Ein böiger Wind wehte. Ich weiß noch, dass ich mich ärgerte, nicht meine Winterschuhe und eine dicke Jacke angezogen zu haben. Die Heizung in meinem Wagen war kaputt. Ich fuhr eine ganze Weile durch die Gegend, ehe ich das Haus fand. Es war sehr abgelegen, am Rande eines Nadelwaldes. Von der Straße aus konnte man es gar nicht sehen. Die letzten hundert Meter musste ich über einen Feldweg zu Fuß gehen. Die Pfützen standen so tief, dass ich befürchtete, mit dem Wagen stecken zu bleiben."

„Wusstest du, was dich erwarten würde?"

„Nein. Ich war zu einem Todesfall gerufen worden. Und ich wusste, dass es sich um ein junges Mädchen handelte. Das war alles. Ich rechnete mit einem Unfall."

Der Kommissar wühlt seine Zigaretten aus der hintersten Ecke der Schublade. Im ganzen Präsidium ist Rauchen verboten, aber manchmal schert er sich nicht darum. Er zündet sich eine an und zweckentfremdet seine Untertasse als Aschenbecher.

„Unsere Recherchen im Fall Stahl sind ziemlich schleppend, um es so auszudrücken", sagt er, mit der Zigarette im Mundwinkel. „Der Verdächtige ist nicht gerade kooperativ. Wir versuchen, uns ein Bild zu machen. Auch Kleinigkeiten helfen dabei."

Der Doktor nickt. „In dem Haus war es sehr still, was ja grundsätzlich bei einem Todesfall nichts Ungewöhnliches ist. Niemand sprach. Ich hörte aber auch kein Weinen, kein Jammern. Das hatte ich wahrscheinlich erwartet, besonders weil ein so junger Mensch aus dem Leben geschieden war. Im Vorbeigehen warf ich einen Blick in die Küche. Dort saß eine Frau am Tisch, kerzengerade, mit gefalteten Händen, ohne Tränen. Sie war weiß wie die Wand, hielt sich aber aufrecht wie ein Besenstiel. Das musste die Mutter sein. Der Vater arbeitete in der Werkstatt vor sich hin. Ich sah ihn, als ich an der Werkstatttür vorüberging. Ich glaube, er reparierte ein Fahrrad. Ein pinkfarbenes Rad mit einem weißen Körbchen auf dem Gepäckträger. Es konnte nur das Rad seiner Tochter sein. Ich dachte, dass er unter Schock stünde, und beschloss, einen der Polizeibeamten zu veranlassen, den Hausarzt der Familie zu informieren."

Der Gerichtsmediziner blickt zum Fenster, wo wieder Regentropfen an die Scheibe klatschen. Spätes Aprilwetter. Ein fernes Grummeln lässt sich vernehmen.

„Am schlimmsten war es, als ich das Zimmer des Mädchens betrat. Eines von diesen preiswerten Jugendzimmern. Ein Klappbett, ein schmaler Schrank und eine Regalwand. Kein Holz. Spanplatte mit Furnier in Holzdesign. An einer Ecke des Schrankes hatte das Furnier sich abgelöst. Ich erinnere mich daran, weil da ein kleiner Junge stand, zu dessen Füßen eine ganze Menge der kleinen Holzbrösel lag. Wahrscheinlich hatte er mit den Fingern an dem Furnier herumgekratzt, während er auf die Tote starrte. Ich fand es unverantwortlich, dass dieses Kind sich im Zimmer befand, während man seine tote Schwester begutachtete."

„Was war das für ein Kind?"

„Der Bruder des Mädchens. Acht oder neun Jahre alt. Blass, etwas pummelig. Eines von diesen stillen Kindern, die man leicht übersieht. Ich glaube, er hatte sich nassgemacht. Jedenfalls roch es danach. Ich ärgerte mich über die Eltern, dass sie sich nicht um ihn kümmerten, musste das aber wohl ihrem Schockzustand zuschreiben. Noch mehr ärgerte ich mich über die Polizeibeamten, die es anscheinend ebenfalls nicht für nötig befunden hatten, den Kleinen aus dem Zimmer zu bringen."

„Was machte er?"

Der alte Doktor hebt traurig die Schultern. „Er stand in einer Ecke neben der Schrankwand, völlig erstarrt. Seine Augen wirkten fast wie unter Hypnose. Ich hörte einen leisen Schluckauf. Das war das einzige Lebenszeichen, das er von sich gab. Ich fragte einen der Polizeibeamten, warum sie ihn nicht rausgebracht hatten. Er sagte, das hätten sie versucht. Aber es sei unmöglich gewesen, ohne ihm Gewalt anzutun. Er habe geschrien wie ein Tier, als man ihn anfassen wollte."

„Hm", macht der Kommissar, dem es gegen den Strich geht, Mitleid für den widerlichen Typen zu fühlen, der ihm so viele schlaflose Nächte bereitet hat.

„Ich habe dann noch einmal bei dem Hausarzt angerufen. Da ich ihn nicht erreichte, schien er unterwegs zu sein. Er kannte die Familie. Ich dachte, ihm würde es vielleicht gelingen, den Jungen aus dem Zimmer zu bringen. Also wartete ich noch einen Moment, ehe ich mit der Untersuchung begann. Aber die Hoffnung war vergebens. Als der Hausarzt den Jungen an die Hand nehmen wollte, drehte der Kleine völlig durch. Er riss sich los, stürzte sich auf das Bett, auf dem seine Schwester lag, und klammerte sich schreiend an sie. Ich gebe zu, dass mir die Szene zu Herzen ging. So etwas hatte ich noch nicht gesehen. Bis heute steht es mir vor Augen."

„Armer Kerl", sagt Rothmanns, der für einen Augenblick zu vergessen scheint, dass es sich um den gleichen Kerl handelt, der dafür verantwortlich ist, dass er sich zwei arme, tote Mädchen hatte angucken müssen.

„Plötzlich stand die Mutter in der Zimmertür. Keiner hatte gehört, dass sie die Treppe heraufgekommen war. Sie sprach kein Wort, ging einfach zu dem Jungen, der sich an seine Schwester klammerte, und zerrte ihn nach draußen, ohne sich um sein Geschrei zu kümmern. Ihre Gefühllosigkeit hatte beinahe etwas Körperliches. Mir lief eine Gänsehaut über die Arme. Dann konnte ich endlich mit der Untersuchung beginnen. Natürlich war die Sache ohnehin ziemlich eindeutig. Auf dem Nachtschränkchen lagen zwei leere Tablettenröhrchen. Ein Wasserglas, in dem noch ein halber Schluck verblieben war, stand daneben. Die Neige war weißlich, etwas flockig. Aufgelöste Tabletten. Zweifelsfrei. Einer der Kollegen hat das Glas eingetütet und ins Labor gebracht."

„Und das Mädchen?", fragt der Kommissar, der seine Zigarette auf der Untertasse ausdrückt.

Der Gerichtsmediziner öffnet seine fleddrige Mappe und zieht den Durchschlag des alten Berichtes hervor, den er damals selbst verfasst hat.

„Sie war seit vier bis sechs Stunden tot. Mindestens. Die Leichenstarre war dementsprechend fortgeschritten. Kaumuskeln, Nacken, Schultern und Arme waren bereits betroffen. Der Tod musste demnach im Laufe der Nacht eingetreten sein, wahrscheinlich zwischen zwei und drei Uhr morgens. Aus einem ihrer Mundwinkel war Speichel gelaufen. Ein Zeichen, dass sie sich übergeben hätte, wenn sie wach und noch dazu in der Lage gewesen wäre. Ein Teil der Tablettenlösung war wieder hochgekommen, aber die Reflexe der Speiseröhre müssen zu dem Zeitpunkt schon soweit minimiert gewesen sein, dass es zu keinem Erbrechen mehr kam."

Wilke ist aufgestanden. Er tritt ans Fenster und schaut eine Weile hinaus. Der Regen ist dünner geworden, aber keine Hoffnung auf einen Sonnenstrahl.

„Kannst du das Zimmer des Mädchens beschreiben?"

Mit einer Geste milder Resignation öffnet der Doktor die Hände. „Da gibt es nicht viel zu beschreiben. Es war sehr aufgeräumt. All diese kleinen Dinge und Kinkerlitzchen, die Mädchen in dem Alter haben, standen ordentlich aufgereiht in den Regalen. Ein paar sauber gerahmte Fotos, die ein Pferd zeigten, das sie irgendwo fotografiert hatte. Aber weder Fotografien ihrer Eltern oder ihres Bruders. Auch nicht von Freunden oder Verwandten. Ich erinnere mich an eine Porzellandose, deren Deckel mit Rosen verziert war. Kleine Schächtelchen, die der Größe nach sortiert auf der Fensterbank standen. Was darin war, weiß ich nicht. Ich habe nicht hineingeschaut. Vielleicht waren sie auch leer. Hätte mich gar nicht gewundert. Dekoration ohne Inhalt. Das schmeckte alles nach strikter Erziehung. Auf einem Regal saßen ein paar Barbiepuppen, von denen sie sich wohl nicht hatte trennen können. Insgesamt ein sehr tristes Zimmer. Freudlos."

„Wir haben bei unseren Ermittlungen nirgendwo ein Foto des Mädchens entdeckt", sagt der Kommissar. „Vielleicht gab es keine. Oder sie sind irgendwann vernichtet worden. Wie sah das Mädchen aus?"

Pohl blättert eine dünne Seite um. „Ich habe damals selbst ein Foto gemacht, um mich bei der Untersuchung besser an die Situation zu erinnern. Es ist etwas verfärbt. Diese alten Filme taugten nichts. Aber für einen vagen Eindruck reicht es noch."

Rothmanns ist neugierig herangetreten und schaut dem Kommissar über die Schulter. Das tote Mädchen hat ein rundes, makelloses Gesicht und lange Haare, die ordentlich auf dem Kopfkissen liegen.

„Hatte sie ihre Lippen bemalt?", fragt der Kommissar und hält das Bild schräg unter die Schreibtischlampe. „Auf dem Foto sieht es fast so aus."

Der Doktor legt das Bild wieder in seine Mappe. „An Lippenstift erinnere ich mich nicht. Das hätte ich sicher in meinen Notizen vermerkt. Ich glaube, ihre Lippen waren bläulich. Sie war ja seit mehreren Stunden tot, als ich das Foto machte."

„Wie war sie gekleidet?"

„Sie trug eine helle Bluse mit Rüschen. Ich fand das ziemlich altmodisch für so ein junges Mädchen. Bis oben hin zugeknöpft. Um die Schultern hatte sie eine Häkelstola gelegt, die selbstgemacht aussah. Möglicherweise ein Produkt des Handarbeitsunterrichts. Vielleicht war ihr kalt geworden, nachdem sie die Tabletten genommen hatte. Ihr Rock sah auch selbstgenäht aus. Nicht besonders elegant. Die meisten Mädchen wären damit nicht freiwillig herumgelaufen."

„Sie machte sich hässlich?"

„Vielleicht nicht gerade hässlich. Zugeknöpft eben. Keusch. Das ist ein altmodisches Wort, aber zu ihr hätte es gepasst. Sie lag gerade ausgestreckt auf dem Bett, die Hände über der Brust zusammengelegt. So, als habe sie sich schon in eine angemessene Position für den Sarg gebracht. Ein Abschiedsbrief wurde nicht gefunden. Trotzdem gab es keinen Grund, an einem Suizid zu zweifeln."

„Haben Sie den Jungen noch mal gesehen?"

„Nicht an dem Tag. Als ich nach Abschluss meiner Untersuchung das Zimmer verließ, fiel mein Blick noch einmal auf das losgelöste Furnier am Schrank, und im Geiste sah ich ihn dort stehen und mit den Fingerspitzen Brösel machen. Man hätte ihn sofort in psychologische Betreuung geben müssen. Ich fürchte jedoch, dass das nicht passiert ist."

„Nein, natürlich nicht", sagt der Kommissar. „Und mit dem Ergebnis dürfen wir uns heute herumschlagen!"

Der Doktor erhebt sich. „Ich habe von der ganzen Familie nichts wieder gehört", sagt er, während er seine Mappe zusammenschiebt. „Etwa ein Jahr später glaubte ich mal, die Mutter mit dem Jungen an der Hand beim Einkaufen im Rapid-Markt in Bünde zu sehen. Aber sicher war ich mir nicht."

Er verabschiedet sich, und Rothmanns, der gute Manieren hat, hält ihm die Tür auf.

„Du glaubst hoffentlich nicht, dass du nun nach Hause gehen kannst", sagt der Kommissar und deutet auf die Plastiktüte, in der sich die Papiere der Stahls befinden.

Rothmanns, der gehofft hatte, dass sein Chef die Tüte vergessen würde, ergibt sich seufzend in sein Schicksal.

7.

Frau Stahl faucht den Kommissar an, als sie das Büro betritt. „Ich habe Ihrem Lehrling schon mitgeteilt, dass ich hier gar nichts sagen werde!"

Wilke überhört die Provokationen. Es war zu erwarten gewesen, dass Frau Stahl der Vorladung nicht mit Begeisterung Folge leisten würde.

„Ich bin nicht dumm, falls Sie das glauben. Ich merke genau, wenn Sie versuchen, mir das Wort im Munde umzudrehen!", meckert sie, während sie sich auf dem Stuhl niederlässt. Ihre Bewegungen sind langsam. Vielleicht leidet sie an Rheuma.

„Seien Sie doch nicht so kratzbürstig, Frau Stahl. Ich will Ihnen nichts Böses, und wir müssen uns nicht gegenseitig das Leben schwer machen", sagt Wilke versöhnlich, der schrille Stimmen nicht ausstehen kann. „Möchten Sie vielleicht eine Tasse Kaffee?"

„Ich bin nicht kratzbürstig", erwidert Frau Stahl eine Nummer leiser. „Und ja, ich will einen Kaffee. Mit Zucker und Milch."

„Na, geht doch …", murmelt Wilke, während er eine Tasse für sie holt und den Zuckerstreuer auffüllt.

Vielleicht gefällt es ihr, den Kommissar so beflissen zu sehen. Ihre Miene entspannt sich etwas.

„Mein Privatleben geht Sie trotzdem nichts an", murmelt sie und verschränkt die Arme. Sie scheint die Drohung, zu schweigen, wahr machen zu wollen.

Wilke seufzt leise. „Frau Stahl, wir haben Ihre persönlichen Daten doch sowieso hier vorliegen. Die Daten Ihrer ganzen Familie. Auszüge aus den Akten des Standesamtes, Meldenachweise des Einwohnermeldeamtes. Sie wollen doch nicht ernsthaft weiterhin darauf beharren, dass Sie keine Tochter hatten!"

Frau Stahl schweigt. Sie ist starrsinnig und verbohrt. Sie weiß, dass ihr Schweigen sie nicht retten wird, aber sie schweigt trotzdem.

„Gut, Frau Stahl", sagt der Kommissar ergeben. „Dann lese ich Ihnen einfach die Fakten vor, die wir haben."

Sie greift nach der Kaffeetasse. Ihre Hände beben leicht, als sie sie zum Munde führt, aber sonst lässt sie sich nichts anmerken.

„Hier habe ich die Geburtsurkunde Ihrer Tochter Bettina, geboren am 8. Juni 1964. Sie war sechs Jahre älter als Ihr Sohn Albert."

Wilke zeigt ihr das Blatt. Frau Stahl antwortet nicht. Sie hat nun die Hände gefaltet und schaut auf ihre fest ineinander verschränkten Finger. Kein Tropfen Wasser würde da hindurchrinnen, und kein Wort aus ihrem Mund.

„Ich habe auch die Sterbeurkunde Ihrer Tochter. Sie starb am 12. September 1980. Da war sie gerade sechzehn Jahre alt. Ich will Sie nicht quälen, Frau Stahl. Aber ich habe auch den Befund des Rechtsmediziners vorliegen. Todesursache war eine Tablettenvergiftung."

„Das ist Unsinn!", sagt Frau Stahl mit harter Stimme. Sie hat sich kerzengerade aufgerichtet. „Nichts als üble Nachrede!"

„Lassen wir doch das Katz- und Mausspiel. Sie können mir durchaus zutrauen, dass ich den Befund gelesen habe, also brauchen wir darüber nicht zu diskutieren. Wir haben außerdem noch weitere Dokumente gefunden. In der Schatulle in Ihrem Wohnzimmerschrank."

„Dazu hatten Sie kein Recht!" Nun ist ihre Stimme schrill, und ihre Fingernägel krallen sich in die dünne Haut ihrer Hände, die mit bräunlichen Flecken übersät sind.

„Natürlich hatten wir das Recht. Sie haben den Durchsuchungsbeschluss selbst gesehen. Zudem haben die Dokumente aus der Schatulle nur bestätigt, was sich über die Ämter ohnehin nachverfolgen lässt."

Kriminalassistent Rothmanns hat seinen Chef selten so ruhig gesehen, was besonders in Anbetracht der Tatsache, dass Frau Stahl wirklich alles tut, um an seinen Nerven zu sägen, erstaunlich ist.

Wilke aber ist nur oberflächlich gelassen, und seine Ruhe ist die Ruhe eines zutiefst gereizten Menschen.

„Ich habe immer gewusst, dass diese Geschichte mich eines Tages ins Grab bringen wird", jammert Frau Stahl nun. „Ich habe alles getan, um meine Kinder zu schützen und zu brauchbaren Menschen zu machen. Man kann mir keinen Vorwurf machen!"

Der Kommissar ist durchaus nicht ihrer Meinung. Meist tragen die Eltern einen nicht unerheblichen Teil dazu bei, wenn ihre Kinder Selbstmord begehen oder sich zu gemeingefährlichen Irren entwickeln.

„Lassen Sie uns wie zwei vernünftige Menschen reden, Frau Stahl. Niemand will Ihnen Vorwürfe machen. Manchmal ist ganz einfach der Zeitpunkt gekommen, reinen Tisch zu machen und abzuschließen mit der Vergangenheit. Und wenn dann alles geklärt ist, können wir auch wieder ruhig schlafen."

Die alte Frau scheint nachzudenken. Ihr mageres Gesicht und die tiefen Augenringe lassen vermuten, dass sie selten eine Nacht in Frieden verbringt.

„Gut, ich werde reden. Aber erst will ich was zu essen haben. Das können Sie mir nicht verweigern", sagt sie stur wie ein Maulesel. Sie weiß, dass sie ausgespielt hat.

„Selbstverständlich bekommen Sie etwas zu essen", sagt der Kommissar mit der Andeutung einer Verbeugung. Er stößt Rothmanns an, der die ganze Zeit mit dem Aufnahmegerät herumfummelt. Rothmanns springt auf.

„Was möchten Sie denn?", fragt er artig wie ein Schuljunge.

Die Tatsache, Spuren guter Erziehung an ihren Widersachern zu entdecken, erfüllt Frau Stahl mit Zufriedenheit. „Ein Brötchen mit Putenaufschnitt. Und ein Brötchen mit Lachs. Und dazu Pfefferminztee. Nein, keinen Kaffee mehr. Pfefferminztee!"

„Wir sind kein Restaurant, Frau Stahl."

„Und frische Erdbeeren!"

„Frau Stahl, wir werden unser Bestes tun, aber die Erdbeeren kann ich nicht versprechen. Dies ist schließlich nicht Ihre Henkersmahlzeit."

Frau Stahl schweigt wieder und schaut an die Wand. Rothmanns geht los, um die Brötchen zu besorgen. Der Pfefferminztee kommt als Teebeutel, den er mit heißem Wasser aufgießt. Frau Stahl sieht ihren Wünschen offensichtlich ausreichend Genüge getan. Sie hat gezeigt, was sie wert ist. Sie legt ihre kalten Finger wieder um die Tasse, und Wilke fühlt für einen kurzen Moment Erbarmen mit ihr. Niemand sucht sich ein solches Leben aus.

8.

Viel Appetit auf Lachs und Putenbrust scheint Frau Stahl doch nicht zu haben, denn nachdem sie zweimal abgebissen hat, lässt sie das Brötchen liegen.

„Und was wollen Sie jetzt hören?", fragt sie unwirsch.

„Wie konnte es zu dieser Heirat kommen?", fragt Rothmanns vorlaut, den das heikle Thema mit einem morbiden Interesse erfüllt.

Frau Stahl blickt ihn mit zusammengekniffenen Augen an, als wolle sie abwägen, ob so ein grünes Bürschchen überhaupt berechtigt ist, ihr derartige Fragen zu stellen.

„Es würde mich auch interessieren, Frau Stahl", springt der Kommissar ein. „Die Familienkonstellation scheint von grundlegender Bedeutung für den Weg zu sein, den Ihr Sohn eingeschlagen hat."

„Wollen Sie mir nun unterstellen, an allem Schuld zu sein?“

„Wir wollen Ihnen gar nichts unterstellen, Frau Stahl“, sagt Wilke mit bewunderungswürdiger Gelassenheit, obwohl er innerlich bald platzt über die Bockigkeit der Alten. „Es liegt nur in unser aller Interesse, die Gründe zu verstehen, die dazu führen konnten, dass ...“

„Sobald ich merke, dass Sie mir eine Falle stellen, sage ich gar nichts mehr!“

„Bis jetzt haben Sie noch nichts gesagt“, seufzt Wilke und schaut zur Uhr.

Vielleicht ist es diese unbewusste Geste, die Frau Stahl den Anstoß gibt, den Mund aufzumachen, bevor man sie wieder fortschickt.

„Als der Krieg zu Ende ging, war ich ein junges Mädchen. In der Schule hatte ich nicht viel gelernt. Ich besuchte die Dorfschule und verbrachte die Hälfte der Schulzeit damit, Kartoffeln zu suchen und Kühe zu melken.“

Der Kommissar nickt aufmunternd. Frau Stahl braucht das eine oder andere Lächeln, um auf dem guten Weg zu bleiben. Auf ihre Art ist sie sehr bedürftig.

„Ich war die einzige Tochter. Da trägt man dann auch Verantwortung, die Erwartungen der Eltern zu erfüllen. Ist ja sonst keiner da, der sie glücklich machen kann. Und was konnte ein Mädchen damals wohl Besseres tun als zu heiraten?“

Mit einem Ausdruck des Ekels schiebt die alte Frau den Teller mit den angebissenen Brötchen nun an den Rand des Tisches. Der Rückblick auf die Freudlosigkeit der Jugend scheint ihr vollends den Appetit zu verderben. Nur ihre Tasse lässt sie nicht los.

„Leider war ich keine Schönheit. Nicht einmal das. Und nach dem Krieg gab es viele Mädchen, die alleine blieben. Die jungen Männer, die den Krieg heile überstanden hatten, hatten beinahe freie Wahl. Als meine Mutter starb, war ich siebenundzwanzig. Unverheiratet. Unverlobt. Ungeküsst. Ein hoffnungsloser Fall. Ich führte Vater den Haushalt, half bei den Großbauern im Kuhstall und bei der Ernte, und versuchte mit Näharbeiten ein Zubrot zu verdienen und einen Sparpfennig zurückzulegen, für eine Aussteuer, die nie groß genug sein würde, um mich unter die Haube zu bringen."

„Aber irgendwie muss es dann ja doch geklappt haben", sagt Wilke sanft, dem der selbstmitleidige Grundton in der Stimme auf die Nerven zu gehen beginnt.

Frau Stahl nickt. „Ja. Irgendwie hat es geklappt. Als ich zweiunddreißig war, sollte mein Leben sich plötzlich ändern. Zweiunddreißig! Stellen Sie sich das vor. Andere Frauen hatten in dem Alter große Kinder. Eine Nachbartochter hatte es geschafft, mit achtunddreißig bereits Großmutter zu sein."

Ihr Lachen ist kurz und hart.

„Dann sprach eines Tages ein junger Mann bei uns vor. Ich war gerade am Brotbacken, mit unordentlichen Haaren, die Hände voller Mehl. Hans. Er kam aus Borgholzhausen. Er trug einen Bart und sah verwegen aus, mit blitzenden Augen. Er gefiel mir gleich, das gebe ich zu. Er suchte Arbeit und Vater ließ ihn das Dach der Scheune reparieren und die Auffahrt pflastern. Hans war geschickt und fleißig. Und er versuchte, Vater alles recht zu machen. Er besuchte sogar die Sonntagsmesse. Eigentlich hätte ich misstrauisch werden müssen. Er war der ideale Schwiegersohn, und genau das schien er sich auch in den Kopf gesetzt zu haben. Mein Elternhaus war klein, aber gut in Schuss, und die Kühe und der Obstgarten stellten einen gewissen Wert dar. Vater war sehr angetan.

Ich sah meine einzige Chance. Mit Hans an meiner Seite würde mein Leben erträglich sein. Eine eigene Familie. Kinder. So wie alle anderen es hatten."

„Ahnten Sie nicht, dass die Sache Komplikationen mit sich bringen würde?", fragt Rothmanns, dem es zu langsam voran geht.Der Kommissar lässt ihm einen warnenden Blick zuteil werden. Es wäre unklug, den einmal in Gang gekommenen Redefluss der Frau durch Ungeduld wieder zum Versiegen zu bringen. Frau Stahl fährt jedoch unbeirrt fort. Der Lehrling des Kommissars ist ein Lümmel, und seine Drängelei überhört sie einfach.

„Hans war drei Jahre jünger als ich. Und er sah gut aus. Er hätte andere haben können. Doch er wollte mich. Meine Eitelkeit ließ nicht zu, seine Motive weiter zu hinterfragen. Im Sommer 1963 verlobten wir uns. Ich begann, nach Schnittmustern für ein Brautkleid zu suchen. Als der Winter kam, merkte ich, dass was Kleines unterwegs war und drängte auf eine baldige Heirat. Hans hatte den gleichen Wunsch. Zur gleichen Zeit begann mein Vater jedoch misstrauisch zu werden. Irgendetwas schien ihn plötzlich zu stören. Manchmal starrte er Hans an, als habe er etwas entdeckt, das ihn irritierte. Vielleicht lag es daran, dass Hans seinen Bart abrasiert hatte. Seine Gesichtszüge traten deutlicher hervor. Manchmal hatte ich nun den Eindruck, er würde Vater auf eine merkwürdige Art ähneln."

Die Falten auf Frau Stahls Stirn vertiefen sich. „Es heißt ja, dass kleine Mädchen sich zunächst immer in den Vater verlieben und sich später einen Mann suchen, der dem Vater ähnlich ist. Vater jedoch begann plötzlich weniger rasch auf eine Hochzeit zu drängen. Vielleicht erinnerte Hans ihn an jemanden. Er sprach es jedoch nicht aus. Einmal fragte er mich, ob ich es mir nicht noch mal überlegen wollte. Ob die Entscheidung nicht zu schnell getroffen worden sei. Aber das Unglück hatte ja bereits seinen Lauf genommen. Ich konnte mir doch jetzt nicht alles kaputtmachen lassen! Ich erklärte Vater, wie die Sachen standen, und er gab seinen Widerwillen auf. Ein uneheliches Enkelkind schien die schlechtere Wahl zu sein. Sollte er jemals ernsthafte Bedenken gehabt haben, erwähnte er es nicht mehr. So hat letztlich auch er mich verraten und mich sehenden Auges in mein Unglück rennen lassen."

Frau Stahls Rücken krümmt sich, als müsse sie eine Last austarieren.

„Plötzlich begann Hans seinerseits zu drängen. Sofort nach der Hochzeit sagte er mir, dass er aus Jöllenbeck weg wollte. Das würde nur Ärger geben, meinte er, ohne es näher zu erklären. Vielleicht hatte Vaters Misstrauen ihn verstimmt. Ich war zwar nicht glücklich über seinen Wunsch, fügte mich aber. Etwas anderes blieb mir auch gar nicht übrig. Wir zogen nach Herford in eine Mietwohnung. Unsere Tochter wurde geboren, und zum ersten Mal im Leben war ich glücklich. Ich dachte, irgendwann würde sich schon alles beruhigen. Dann würden wir wieder in mein Elternhaus ziehen und alle glücklich miteinander leben."

9.

Frau Stahl ist kapriziös. Nun will sie wieder Kaffee. Und Butterkuchen. Apfelbutterkuchen. Vielleicht ist das der Balsam, den ihre verdorrte Seele braucht. Oder die Messlatte für ihre Wichtigkeit. Der Kommissar erhebt sich, um ohne Widerworte Wasser aufzusetzen. Rothmanns schaut ins Nachbarzimmer und schickt den Praktikanten zum Bäcker.

„Kuchen kommt gleich“, sagt er, während er Frau Stahl eine neue Tasse hinstellt. „Sie dürfen aber schon weiterreden.“

Frau Stahl räuspert sich und streicht sich über ihre Strickjacke wie ein alter Vogel, der sein Gefieder glättet. „Als die Kleine sechs Monate alt war, starb mein Vater. Ganz plötzlich. Er war nie krank gewesen. Hätte ich irgendeine Vermutung gehabt, dass es ihm nicht gut ging, hätte ich ihn nicht alleine gelassen. Ich hatte ihn in den letzten Monaten kaum gesehen. Ich war mit dem Kind beschäftigt, und damit, unsere Wohnung gemütlich zu machen. Es war ja mein erstes eigenes Heim. Dann kam die Nachricht, dass Vater tot war. Herzinfarkt. Ich habe nicht weiter nachgefragt. Ich fuhr hin, um alles zu regeln.

Vaters Tod hatte natürlich praktische Konsequenzen. Nach Erledigung der Formalitäten gehörte das Elternhaus mir. Ich begann bereits, unseren Umzug zurück nach Jöllenbeck zu planen. Was sollte Hans schließlich dagegen haben? Auch ihm sollte nichts über ein eigenes Heim gehen, für das man keine Miete zahlte und in dem man nach Belieben Schalten und Walten konnte. Er blieb allerdings zurückhaltend. Abwartend. Als ahne er etwas. Und natürlich hatte er Recht. Aus seiner Warte war es ja kein Zufall gewesen, dass er im Vorjahr auf Arbeitssuche nach Jöllenbeck gekommen war, und dass er mich dort vorgefunden hatte. Und auch die Heirat war kein Zufall, wie ich bald danach erkennen musste.“

Der Praktikant erscheint mit dem Bäckerpäckchen. Unter dem rosafarbenen Papier kommt ein Stück Bienenstich zum Vorschein. Frau Stahl geht in die Luft.

„Ich hatte Butterkuchen bestellt, junger Mann!“, sagt sie streng.

„Sie haben hier gar nichts zu bestellen!“, sagt Wilke, dem allmählich der Kragen platzt, ebenso streng. „Wenn Sie den Kuchen nicht mögen, esse ich ihn!“

Rothmanns grinst hinter seinen Papieren. Er weiß, dass sein Chef diese Drohung nur allzu gerne wahrmachen würde. Wahrscheinlich ärgert er sich, kein eigenes Stück bestellt zu haben. Frau Stahl zieht den Teller zu sich heran, ohne jedoch nach der Kuchengabel zu greifen, die man ihr hingelegt hat.

„Vier Wochen nach Vaters Tod erhielt ich eine Ladung zu einem Notar in Bielefeld. Hans war seit Tagen schweigsam. Er begleitete mich auch nicht. Er könnte nicht von der Arbeit wegbleiben, sagte er. Also ließ ich die Kleine bei einer Nachbarin und fuhr mit dem Zug nach Bielefeld. Ich dachte, es wäre nur eine Formsache. Aber dann kam die kalte Dusche: Der Notar eröffnete mir, dass ich nur die Hälfte des Erbes bekommen würde. Die Hälfte des Hauses, die Hälfte der Kühe und der Obstbäume. Die andere Hälfte ging an einen Unbekannten: Hans Posch. Den Namen hatte ich nie gehört. Ich dachte, es müsse ein Irrtum sein. Der Anwalt ließ mich in die Papiere sehen und da stand es tatsächlich schwarz auf weiß: Hans Posch. Sohn von Gertrud Posch. Vaterschaft anerkannt durch Otto Jaschek, im Juli 1964. Vater hatte sich zu guter Letzt zu einem Fehltritt bekannt, von dem weder Mutter noch ich jemals etwas erfahren hatten. Bis zum Schluss hatte er mir nicht gesagt, dass ich einen Halbbruder hatte.

Ich dachte zunächst nur an Vaters Verrat. Ich hatte geschuftet wie eine Magd. Ich hatte gemolken und den Garten gejätet, wenn Vater längst müde gewesen war. Und jetzt gab es einen Bruder? Der Boden sackte mir unter den Füßen weg. Ich glaubte zu fallen. Die Erkenntnis, dass meine materielle Existenz gefährdet war, dass ich wahrscheinlich Haus und Hof würde verkaufen müssen, um meinen unbekannten Bruder auszuzahlen, stand wie ein Berg vor mir. Und doch war diese Erkenntnis nichts im Vergleich zu dem, was noch folgen sollte."

Wilke steht auf, um ihr Kaffee nachzuschenken. Sie hat auf ihrem Stuhl zu schwanken begonnen. Ihre Hände klammern sich an die Tischkante. Irgendwann erreicht wohl jeder Mensch einen kritischen Punkt. Frau Stahl will jedoch keinen Kaffee mehr. Stattdessen fragt sie, ob sie rauchen dürfe. Wilke ist erstaunt. Er wäre nie darauf gekommen, dass diese strenge Alte irgendeinem Laster frönen könnte.

„Ich rauche nur heimlich", sagt sie und zieht den Mund schief. „Nicht mal mein Sohn weiß es. Niemand weiß es. Auch mein Mann wusste es nicht. Soviel Haltung war ich mir schuldig. Aber seit der zweiten Schwangerschaft hatte ich immer irgendwo eine Schachtel versteckt. Im Küchenschrank, hinter den Konservendosen. Immer mit dem Gefühl, etwas Verbotenes zu tun. Vielleicht war es das, was mich reizte."

Wilke nimmt seinen kleinen Aschenbecher für Notfälle aus der Schreibtischschublade.

Frau Stahls Lachen ist bitter. „Der Notar bot mir damals ein Glas Wasser an. Er wusste ja, dass noch mehr auf mich zukam. Ich bin mir nicht ganz sicher, inwieweit er selber alle Zusammenhänge durchschaute. Er sagte, dass es einige Mühe gekostet habe, Hans Posch ausfindig zu machen. Die Mutter hatte das uneheliche Kind ins Heim gegeben. Von dort war der Junge zu einer Pflegefamilie gekommen, deren Namen er später angenommen hatte. Sein Name war nun Hans Stahl.

Es brauchte einige Momente. Dann sackten mir wirklich die Knie weg, und der Notar rief seine Vorzimmerdame, die mich stützte und mir mit einer Zeitung Luft zufächelte. ‚Hans Stahl ist mein Mann', sagte ich. ‚Wir haben vor einem Jahr geheiratet. Und wir haben ein Kind.' Der Notar schickte seine Dame wieder raus. Er riet mir, die Ehe schnellstmöglich annullieren zu lassen und mit dem Kind zu einem guten Arzt zu gehen. Es müsse gründlich untersucht werden. Ich konnte nur nicken. Ich verließ das Büro und ging zum Bahnhof, wo ich bis zum Abend auf einer Bank saß und über alles nachdachte. Es gab zwei bedeutsame Fragen: Hatte Hans davon gewusst? Und was sollte ich tun, ohne meine eigene Existenz zu ruinieren? Was war das geringere Übel? Mit einem Mann verheiratet zu bleiben, der mein Halbbruder war, und weiterhin in einer Ehe mit ihm zusammenzuleben, vielleicht noch weitere Kinder zu haben? Oder mich von ihm zu trennen, ihm die Hälfte meines Besitzes zu geben, und alleine mit einem kleinen Kind dazustehen?"

„Warum entschieden Sie sich, das Spiel weiterzutreiben? Sie hätten diese Farce von einer Ehe sofort beenden müssen", sagt Rothmanns mit einer Mischung aus Spannung und Abscheu.

„Sie sollten sich kein Urteil anmaßen, junger Mann!" Frau Stahl wirft ihm einen vernichtenden Blick zu. „Als ich nach Hause kam, war Hans nicht da. Er versteckte sich, der feige Hund. Er konnte sich ja denken, was ich erfahren hatte, und ziemlich schnell wurde mir klar, dass er die ganze Zeit alles gewusst hatte. Etwa acht Jahre zuvor war seine leibliche Mutter, Gertrud Posch, nach einer langen Krankheit gestorben. Diese Krankheit hatte ihr genügend Zeit gelassen, einen Brief an ihren Sohn, inzwischen Hans Stahl, zu schreiben. Sie wollte wohl ihr

Gewissen erleichtern. Sie teilte ihm auch den Namen seines leiblichen Vaters mit, den sie bis dahin stets verschwiegen hatte.

Zunächst scherte Hans sich nicht viel um die Mitteilung. Er hatte seine Adoptiveltern. Er steckte den Brief seiner leiblichen Mutter in eine Mappe und vergaß ihn fast. Erst als ein paar Jahre später seine Adoptiveltern bei einem Unglück ums Leben kamen, begann er sich mit der Idee zu beschäftigen, seinen leiblichen Vater aufzusuchen, der so sang- und klanglos und ohne jedes Verantwortungsgefühl verschwunden war, als er damals von der Schwangerschaft seiner Geliebten erfahren hatte. Hans gab sogar zu, in der Folgezeit zwei- oder dreimal in Jöllenbeck gewesen zu sein, um unser Haus zu sehen und sich über Vaters Verhältnisse zu informieren. Und er hatte keine Skrupel, noch weiter zu gehen. Er verschaffte sich Zugriff auf das Erbe, das ihm seiner Meinung nach zustand, indem er mich heiratete. Wenn nicht auf die eine, dann eben auf die andere Weise. So war er. Er war nicht schlecht, nicht brutal. Aber vollkommen ohne Skrupel. Dass mein Vater in seinem Testament letztendlich seinen unehelichen Sohn doch noch anerkannte und ihm freiwillig seinen Anteil zugestand, hatte er offenbar nicht für möglich gehalten."

„Wusste Ihr Vater, dass Hans Stahl dieser uneheliche Sohn war?"

Frau Stahls Schultern heben sich müde. „Er wird es vermutet haben, aber ob er sich ganz sicher war, weiß ich nicht."

„Was taten Sie, nachdem Sie das alles erfahren hatten?"

„Was hätte ich tun sollen?", sagt Frau Stahl, während sie ihre Kippe im Aschenbecher ausdrückt, mit einer Bewegung als zerquetsche sie ein Insekt. „Nun gehörte uns das Erbe eben zusammen, statt mir allein. Nach Jöllenbeck konnten wir natürlich nicht zurückgehen. Die Leute fingen bereits an zu tratschen, auch wenn keiner wirklich wusste, wie sich die Dinge verhielten. Aber Hans hatte eben doch eine gewisse Ähnlichkeit mit meinem Vater. Und als ich bei der Raiffeisenbank wegen einer Tilgung vorsprechen musste, wurden dort die neuen Besitzverhältnisse nachgefragt. Und ein Angestellter der Bank hatte damals Bekannte in Borgholzhausen, die wussten, dass Hans Stahl eigentlich das Kind einer Frau Posch war. Und so begannen die Gerüchte zu brodeln, immer schön hinter unserem Rücken. Offiziell hat nie jemand was gesagt. Trotzdem wäre das Leben in Jöllenbeck unerträglich gewesen. Wir verkauften mein Elternhaus so schnell wie möglich, weit unter Wert. Und im nächsten Sommer fanden wir unser Haus am Waldrand, wo wir in Frieden leben wollten. Dachten wir zumindest. Ohne uns darüber im Klaren zu sein, dass das eigentliche Problem unserer Ehe sich ja nicht lösen würde, indem wir den Wohnort wechselten."

„Sie hätten sich scheiden lassen können, und eine Arbeit suchen, so wie viele Frauen es taten."

„Ich wollte mich aber nicht scheiden lassen", sagt Frau Stahl grimmig. „Alleinstehende Mütter waren nicht gerade begehrt in den Sechzigern. Möglicherweise hätte ich meine Tochter in Pflege geben müssen. Und ob sie es glauben oder nicht: Hans hing tatsächlich an dem Kind. Er meinte, alles würde gut werden. Bettina war gesund. Vielleicht war ich schwach. Ich ließ mich überzeugen. Ich überwachte Bettinas Entwicklung in jedem Moment. Und natürlich verlangte ich von Hans, die Ehe in Zukunft nur noch auf dem Papier zu führen, aber ansonsten Enthaltsamkeit zu üben, um es so auszudrücken. Ich sagte ihm, er könne von mir aus in die Stadt fahren und sich dort seine Vergnügungen suchen. Nur mich sollte er damit nicht mehr belästigen. Er hatte ein Einsehen. Wir hatten unser Haus und die Sorge für das Kind. Und ansonsten ging jeder seine eigenen Wege, solange an der Oberfläche alles ruhig blieb und die Leute keinen Grund zum Tratschen fanden."

10.

„Und Ihr Sohn?", fragt der Kommissar. „Das Arrangement scheint nicht von Dauer gewesen zu sein."

„Mein Sohn!" Sie schnaubt ärgerlich. „Das war ein Unglück, sozusagen. Ein Moment der Schwäche. Bettina war sechs Jahre alt. Ich war Ende dreißig. Mein Mann verbrachte zwar gelegentlich eine Nacht in Bielefeld, um sich einen Ausgleich zu suchen. Aber mir standen solche Wege nicht offen. Da ist man verheiratet, und doch allein. Ich war auch nur ein Mensch, und irgendwann ..."

Sie nimmt einen Schluck von der schwarzen Brühe in ihrer Tasse, die inzwischen nur noch lau ist. Der Kommissar braut seinen Kaffee immer sehr stark, so dass kaum ein Mensch ihn hinunterbringen kann. Frau Stahl aber scheint Einiges gewohnt zu sein und schluckt ihn, ohne mit der Wimper zu zucken.

„Es passierte nur ein einziges Mal. Und gleich war Albert unterwegs. Als ob das Schicksal seine Freude daran gehabt hätte! Als ich merkte, dass ich wieder schwanger war, war ich vollkommen verzweifelt. Ich dachte daran, es wegmachen zu lassen, brachte es jedoch nicht fertig. Dann hoffte ich, dass es von selbst verschwinden würde, wenn ich harte Arbeit tat. Ich arbeitete den ganzen Sommer im Gemüsegarten, bis ich beinahe umfiel. Ich schleppte schwere Kisten und nahm Bäder, die so heiß waren, dass ich mir fast die Haut verbrannte. Aber es half nichts. Ich hasste Hans mit aller Kraft. Ich gab ihm die Schuld an allem. Und im Grunde war es ja auch seine Schuld. Wir lebten weiter nebeneinander her, hielten die Fassade aufrecht. Mit Angst sah ich der Geburt entgegen. Aber auch dieses Kind war äußerlich gesund, und ich dankte Gott dafür. Ich begann, Gott immer öfter zu danken, für jeden Tag den er vorübergehen ließ, ohne dass unsere Schande ans Licht kam, und für jeden Fortschritt, den die Kinder in ihrer Entwicklung machten, ohne dass Schwierigkeiten zu Tage traten."

„Die Kinder büßen immer für die Sünden der Eltern", murmelt Wilke kopfschüttelnd. „Wie ist es möglich, mit einer solchen Lüge zu leben?"

„Wenn man muss, dann geht alles", sagt Frau Stahl unerbittlich. „Wenn die Situation es erfordert, ist man stark. Man drängt es weg. Man sagt sich immer wieder selbst, dass im Grunde alles gar nicht so schlimm ist."

„Sie arrangierten sich also. Aber was war mit Ihren Kindern?"

„Das war das größte Problem", sagt Frau Stahl. „Ich beobachtete jede ihrer Regungen, um etwaige Probleme gleich zu erkennen. Und was noch schlimmer war: Ich beobachtete sie nicht nur auf körperliche und geistige Defekte, sondern auch auf moralische Defekte hin, um es so auszudrücken."

Ihre Hand, die eine neue Zigarette entzündet, zittert nun. „Ich kontrollierte jedes ihrer Gefühle. Jedes Zeichen von Zuneigung zwischen ihnen erschien mir verdächtig. Ich selber war ohne Geschwister aufgewachsen, und geschwisterliche Liebe war mir fremd. In allem, was ich sah, glaubte ich Böses zu entdecken. Meine größte Furcht war, dass meine Kinder unbewusst dem Weg ihrer Eltern folgen könnten. Ich dachte, die Neigung sei vielleicht vererblich.

Ich achtete streng darauf, dass sie Distanz zueinander hielten. Niemals hätte ich sie in die gleiche Badewanne gesetzt. Ich brachte meiner Tochter bei, die Badezimmertür abzuschließen, sobald ihr Bruder laufen und Türen öffnen konnte. Von Anfang an bestand ich auf getrennten Kinderzimmern. Niemals haben sie im gleichen Bett geschlafen. Wenn meine Tochter ihren Bruder umarmte, erfand ich Krankheiten, mit denen sie sich anstecken könne. Meinem Sohn erzählte ich später das gleiche, sobald er anfing, zu verstehen. Seine Schwester habe einen Ausschlag, den er sich holen könne. Oder ihm würde sein Glied verfaulen, wenn er seine Schwester küsse, und dann würden die anderen Kinder über ihn lachen. Und zu Bettina sagte ich, ihr Bruder habe ein ekelhaftes Ekzem, und sie würde das ebenfalls bekommen, wenn sie zu vertraulich mit ihm umginge. Einmal erzählte ich ihr sogar, dass der Arzt eine seltene Krankheit an ihm festgestellt habe, und jede Umarmung, jede ihrer Berührungen ihm Schmerzen bereiten würde."

Frau Stahl lacht. „Ist es nicht absolut verrückt, auf welche Irrwege man geraten kann? Wenn ich das alles nun mit lauter Stimme ausspreche, komme ich mir fast vor wie eine Hexe!"

Wilke widerspricht ihr nicht, und Rothmanns denkt, dass manche Abgründe so tief sind, dass einem schwindelig wird, wenn man hineinsieht. Frau Stahl hat durchaus etwas Hexenartiges, mit ihren gichtigen Fingern, die sie schmerzhaft krümmt, während sie kichert. Vielleicht wird sie sich vor ihren Augen in eine wirkliche Hexe verwandeln. Rothmanns rückt seinen Stuhl unmerklich ein paar Millimeter von ihr weg.

„Und waren Ihre Vorsichtsmaßnahmen wirksam?“, fragt der Kommissar kühl.

„Im Gegenteil. Manchmal hatte ich das Gefühl, je mehr ich den beiden den Umgang miteinander erschwerte, umso mehr hingen sie aneinander.“

„Ihre Tochter hat sich mit sechzehn das Leben genommen, Frau Stahl. Sie hatte herausgefunden, was mit ihren Eltern nicht stimmte, nicht wahr?“

„Sie hat sich nicht das Leben genommen! Sie hat keinen Abschiedsbrief hinterlassen. Sie hatte manchmal Kopfschmerzen, und da hat sie versehentlich zu viele Tabletten genommen.“

„Zwei ganze Röhrchen? Versehentlich?“

„Warum quälen Sie mich!“, heult Frau Stahl plötzlich. „Hilft es denn noch irgendjemanden, diese alten Dinge wieder hervorzuzerren? Lassen Sie sie doch in Frieden ruhen!“

„Ihr Sohn hat die ganze Nacht dabeigestanden und zugesehen, wie seine Schwester starb. Er war neun Jahre alt.“

„Ich hatte ihm verboten, in Bettinas Zimmer zu gehen!“

„Er liebte seine Schwester!“

Das schrille Lachen zerrt an den Nerven. „Er sollte seine Schwester nicht lieben! Man darf seine Schwester nicht lieben, verstehen Sie das nicht? Das habe ich versucht, ihm beizubringen!“

„Sie sind ein armer Mensch, Frau Stahl“, sagt Wilke, nun etwas steif. „Sie haben ihre eigenen Zwangsvorstellungen zu den Zwangsvorstellungen Ihres Sohnes gemacht, und ihn damit zerstört. Es ist normal, wenn Geschwister einander lieben. Sie haben gar nichts verstanden. Sie haben Ihren Sohn soweit getrieben, all diese Dinge zu tun. Im Grunde hat er immer gehofft, seine Schwester wiederzufinden, an deren Tod er sich die Schuld gab. Weil er nicht wagte, seine Eltern zu wecken, als sie starb, weil er dann hätte zugeben müssen, in ihrem Zimmer gewesen zu sein."

„So einfach können Sie das nicht sehen", sagt Frau Stahl, nun wieder hart. „Ich habe getan, was ich für richtig hielt. Ich habe meine Kinder so erzogen, dass sie einander zwar schätzten, aber immer eine gesunde Distanz zueinander hielten. Und ich würde es, mit einigen kleinen Ausnahmen vielleicht, noch einmal genau so machen, wenn die Situation es erforderte."

„Sind Sie nie darauf gekommen, dass Sie selbst dem Bösen den Weg bereitet haben?"

„Das ist nicht wahr!" Die alten Augen sprühen Funken. „Ich habe alles getan, um meinem Sohn das Böse auszutreiben. Ich hätte noch viel härter zuschlagen sollen!"

Sie ist stählern. Stocksteif erhebt sie ihren Kopf, die Strickjacke um ihre Schultern wie ein Harnisch, an dem jede tiefere Erkenntnis in diesem Leben abgeprallt ist.

„Sie sind unbelehrbar, Frau Stahl. Sie widern mich an", sagt der Kommissar so leise, dass nur sie es hört. „Und ich hoffe, dass wir uns nie wiedersehen."

Dann lässt er sie ohne ein weiteres Wort hinausführen.

11.

Der Juni beginnt freudlos. Der Kommissar steckt sich eine neue Lakritzschnecke in den Mund und starrt aus dem

Fenster. Selten hat er sich so danach gesehnt, einen Fall abzuschließen. Ihm sind weiß Gott schon blutrünstigere Verbrechen begegnet, und er hat es mit weit abgebrühteren Tätern zu tun gehabt, aber Albert Stahl ist eine Nummer für sich. Er ist wie eine Kellerassel, die sich zu einer harten Kugel einrollt, wenn man sie berührt. Er ist ein Muster an Verstocktheit. Gelegentlich sagt er Ja und Nein. Oder nickt mit dem Kopf, wenn man ihm ein paar Kekse anbietet. Das ist auch alles. Er hält den Kopf gesenkt und starrt zu Boden. Seine Verhörposition. Rothmanns setzt sich Stahl gegenüber an den Schreibtisch, während der Kommissar zu viel Unmut verspürt, um sich zu setzen.

„Wollen Sie heute mit uns reden, Herr Stahl?", beginnt Rothmanns das Verhör.

Wie vorhersehbar, würdigt Stahl ihn keiner Antwort.

„Letztes Mal haben wir uns über Ihre Schwester unterhalten", sagt Wilke. „Leider war es ein ziemlicher Monolog meinerseits, denn Sie haben nicht viel zu der Unterhaltung beigetragen, Herr Stahl. Wollen wir es heute noch einmal versuchen?"

Stahl hebt nicht einmal den Kopf. In seiner Jackentasche trägt der Kommissar schon seit dem Vortag das Foto der toten Bettina Stahl aus der Akte des Gerichtsmediziners. Wortlos zieht er es heraus und hält er es dem zusammengesunkenen Mann unter die Nase. Es dauert einen Moment, bis das linke Augenlid des Verdächtigen zu flattern beginnt.

„Erkennen Sie dieses Mädchen?"

Es muss Ewigkeiten her sein, dass Stahl ein Foto seiner Schwester gesehen hat, denn weder in seinem Besitz noch im Haus seiner Mutter ist eines gefunden worden. Stahl dreht den Kopf weg, schweigt aber weiter.

„Es ist Ihre Schwester“, hilft der Kommissar ihm auf die Sprünge. „Ihre tote Schwester.“

„Und wenn schon.“ Stahls Stimme kling erstaunlich fühllos. Der Kommissar hatte insgeheim geglaubt, ihn in Tränen ausbrechen zu sehen. Aber der Panzer, der den mittelmäßigen Mann umgibt, ist sehr dick.

„Immerhin streiten Sie nicht mehr ab, eine Schwester gehabt zu haben.“

Stahl hebt die Schultern und schweigt.

„Wie war das Verhältnis zu Ihrer Schwester, Herr Stahl?“

Schweigen.

Der Kommissar schnauft.

„Herr Stahl, Sie schaden sich nur selbst. Ihre Schuld am Tod von Claudia Prick und Marie Mindermann ist ohnehin längst erwiesen. Tun Sie sich doch einen Gefallen und sprechen sich die Dinge von der Seele!“

Schweigen.

„Diese Mädchen waren Ihrer Schwester ähnlich, nicht wahr?“

Ingo Rothmanns, der gelegentlich zu taktischen Finessen in der Lage ist, die sein Chef ihm kaum zutraut, zieht aus seiner Schreibtischschublade das alte Märchenbuch hervor, das sie in Stahls Wohnwagen gefunden haben. Dort, wo die Seiten die meisten Eselsohren aufweisen, befinden sich erfahrungsgemäß die Geschichten, die am Häufigsten gelesen wurden. Rothmanns macht dem Kommissar ein Zeichen und beginnt mit der freundlichen Stimme eines Märchenonkels vorzulesen.

„Vor einem großen Walde wohnte ein armer Holzhacker mit seiner Frau und seinen zwei Kindern; das Bübchen hieß Hänsel und das Mädchen Gretel. Als eine große Teuerung ins Land kam, konnte er das tägliche Brot nicht mehr beschaffen, und sagte zu seiner Frau: Wie können wir unsere armen Kinder ernähren, da wir für uns selbst nichts mehr haben?"

Fragend hebt Albert Stahl den Kopf. Er öffnet den Mund, als wolle er dagegen protestieren, dass die Polizei mit unerlaubten Waffen kämpft. Doch er bringt kein Wort heraus. Er schluckt nur und nimmt mit einer langsamen Bewegung das Foto seiner Schwester vom Schreibtisch, wohin der Kommissar es gelegt hat. Rothmanns zwinkert seinem Chef zu und liest weiter:

„Weißt du was, Mann, wir wollen morgen in aller Frühe die Kinder hinaus in den dunklen Wald führen, wo er am tiefsten ist. Da machen wir ihnen ein Feuer an und geben jedem noch ein Stückchen Brot, dann lassen wir sie allein. Sie finden den Weg nach Haus nicht wieder, und wir sind sie los."

„Hören Sie auf!", brummt Stahl.

„Mögen Sie keine Märchen?", fragt der Kommissar boshaft.

Stahl antwortet nicht.

„Haben Ihre Eltern Sie und Ihre Schwester auch im Wald alleingelassen?"

„Unsinn!", murmelt Stahl.

„War der Wald sehr dunkel? So wie der Wald hinter ihrem Elternhaus?"

„Hören Sie auf damit!" Albert Stahls Hände haben sich zu Fäusten geballt.

Rothmanns, der den Effekt seiner Leseübung mit Spannung verfolgt, setzt unbeirrt an der Stelle wieder ein, wo die böse Hexe den armen Hänsel mästen will.

„Wer war die Hexe in Ihrer Familie?", stichelt der Kommissar weiter. „War das die Rolle, die Ihre Mutter spielte? Und was war mit Ihrem Vater? Hat er ihr nichts entgegengesetzt? War er zu schwach, um seine Kinder zu schützen?"

„Halten Sie endlich den Mund!", knirscht Stahl, dem ein dünner Speichelfaden übers Kinn läuft. „Das verstehen Sie nicht!"

„Haben Sie Ihren Vater die Treppe heruntergestoßen, Herr Stahl? Hätten Sie nicht lieber seine Partei ergreifen sollen als die Partei Ihrer Mutter?"

Stahls Fäuste beginnen zu zittern. Er steht kurz vor der Explosion, und der Kommissar frohlockt. Just in diesem Moment aber klopft es an der Tür des Büros und die Nase einer blondlockigen Assistentin erscheint, um dem Kommissar etwas ausrichten zu lassen.

„Jetzt nicht!", donnert Wilke, und die Blondlocke verzieht sich erschrocken.

Albert Stahl hat sich indessen wieder im Griff. Seine Fäuste öffnen sich. Er legt die Handflächen flach auf seine Oberschenkel. Das Foto seiner Schwester ist zu Boden gefallen. Er sieht es nicht mehr an. Er kümmert sich nicht mehr darum. Er hat seine Fassung wiedergefunden und schließt seinen Panzer zu einer Kugel.

„Der Nachmittag ist noch lang, und wir werden es uns noch recht gemütlich machen, nicht wahr, Herr Stahl?", sagt Rothmanns mit unausstehlicher Ruhe. „Dieses Buch ist wirklich toll. Schauen wir mal, welche Geschichten noch darin stehen."

Er raschelt mit den Seiten. Stahl sendet ihm einen funkelnden Blick zu, den Rothmanns lächelnd ignoriert. Er findet eine weitere Stelle, wo die Seiten besonders stark abgenutzt aussehen. Zwei der Grimmschen Märchen wurden mit schöner Regelmäßigkeit immer wieder gelesen.

„Eines meiner Lieblingsmärchen", sagt Rothmanns fröhlich. „Brüderchen und Schwesterchen."

Stahl wird eine Spur blasser.

„Brüderchen nahm sein Schwesterchen an der Hand und sprach: Komm, wir wollen miteinander in die weite Welt gehen! Sie gingen den ganzen Tag über Wiesen, Felder und Steine, und wenn es regnete, sprach das Schwesterchen: Gott und unsere Herzen, die weinen zusammen!"

„Ich lasse mich doch nicht provozieren", sagt Stahl und verschränkt die Arme vor der Brust.

„Die böse Mutter aber war eine Hexe und hatte wohl gesehen, wie die beiden Kinder fortgegangen waren, war ihnen nachgeschlichen und hatte alle Brunnen im Walde verwünscht. Als sie nun ein Brünnlein fanden, wollte das Brüderchen daraus trinken. Aber das Schwesterchen hörte, wie es im Rauschen sprach: Wer aus mir trinkt, wird ein Reh; wer aus mir trinkt, wird ein Reh."

„Hören Sie auf mit der Scheiße!", ruft Stahl mit plötzlicher Heftigkeit.

„Aber das Brüderchen hatte sich bereits beim Brünnlein hinabgebeugt, und wie die ersten Tropfen auf seine Lippen gekommen waren, lag es da als ein Rehkälbchen. Da band das Mädchen sein goldenes Strumpfband ab, tat es dem Rehchen um den Hals, und führte es immer tiefer in den Wald hinein ..."

Die Stimme des Kommissars ist von schlangenhafter Sanftheit.

„Hat Ihre Schwester Ihnen auch ein goldenes Strumpfband um den Hals gelegt? War sie es, die Sie in den Wald hineingeführt hat? Was hat sie mit Ihnen gemacht, Herr Stahl? Hat sie Ihnen beigebracht, verbotene Spiele zu spielen? Hat Ihre Mutter am Ende Recht gehabt mit ihren Befürchtungen?"

Weiter kommt der Kommissar nicht. Albert Stahl ist aufgesprungen. Der unbewegte Stein ist ins Rollen geraten. Er wirft seinen Stuhl um, reißt die auf dem Schreibtisch befindlichen Aktenordner zu Boden und brüllt herum: „Lasst meine Schwester aus dem Spiel, ihr Schweine! Sie war eine Heilige! Ihr beschmutzt sie mit jedem eurer dreckigen Worte!"

Rothmanns legt schützend die Arme um seinen PC, damit der Tobende ihn nicht auch zu Boden reißt. Der Kommissar packt Stahl und dreht ihm den Arm auf den Rücken. Der Mann mit den wässerigen Augen heult auf: „Ihr verdammten Schweine! Wie könnt ihr es wagen, ihr Andenken zu beschmutzen! Wie könnt ihr es wagen, ihr Bild zu berühren! Lasst sie doch endlich in Ruhe!"

Aus dem Nebenzimmer kommen drei Beamte herein. Stahl sträubt sich nach Leibeskräften, wobei er immer wieder wüste Schimpfworte ausstößt. Als sie ihn sicher im Griff haben, krümmt er sich und wird ganz klein.

„Sie gehört mir. Ganz alleine mir!", heult er und windet sich wie ein Fischlein im Netz.

„Bringt ihn zurück in die Zelle", sagt der Kommissar ruhig.

„Ich denke, es ist sinnlos, ihn noch einmal zu verhören", sagt Rothmanns, als die uniformierten Kollegen den Mann rausgebracht haben.

„Denke ich auch", sagt der Kommissar mürrisch. Sehr konstruktiv ist seine Taktik nicht gewesen.

„Immerhin haben wir ihn aus der Reserve gelockt", tröstet Rothmanns seinen Chef. „Wir haben ihn zum Toben gebracht. Es war wohl nicht wirklich zu erwarten, dass er eine ordentliche Aussage zu seinen Taten macht."

„Nein, das konnten wir nicht erwarten", seufzt der Kommissar, der insgeheim genau das erhofft hatte. „Sein Leben hat sich nie an rationalen Linien ausgerichtet. Warum sollte er nun anfangen, vernünftig zu sein?"

„Im Grunde ist seine Aussage ja gar nicht wichtig. Er ist als Täter überführt. Seine DNA ist sowohl auf der Jacke von Claudia Prick wie auch auf der Bluse und der Handtasche von Marie Mindermann gefunden worden. Es gibt gar keinen Zweifel an seiner Täterschaft."

„Ich weiß", knurrt der Kommissar. „Ich hätte das Ganze nur gerne verstanden. Mich interessieren die Ursachen für die Schweinereien, mit denen ich mich herumschlagen muss. Ich will wissen, wie das Räderwerk einer Uhr funktioniert, und wie der Verstand eines Verrückten tickt. Wenn ich in einen Motor schaue, dann möchte ich verstehen, was ihn zum Laufen bringt. Und wenn ich zum Chinesen gehe und mir mit Huang Chow den Bauch voll schlage, möchte ich gerne wissen, warum das Zeug so gut schmeckt."

Der Vergleich hinkt. Die Vergleiche des Kommissars sind nicht immer rhetorische Meisterleistungen.

„Glauben Sie mir, manchmal ist es besser, nicht allzu genau zu wissen, woraus unsere Lieblingsspeisen bestehen", sagt Rothmanns weise.

Er schließt den Aktenordner. Zeichen, dass es Zeit ist, nach Hause zu gehen.

Epilog

„Müssen wir wirklich all diesen Mädchen den ruhigen Schlaf rauben?“, fragt Rothmanns missmutig.

„Wir müssen zumindest überprüfen, ob sie noch leben“, brummt Wilke, dem die Sache auch keinen Spaß macht.

Es ist inzwischen Anfang Juli, und sie haben Stahls digitale Dateien durchgesehen. Hunderte von Bildern, die aufgearbeitet werden müssen. Die meisten hat er auf der Kirmes gemacht, beim Riesenrad, beim Autoskooter, beim Zuckerwattestand. Teilweise scheinen die Bilder schon ein paar Jahre alt zu sein. Einige der Fahrgeschäfte gibt es gar nicht mehr, oder zumindest nicht in dem Design. Die meisten Mädchen scheinen nicht mitbekommen zu haben, dass sie fotografiert wurden. Typische Spannerbilder. Mit dem Objektiv herangezoomt, während der Fotograf ein Stück entfernt in einer Ecke steht. Frauen mit umgehängten Lebkuchenherzen. Junge Mädchen mit Riesenplüschtieren im Arm, die sie an einer Losbude gewonnen haben. Und immer wieder Detailaufnahmen: Lange Haare im Sonnenlicht. Bemalte Lippen. Weiße Schuhe. Ein Mund, der in einen roten Liebesapfel beißt.

Neben den Kirmesfotos gibt es Serien aus Freibädern und Cafés. Und dann sind da noch die kritischeren Ordner, die Namen von Jahrmärkten und Orten tragen. Die Mädchen auf diesen Fotos sehen aus wie Kleiderpuppen. Schlafende Augen. Helle Rüschenblusen, wahrscheinlich aus den Achtzigern, einige davon mit Schulterpolstern und glitzernden Applikationen. Auf anderen Bildern sind die Mädchen mit einer Cordjacke zugedeckt, deren dunkler Plüschkragen ihre Wangen umschmeichelt. Als dekoratives Element taucht immer wieder das rote Lacktäschchen auf, das sie in Stahls Wohnwagen gefunden haben. Manchmal liegt es wie ein surrealer Farbklecks auf dem ausgebreiteten Haar der Mädchen, manchmal halten sie es zwischen den auf der Brust gefalteten Händen. Stahl hat sich als Ästhet versucht. Dramatische Inszenierungen seiner Obsession.

In dem Ordner mit dem Namen ‚Pollhans' stießen sie auf eine Fotoserie, die eindeutig Jessica Blum zeigte. In dem Ordner ‚Crange' fanden sich Bilder eines Mädchens in einem Süßwarenstand. ‚Ilses süßer Himmel'. Innerhalb von zwei Tagen konnte sie ausfindig gemacht werden. Es handelte sich um eine Nichte der Betreiberin, die auch in diesem Jahr wieder bei der Herstellung von Schokofrüchten und gebrannten Mandeln half. Als sie ihr ein Foto von Albert Stahl vorlegten, schüttelte sie zunächst den Kopf. Nein, sie erinnerte sich nicht an ihn. Erst, als sie erwähnten, dass er in Müllers Festzelt beschäftigt gewesen war, schien ihr ein Licht aufzugehen.

„In Crange?“, fragte sie. „Ja, da war so ein Typ. Hatte ich ganz vergessen. Hat versucht, mich anzubaggern. Aber ich hatte keine Lust, mit dem zu reden. Der ist ein paar Mal gekommen, um meine Mandeln zu kaufen. Sonst nichts. Und danach sind wir nach Düsseldorf gefahren, und der ist woanders hin. Habe ihn nie wiedergesehen.“

Rothmanns rührt nachdenklich in seiner Tasse. „Dieser Irina hat er zumindest nichts getan. Und die meisten Mädchen hat er einfach irgendwo auf der Straße geknipst. Die Ordner ‚Libori' und ‚Wilbaser Markt' scheinen allerdings in unsere Serie zu gehören. Vielleicht erinnern die Mädchen sich gar nicht mehr, auf der letzten Kirmes einen Blackout gehabt zu haben. Wenn wir jetzt mit diesen Fotos kommen, werden sie den Schreck ihres Lebens erleiden."

„Hör auf zu nerven, Rothmanns. Das ist unser Job", sagt Wilke streng. „Zumindest müssen wir die Fotos mit den aktuellen Vermisstenfällen abgleichen."

„Das können wir auch am Computer tun."

Der Kommissar schweigt.

„Ich hole uns Marzipanschnecken, und dann gehen wir gemeinsam die Vermisstenfälle am Computer durch." Rothmanns kann sehr überzeugend sein. Marzipanschnecken sind ein gutes Argument.

„Aber ich will zwei", murrt der Kommissar, der insgeheim froh darüber ist, sich nicht alleine durch die Programme forsten zu müssen. Er ist mit dem ganzen Technikkram nie wirklich kompatibel geworden.

Rothmanns flitzt los, und Wilke wirft die Kaffeemaschine an. Der Bildschirm flackert ein paar Mal, bevor er eine Liste vermisster Frauen der letzten fünf Jahre preisgibt.

„Wenn wir keine Übereinstimmungen finden, überlegen wir, was wir machen. Ich bin auch nicht scharf drauf, diese Mädchen unnötig in Angst und Schrecken zu versetzen", sagt Wilke, als sein Assistent zurückgekehrt ist.

„Und möglicherweise würden wir sie nicht einmal finden, nicht wahr?", bemerkt Rothmanns mit suggestivem Unterton.

„Hmm ...", macht Wilke und hackt auf der Tastatur herum.

„Ich weiß ja, dass Sie gelegentlich ein Faible für unkonkrete Äußerungen haben, Chef", hakt Rothmanns ein. „Aber können wir die Sache nicht von der anderen Seite aufrollen? Wenn wir konkrete Übereinstimmungen mit der Beschreibung vermisster Personen entdecken, legen wir die Fotos den Angehörigen der Vermissten zum Abgleich vor. Und wenn niemand seine Freundin oder Tochter darauf wiedererkennt, müssten wir weniger Bedenken haben, die Akten zu schließen."

„Hmm ...", macht der Kommissar erneut, der manchmal auch ein Faible dafür hat, die Nerven seines Assistenten zu strapazieren.

Anderthalb Stunden und vier Marzipanschnecken später hat es nicht den Anschein, dass sie fündig werden. Die Mädchen vom Libori und vom Wilbaser Markt tauchen in keiner Vermisstendatei auf.

Rothmanns faltet die Hände im Nacken und lehnt sich zurück. „Ich denke, er hat sie wirklich nur geknipst. Natürlich ist das eine unbestreitbare Schweinerei. Aber die Mädchen scheinen wieder aufgewacht und in ihr Leben zurückgekehrt zu sein, mit einem leichten Kater und einer Gedächtnislücke von ein paar Stunden."

„Das hoffe ich. Aber trotzdem bleibt es Nötigung, Freiheitsberaubung und Körperverletzung."

„Hat sich noch irgendetwas bezüglich des Todes von Vater Stahl ergeben?"

„Nichts", sagt der Kommissar unlustig. „Der Genickbruch durch den Treppensturz wurde ja nie angezweifelt. Und ob der Sturz ein Unfall war oder durch einen kleinen Schubs verursacht wurde, lässt sich nicht mehr beweisen. Albert Stahl sagt natürlich nichts dazu. Und seine Mutter fletscht die Zähne, wenn ich danach frage. Ein tragischer Unfall."

„Wie geht es Stahl? Hat er sich an die gesiebte Luft gewöhnt?"

„Weiß nicht", brummt Wilke. „Gestern Abend war ich da, um einen Blick auf ihn zu werfen. Da schien er ganz ruhig zu sein. Saß auf seiner Pritsche und lächelte blöde vor sich hin. Er zieht sich ganz zurück in seine kleine Welt, wo sich ständig bunte Lichter drehen und Zuckerwatte vom Himmel tropft."

„Redet er?"

„Nicht viel. Er war höflich. Er bat mich, seiner Mutter Grüße ausrichten zu lassen. Sie hat ihn noch nicht besucht. Sie hat nun endlich die Ruhe, nach der sie sich sehnt, und die lässt sie sich auch von ihrem bekloppten Sohn nicht mehr stören."

„Diese Frau macht mir Angst. Sie ist ein kaltherziges Monstrum."

Wilke kratzt ein paar Zuckergusskrümel vom Kuchenteller und schließt die Vermisstendatei auf dem Bildschirm.

„Als ich ging, bat er mich, ihm das rote Täschchen bringen zu lassen. Die kleine Lacktasche mit dem Krimskrams seiner Schwester. Mehr brauche er nicht, sagte er."

„Meinen Sie, dass man auf Unzurechnungsfähigkeit erkennen wird?"

„Woher soll ich das wissen?" Wilkes Wangen hängen müde herab. „Eine konkrete Tötungsabsicht wird man ihm nicht beweisen können. Sein Anwalt wird es als eine Verkettung unglücklicher Zufälle darstellen. Körperverletzung mit Todesfolge, wenn es hochkommt. Dann ist er in ein paar Jahren wieder draußen. Er muss ganz einfach verrückt sein! Dann kann man zumindest auf Sicherheitsverwahrung in einer Anstalt hoffen."

Rothmanns schweigt. Er ist noch jung und will den Glauben an die Gerechtigkeit der Welt nicht verlieren. Manchmal sehnt er sich danach, wie ein Einfaltspinsel im Grünen zu leben, Kinder zu zeugen und Kartoffeln zu pflanzen.

„Wir haben uns gestern einen kleinen Resthof bei Bünde angesehen“, sagt er beiläufig.

„Wer hat sich einen Resthof angesehen?“ Plötzliche Gedankensprünge machen den Kommissar misstrauisch.

„Meine Freundin und ich. Ich erwähnte doch neulich, dass wir umziehen wollen. Zwei Zimmer im dritten Stock sind kein Paradies auf Dauer.“

„Du hattest doch bisher kein Problem damit“, sagt Wilke, der gegenüber den Freundinnen seiner Assistenten stets einen gewissen Argwohn bewahrt. Meistens verändern sie die Jungs zu ihrem Nachteil.

„Aber Birgit hätte gerne einen Garten. Und eine Aussicht.“

„Habt ihr nun keine Aussicht?“

„Ja. Auf die Schüco-Arena.“

„Alm heißt das“, knurrt Wilke, der in gewissen Dingen ein Traditionalist ist. „Ich dachte, du bist Arminia-Fan?“

„Ja. Natürlich bin ich Fan. Ich habe sogar einen Arminia-Schal. Ich möchte nur nicht jeden Tag auf die Tribüne schauen. Und Birgit auch nicht.“

„Aber Bünde! Warum gleich so weit weg? Brackwede ist doch auch ganz schön!“

Rothmanns seufzt und wünscht sich, das Thema nicht angeschnitten zu haben. „Ich glaube nicht, dass ich Birgit noch umstimmen kann. Als ich erwähnte, dass mein Arbeitsweg dann ziemlich lang wäre, war sie richtig zickig.“

Kommissar Wilke, der gegen zickige Frauen eine Allergie hat, ächzt. „Demnächst ist Kirmes in Herford. Geh mit ihr in die ‚Heiße Maus‘! Oder in den ‚Gurgler‘. Das zähmt jede Zicke. Danach frisst sie dir aus der Hand.“

„Meinen Sie, Chef?“, fragt Rothmanns zweifelnd.

„Klar! Erinnere dich an unseren Kirmesbummel: Du

hättest alles getan, damit ich dich nicht zwinge, auch noch in den ‚Todeswurm' zu steigen!"

„Aber Sie haben mich trotzdem gezwungen!", erinnert Rothmanns ihn.

„Das bildete einen Teil der Ermittlungen! Ich hatte keine andere Wahl!"

Rothmanns ist nicht überzeugt. Er scheint sich den Wünschen seiner Birgit nicht ernsthaft widersetzen zu wollen. Er ist schon immer ein Weichei gewesen.

„Du willst doch nicht wirklich aufs Land ziehen, Ingo!", beharrt Wilke, der seine Assistenten gerne in greifbarer Nähe weiß. „Denk an dieses düstere Haus am Waldrand! Und an all diese merkwürdigen und verschrobenen Leute, die unaussprechliche Dinge tun, während sie dich anlächeln oder in die Sonntagsmesse gehen!"

„Sie übertreiben, Chef. Das Landleben hat auch seine idyllischen Seiten. Wiesen und Felder, verstehen sie. Piepmätze, die die Sonne wecken. Ländliche Stille, soweit das Auge reicht."

„Die ländliche Stille ist schön wie ein Irrlicht, das dich auf trügerische Pfade führt", orakelt Wilke düster, und Rothmanns, der am Vorabend mit seiner Freundin den Mietvertrag bereits unterzeichnet hat, fühlt einen kalten Hauch im Nacken.